SHEEKOXARIIROOYIN SOOMAALIYEED

Uu soo ururiyay

Axmed Cartan Xaange

FOLKTALES FROM SOMALIA

Collected and translated by

Ahmed Artan Hanghe

Akademiyada Soomaaliyeed Cilmiga iyo Fanka
iskaashi lala yeeshay
Scandinavian Institute of African Studies, Uppsala 1988

Somali Academy of Sciences and Arts
in cooperation with
Scandinavian Institute of African Studies, Uppsala 1988

Jildiga: Masawiray Axmed Cartan Xaange.

Cover: Drawing by Ahmed Artan Hanghe.

Buugakan daabicaadiisa waxuu ku suuragalay taageero laga helay Swedish Agency for Research Cooperation with Developing Countries (SAREC), Stockholm.

This book has been published with the support from the Swedish Agency for Research Cooperation with Developing Countries (SAREC), Stockholm.

ISBN 91-7106-377-3

Waxa lagu daabacay dalka Sweden
Motala Grafiska, Motala 1988

Printed in Sweden by
Motala Grafiska, Motala 1988

Third printing in Sweden by Elanders Digitaltryck, Göteborg 2003

SHEEKOXARIIROOYIN SOOMAALIYEED

Tusmo

GOGOLDHIG

Dadka dunida oo idili waa jecel yihiin werinta sheekada iyo heesaha ku
saabsan noloshooda. Xilliyadii ka horreeyey helidda farsamada waxqorid-
da waxaa jirey sheekoyahanno curiya sheekooyin iyo heeso. Dad kalena way
dhegeysan jireen sheekooyinkaas iyo heesahaas, waxayna ku dadaali jireen
inay kor ka xafidaan oo bartaan, si ay iyaguna markooda ugu sii tebiyaan
dad kale. Mar kasta oo la werinayo sheekooyinkii iyo heesihii asiiliga
ahaa ee la curivey markii hore waa la sii beddeli jirey qaabka iyo
ujeeddadoodaba, si looga sii qurxiyo asiiligoodii, dhegeysteyaalkuna u
sii dhadhansadaan oo ugu bogaan. Dhegeysteyaalka cusibina markooda way
sii tebin jireen sheekooyinka iyo heesahii ay maqleen, iyaga oo wax ka
sii beddelaya oo sii qurxinaya.

Markii sidaas loo kala xigto marar badan oo loo beddelo sheekooyinkii
iyo heesihii waxaa la illaawaa qofkii curiyey ama weriyey markii hore.
Sidaas awgeed, lama sheegi karo in qof keli ahi curiyey sheekooyinka
iyo heesahas. Dadka isku degaan ahi waa ka wada qaybgalaan curinta
sheekooyinka iyo heesahooda, kuwaas oo loo yaqaan dhaqanka iyo dhaxalka
dadweynaha, "folklore".

Dadka dunida oo dhammi waa jecel yihiin curinta sheekooyinka, heesaha,
farsamada aslidda sawirrada, qoridda looxyada iwm., farsamooyinkaas oo
ay dadku ku muujinayaan garaadkii iyo aqoontii ay ka dhaxleen aabbey-
aalkood iyo awooweyaalkood, kuwaas oo iyaguna ka sii dhaxlay aabbeeyaal-
kood iyo hooyooyinkood.

Dhaqanka dadweynuhu ma idlaado oo weligiis wuxuu sii kobciyaa garaadka
dadka. Dhaqankaasi waa isbeddelaa mar kasta xag qaab iyo ujeeddaba,
da'ibana da' bay ka dhaxashaa. Mar kasta oo dadku damcaan in ay ismaa-
weeliyaan, ama in ay qoraan waayaha taariikhdooda, waxay yididiilo ka
qaataan ilaha hantidooda dhagan ka soo fusho. Sidaas awgeed, waa lama-
huraan in la barto dadka dhagankooda, si loo ogaado nolosha iyo kasma-
dooda.

Lama oga goortii sheekoxariirada dadku bilaabatay. Ka hor intii aan
waxqorid la baran dadku waxay ammaani jireen geesiyadooda, waxay muujin
jireen tiiraanyada iyo rayranyntooda, waxayna la yaabi jireen waxa ayan
aqoon ee abuurtu waddo. Aragtidaas iyo dareenkaas dadweynaha waxaa ka
dhashay sheekooyin ay xafideen oo maskaxdooda ku kaydiyeen sheekoyahanno,
ka dibna heeso u rogey.

Soomaaliya waxay hodan ka tahay suugaanta aan qorrayn ee dadweynaha ee
ku kaydsan xusuusta da'da waayeelka ah, siiba reer-miyiga. Sanooyinkaan
dambe, ka kib kolkii la doortay habfareed wax lagu qoro baa loo soo
jeestey soo-ururinta iyo kaydinta hantida suugaaneed ee dalka. Qoraal-
kayagaan ujeeddadiisu waa kala-soocidda iyo af-Ingiriis in aannu ku
tarjunno qaar ka mid ah sheekoxariirooyinka soomaaliyeed ee facba facii

ka horreeyey ka dhaxlay, si adduunku uga faa-iideysto murtida ku dheehan suugaanta dadweynaha soomaaliyeed.

Waxaa loo baahan yahay in la xusuusto in sheekoxariirooyinkaas badidood ay ururisay bulsho reer-miyi ah oo garaadkooda, himiladooda, xeerkooda iwm. ay sheekoxariirooyinkaasi muujinayaan, sidii biladaye. Sheekoxarii- rooyinkaasi waxay kale oo yihiin raadraacii koridda iyo xuubsiibadka maskaxda qofka oo weli ku jirta heerkii sebinnimada.

Nolosha dhaqaale ee bulshadaasi, tusaale ahaan, waxay ku dhisan tahay xoolodhaqasho, siiba geel iyo ari, oo hantida qofka ah. Xoolodhaqatada soomaaliyeed, oo ah dadka badidiisa, si gaar ah bay geela u qiimeeyaan, ilaa uu wax la caabudo ku dhowaaday. Suugaanta iyo dhaqanka xoolodhaga- tada bay dhab uga muuqataa arrintaasi.

Sidaas oo kale, dugaagga iyo nafleyda ee degaan kula nool qofka bay sheekoxariirooyinka soomaaliyeed qaarkoodna ku saabsan yihiin. Maxaa wacay, qofku keligiis kuma noola dunida oo wuxuu ka sheekeeyaa nafleyda kale iyo shayada ee uga muuqda hareerihiisa.

Sheekoxariirooyinka soomaaliyeed guud ahaan waxaa loo kala qaybin karaa saddex qaybood ee ah:

A) Sheekooyin ku saabsan asiiliga cirka iyo xiriirka qofku la leeyahay; B) Sheekooyin ku saabsan halganka geesiyada dadweynaha ee ay kaalin ka cayaarayaan dad, cirfiidyo, tiirriyo, dadqallo iwm., iyaga oo xumo ama samo ku taageeraya geesiga sheekada; iyo C) Sheekooyin murtiyeed ay kaalin ka cayaarayaan dad iyo dugaagba, kaalintaas oo xumo iyo samoba noqon karta.

In sheekooyin nooc kale ahi jiraan baa suurtowda, saddexdaan baase ugu caansan sheekoxariirooyinka soomaaliyeed, sida ay nala tahay. Inkastaba, waxaa xusuus mudan in noocyadaas middoodba ay ku hoos jiraan sheekooyin tiro badan, kuwaas oo kulligood ina tusaya ujeeddo qur ah oo ah nolosha qofka iyo dunida uu ku dhexnool yahay. Sheekoxariirooyinka ku urur, buuggan, oo ku kooban qaybahaas suugaanta aan qorrayn ee soomaaliyeed, waxay u kala qaybsan yihiin saddexda nooc ee kor lagu soo sheegay.

Magacyada sheekooyinka soomaaliyeed ee buuggaan ku ururrsan qaarkood waxaa la arkaa in ayan la mid noqon tarjumaddooda Ingiriiska ah. Sidaas waannu ula kasnay, si magac Ingiriis ee ku habboon sheekada loogu bixiyo kolkii afkaas loo rogo. Inkastaba, sheekooyinka badidood waxaannu u deyney magacoodii soomaaliyeed ee asiiliga ahaa, iyaga oo qaansooyin ku dhexjira markii Ingiirs lagu rogey. Magacyadaasi waa kuwii sheekoo- yinku lahaayeen markii aannu hellay qoraalkooda (eeg raadraaca qoraalla- da - Bibliography); ama weriyeyaalkayagu noo sheegeen, kuwaas oo maga- cyadooda aannu ku tusnay raadraacaas.

Markii aannu tarjumeyney magacyada gaarka ah ee soomaaliyeed, dad, meel iwm., sida Dhegdheer, Catircaano-kunuuge, Xargaga iwm., waxaannu raacnay xeerka codaynta af-soomaaliga ee ku cad habka far-soomaalida cusub ee lagu muujiyey buuggan, gogoldhigga tarjumadda ka dib.

Sheekooyinka ku qoran buuggan badidood waxaa laga yaqaan bulshada reer-

guuraaga ah dhexdeeda ee deggan gobollada woqooyi-bari ee Soomaaliya.
Taasi waa bulsho aan la dhabqin ama la doorin dhaqankoodii asiiliga ahaa
oo abuurta u dhow. Noloshoodii dhaqan ee sooyaalka ahayd ee aan wax
weyni iska beddelin bay bulshadaasi weli haysataa. Tobaneeyadii sano
ee tegey qorahaani wuxuu ku hawlanaa ururinta sheekooyinka caanka ku
ah Soomaaliya dhinaceedaas ee uu ku hanaqaaday isagu.

Fiidkii kolkii qorraxdu dhacdo ninka xooloraacatada ah ee soomaaliyeed
xoolahiisa buu soo xereeyaa. Carruurtiisa yaryari durba ma seexdaan ee
waxay sugaan inta xoolaha irmaani ka caweysimaan oo caano looga lisayo.
Inta xooluhu caweynayaan carruurta waxaa loo shidaa dab ay kulaalaan,
waxaana sheekoxariirooyin yaab leh ku maaweeliya oo lulada ka reeba shee-
koyahanno caan ah. Carruurtu aad bay u jecel yihiin sheekooyinka waa-
yeelku u tebinayo ee yaabka iyo irkigga leh. Markii ay hanoqaadaan
carruurtaasi waxay noqon doonaan garwadeenkii bulshadooda. Inta ka
horraysase waa in lagu carbiyo aqoonta dhaqaneed ee dadkooda ee ku
dheehan suugaanta aan qorrayn iyo murtideeda ee dalkoodu hodanka ka
yahay. Sidaas awgeed, tebinta sheekadu waa dugsinololeedka reer-guuraaga
soomaaliyeed, halkaas oo ababinta iyo carbinta qofku ka unkamaan inta
uu sebi yahay.

Axmed Cartan Xaange

Xamar, Soomaaliya, 11 Agoosto, 1983

QAYB A: SHEEKOOYINKA KU SAABSAN ASIILIGA CIRKA IYO XIRIIRKA QOFKU LA LEEYAHAY

Sheekoxariirooyinka noocan ahi waxay ka curteen qofka oo doonaya in uu ogaado waxa cirku yahay. Markaas buu qofku male-awaaley sheekooyin ku saabsan qorraxda iyo dayaxa, si uu wax uga sheego sababta meereyaal-kaasi cirka uga soo baxaan oo u dhacaan.

Waxaa jira, tusaale ahaan, sheekoxariirooyin soomaaliyeed oo sheegaya sida cirku u abuurmay, waxa meereyaalku ka samaysan yihiin iwm. Tusaale waxaannu u soo qaadanaynaa dhawr sheeko oo noocaas ah.

Sheeko 1: Daldaloole

Waxaa la yiri waagii hore cirka iyo dhulku way isku dhowaayeen oo qofka dhulka taagani cirka farta ayuu ku soo taaban karey. Dabaylaha, dhaxanta iyo kulaylka cadceedda buu cirku dadka iyo duunyada ka dugsiin jirey.

Maalintii dambe baa labo naagood inta kal iyo mooye soo qaateen badar iska tunteen, si ay raggooda cunno u siiyaan. Markii ay kasha kor u qaadaanba caaraddeedii sare baa cirka muddey oo meelo badan ka dalda-loolisey. Kolkii uu xanuunsaday buu cirkii naagihii ku yiri:

- Naa tibta iga daaya oo hay daldaloolinnina, sow ma ogidin inaan
  idin ka celiyo dabaylaha, dhaxanta iyo kulaylka qorraxda?

Catowga cirka haweenkii dan iyo daarad uma gelin ee badarkoodii bay iska tunteen.

Cirkii waa carooday inta u adkaysan waayey nabarradii naaguhu ku dhuf-teen, markaas buu kor u duubmay oo meesha uu haatan joogo tegey.

Waxaa dadku xiddigaha ku sheegaan waa daldaloolkii badnaa ee naagihii cirka ka daldalooliyeen. Qorraxda iftiinkeeda baa ka soo dusa daloolla-daas oo sidaas baa xiddiguhuna ku samaysmeen oo u bilig-biligleeyaan oo ugu muuqdaan dadka dhulka jooga. Sidaas baa cirka loogu bixiyey magaca daldaloole.

Sidaas oo kale, waxa dadku daruuraha u yaqaan waa gabar qurux badan. Gabadhaasi baaldi biyo ka buuxaan oo ay ceel ka soo dhaansatay bay gurigoodii u waddaa. Markii ay gabadhu yare socotaba biyuhu baaldiga bay ka qubtaan, say waa buux-dhafisaye. Biyahaas qubtay waxay ka soo daataan meelihii labadii naagood cirka ka dalooliyeen markii ay badar-ka tumayeen ee cirku dhulka u dhowaa. Waxa dadka dhulka joogaa roobka u yaqaanniin waa biyahaas gabadhu qubtay oo cirka ka soo dusey.

Markii biyuhu gabadha ka qubtaanba cirka bay u qaylisaa oo ku tiraahdaa:

- Daldaloolow
  war biyaha celi!

Daldaloolena wuxuu ugu jawaabey:

11

- Maxaan celiyaa
uunka hoosaa
war biyoy lehe!

Haddii ayan naagihii kasgaabka ahaa kashooda ku daloolin cirka waagaas
oo meel roobku soo maro u yeelin, dadka iyo duunyada dhulka ku nooli
biyo ma heleen haatan. Haddaan biyo jirinna nololi ma jirteen. Lur iyo
ladnaanba way leeyihiin dumarku, baa la yiri.

Sheeko 2: Awrka Cir

Sheekada awrka cir waxaa kala dhaxlay facyaal badan ee soomaaliyeed,
waxayna tusaysaa fiirodheerida dadweynihii curiyey sheekooyinka noocaas
ah. Habeennada mugdiga ah dhinaca koofureed ee cirka, marka la joogo
dalalka xilliyadoodu kulul yihiin, waxaa la arki karaa malluug u eg
muuqaal neef geel ah oo xiddigo xayn ahi jaangooyeen, ama ku teedsan
yihiin. Malluuggaasi wuxuu ku agyaal kooxaha xiddigaha loo yaqaan
"wadaamogoysyo", (The Southern Cross). Soomaalidii hore sheekoxariiro
yaab leh bay ka curiyeen "awrkaas cirka", waxayna isku dayeen in ay soo
qabsadaan oo adeegsadaan! Waa yaabe, sidee bay ku haweysteen in ay cirka
tafaan oo ratigaas ku gaaraan?

Waxaa la yiri dadkii waxay tafeen buur dheer oo la yiraahdo Buur
Cir[1], into qofba qof kor u qaaday. Sidaas bay dadkii ku dhisteen
sallaan cirka gaarsiiya.

Goortii ninkii dadka ugu sarreeyey ratigii dabada ku soo dhegey buu
ogaadey in uu dhulkii ku soo illaawey xariggii uu ratiga ku soo hoggaa-
min lahaa. ka dib wuxuu u qayliyey ninkii uu qarqarkiisa ku taagnaa oo
ku yiri:

- War hoggaankii ii soo dhiiba ku dheh dadka hoos jooga.

Markaas baa ninkii dadka ugu hooseeyey damcay in uu xariggii dhulka ka
soo qaado oo u dhiibo dadkii ka sarreeyey isaga. Goortii ninkii hoose
foorarsaday oo isyiri xariggii soo qadd bay dadkii kore oo dhammi soo
wada daateen. Ninkii ugu korreeyey baa ratiga dabadiisii u soo ruqday,
suu yeen:

- Hoheey! Dhul iima dhowa
dheefna ma helin!

Sidaas bay werisey sheekoxariiradan soomaaliyeed ee muujinaysa hawowey-
nida qofka oo himiladiisu tahay in uu ka jibakeeno ama ka adkaado
abuurta ku wareegsan. Maantana waxaynuba aragnaa qofkii oo u sahan
tegey xiddigaha iyo ka shishay.

---

1) Waxaa la yiraahdaa Calmiskeed oo ka mid ah buuraha Golis ee gobolka
Sanaag bay ahayd buurtaasi.

QAYB B 1: SHEEKOOYINKA DADQALATADII DHEGDHEER

Suuganta aan qorrayn ee soomaaliyeed qaarkeed waxay ku ssabsan tahay dadqalato, waxaana lagu maaweeliyaa carruurta yaryar, siiba ku uwa bulshada reermiyiga ah. Sheekooyinkaasi waxay tusayaan dadqalatooyin rag iyo haweenba leh, sida Dhegdheer, Duula, Miidaan oo haween ahaa, iyo Buraale, Raane iyo kuwo kale oo rag ahaa. Iyada oo la ogsoon yahay in sheekooyinka noocaas ahi ku badan yihiin suugaanta aan qorrayn ee soomaaliyeed, waxaannu halakan kaga faalloonaynaa dhawr ka mid ah sheekooyinka dadqalatadii Dhegdheer oo keli ah, taas oo caan ku ah suugaanta dadweynaha soomaaliyeed ee aan qorrayn.

Sheekooyinka Dhegdheer waxaa laga yaqaan gobollo badan ee Soomaaliya, siyaalo kala duwanna waa loo tebiyaa. Inkastaba, sheekooyinkaas oo dhammi waxay werrinayaan noloshii dadqalatadii Dhegdheer iyo falkeedii yaabka lahaa.

1) Sheeko-nololeeddii Dhegdheer, ama Xaynwada

Waagii ay inanta ahayd Dhegdheer way qurux badnaan jirtey, qof samir leh oo waalidkeed u dheganugul bay ahayd, baa la yiri. Dhallinyarada ay isku fil yihiin, way jeclaan jireen sheekada iyo haasaaweheeda, wiilal iyo qabdhaba. Gabdhuhu way ku dayan jireen Xaynwada wanaaggeeda, wiila-shuna way u bogi jireen lasheekaysigeeda. Habeenkii markii xoolu soo hoydaan dhallinyaradu waxay ku caweyn jireen sheekooyinka yaabka leh ee Xaynwada u sheegi jirtey. Barbaarta mar kasta ku shirsan hareeraheeda oo madaxnima u aqoonsaday awgeed baa magaca "xaynwada" loogu bixiyey. Waxaa jira sheekooyin kale oo Dhegdheer ku magacaabaya "Dhudi" iyo magacyo kale.

Waxaa la yiri Xaynwada waxay ka dhalatay qoys sabool ah oo reer-miyi ah, iyaduna ilmaha keli ah ee waalidkeed bay ahayd. Gabar qurux badan bay noqotay markii ay kortay, rag badan baana weydiistey adoogeed in ay guursadaan gabadhiisa. Adoogeed wuxuu Xaynwada ku daray nin xoolo yarad ah oo badan ka bixiyey. Ninkaasi wuxuu ahaa nin camal xun oo ay dhib ahayd si loo qanciyo.
Wuxuu la baxay gar dheer, sidaas baa "gardheere" loogu bixiyey. Xaynwada ma ay rabin in loo guuriyo ninkaas, markiise uu bixiyey xoolo badan oo aabbeheed ka saaray cayrnimadii way oggolaatay in ay noqoto afadii Gardheere. Markii ay gurigashay Xaynwada waxay isku dayday in ay ninkeeda u noqoto naag wanaagsan, si ay ku hesho kalsoonidiisa.

Waayo ka dib Xaynwada gabar bay dhashay, mid kalena way ku xijisey. Ilmahii saddexaadna gabar bay noqotay. Ninkii kuma farxin arrintaas, maxaa yeelay,sida ragga reer-miyiga u caado ah, wuxuu jeclaa in wiil u dhasho, kaas oo la wareegi lahaa maamulka reerka markii odaygu gaboobo, ama geeriyoodo. Rajadaas odaygu way burburtay markii naagtiisu wiil u dhaliweydey.

2) Xaynwada oo Dadqalatowdey

Ka dib abaar xun baa ka dhacday dalkii oo roob ma da'in sanooyin badan,
xoolihii way xaalufeen, kuwii Gardheerena ku jiraan; saa biyo iyo baad
bay waayeene. Sidaas awgeed, dad badan baa gaajo iyo macaluul u le'day,
kuwii sabato baxayna dalkii bay ka qaxeen oo dhul dheer bay nolol u
raadsadeen.

Isbeddel yaab leh baa ku dhacay Xaynwada oo waxay ka niyadjabtay in ay
cunto oon xalaal ah, dharaartii oo dhan waxay iska warwareegi jirtey
kaymaha cidlada ah, fiidkiina reerka bay ku soon noqon jirtey. Ninkee-
du waa garan waayey waxa ku dhacay naagtiisa waana la yaabay caadada
ay la timid. Galabtii dambe markii ay ku soo noqotay gurigii buu
weydiiyey:

   - Naa maxaa kugu dhacay, reerka inooma dhaqdid beryahaan dambe,
   maxaad duurka u wareegeysaa keligaa oo ka samaynaysaa?

Kama ay jawaabin weydiintiisii, waxayna ogaatey in uu ka shakiqabey
tabaha cusub ee ay la timid. Habeenkas goor saqdii dhexe ah bay Xayn-
wada soo qaadatay mindi dheer oo af badan oo ninkeedii Gardheere oo
hurda dhegta dhiigga u dartay! Ninka hilbahiisii qaar cawadaas bay
cuntay, qaarna way karsatay. Naagtii halkaas bay ku dadqalatowdey sida
sheekadani werisey[1].

3) Tilmaantii Dhegdheer

Sheekooyin dadweyne oo badani waxay Dhegdheer ku tilmaamaan in ay ahayd
naag laf dheer, buuran oo xoog weyn. Fardaha way ka dheerayn jirtey.
Marka ay qof eryanayso sida dabaysha bay u xiimi jirtey, xawligeeda
dartiis[2]. Waxaase la yiri dhaqso isma ay rogi kari jirin kolkay ordayso,
culayska oogadeeda iyo xawligeeda dheer awgiis. Dadku way ogaayeen iin-
teedaas oo way dabamaryayn jireen markii ay eryooto qof, sida la yeelo
wiyisha markii laga cararayo. Waxay lahayd timo yacay ah oo dabayshu
gadaal u sayrto, sida sayn fardood, marka ay qof cayrsanayso.

Indho xinjir guduudan ah bay lahayd, dhulow-dhul bayna wax ka arki
jirtey, sida shabeelka. Maqalka iyo urinteedu aad bay u feeyignaayeen.
Dhegaheeda mid baa sida eyga u dheerayd, sidaas awgeed baa loogu bixiyey
naanaysta "Dhegdheer". Gelinsocod meel jirta qofka ciidda butuca ah ku
dul soconaya iyo laanta dabayshu jebisey qacdeeda way maqli jirtey
Dhegdheer. Kolka ay jiifto dhegteeda dheer waa taagnaan jirtey ilaa ay
gama'dana ma dhici jirin dhegtu:

Cunidda hilbaha dad oo ay caadeysatey baa naagtaas ka dhigtay bahal
leh miciyo yeyeed iyo ciddiyo coomaadi. Tilmaantaas cabsida leh,
ciddi' dheer oo ay wax ku disho iyo mindi gaaleef ah oo af badan buu
ahaa hubkii ay dadqalatadu durba ku jarjari jirtey qofkii u gacan gala
hilibkiisa.

1) Sheekooyin kale waxay oranayaan Dhegdheer waa la guursadey kolkay
dadqalatodey ka dib, eeg Sheeko 6.

2) Dhegdheer xawaareheeda iyo awooddeeda duullimaadba waxaa lagu tusay
tixaha ku jira, eeg Sheeko 4.

4) Tabihii Ugaarsiga ee Dhegdheer

Marka ay dadka ugaarsanayso Dhegdheer way raadraaci jirtey ilaa ay
qofka hesho oo gaadmo ama orod ku qabsato.

> - Rag carraabay lama raaco, saad gaari meyside. Naag carrowdayse
> haka soo harin oo dumar gelin dambe waa soo dabcaaye. Nin jarmaaday
> haka soo harin, suu barqadii markii qorraxdu soo kululaato buu
> geed harsadaa oo lagu qaban karaaye. Naag jarmaaddayse ha racin,
> saad gaari mayside

- bay oran jirtey Dhegdheer.

Dhegdheer cabsi iyo dhiillo weyn bay gelisey dadkii degganaa dalkii ay
joogtey, markii ay qalatay dad badan, ceelashii laga cabbayey iyo
dhulkii daaqa lahaana loogu tegi waayey. Naag Dhool la oran jirey iyo
ninkeedii baa ka mid ahaa dadkii dadqalatadaas darteed ugu dhici waayey
biyihii iyo baadkii dalka yiil, waxaana ay ku heeseen:

ninkii: - Dhankaynu u guuri Dhooley
      abaaro dhacee?

Dhool: - Dhegdheer iyo Gardheeroo
      labo gabdhood[1] dhalay
      ayaa dhul barwaaqo lihi
      dhinacooda yahay.

Sheeko 1: Dhegdheer iyo Fariido

Afar carruur ah oo labo wiil iyo labo gabdhood oo walaalo ah baa miro
u doontay miyiga, baa la yiri. Intii ay maqnaayeen baa reerkoodii ka
guurey meeshii ay degganaayeen. Markii ay soo noqdeen bay reerkoodii
ka waayeen meeshii.

Fariido baa la oran jirey gabadha ugu weyn carruurta, waxayna ahayd
gabar waxgarad ah, sidaas awgeed, baa loogu bixiyey Fariido. Raadkii
reerka bay raaceen carruurtii, ka dibna kaymo cidla' ah bay ku fogaadeen
oo ku ambadeen. Waxay socdaanba waxaa u muuqday aqallo meel ka dhisan,
say waa ku soo leexdeen oo isyiraahdeen biyo iyo cunno weydiista reera-
haas.

Dadqalatadii Dhegdheer baa lahayd aqalladaas oo qabsatay carruurtii
markii ay u yimaadeen, ayaan-darradooda. Carruurtu dhawr beri waxba ma
cunin oo gaajo bay la weydoobeen. Dhegdheer cunno iyo biyo bay siisay
carruurtii, si ay u cayilaan, ka dibna ay u qalato.

> - Maandhaay, orodoo xaabo ii soo gur aan cunno idiin ku kariyo

- bay Dhegdheer ku tiri Fariido berigii dambe.

> - Yeelay, eeddo; walaalkayga weyni ha i raaco oo ha ii wehelyeelo

- bay tiri Fariido.

---

1) Sheekooyin kale waxay sheegayaan in Dhegdheer gabar keli ah lahayd,
eeg Sheeko 6.

- Waa yahay; ee ha fogaanninoo soo dhaqsada

- bay tiri Dhegdheer.

Markii Fariido iyo walaalkeedii weynaa tageen bay wiilkii yaraa dhegta
dhiigga u dartay oo beerkiisii karsatay. Cad beerkii ah bay dadqala-
tadii xoog ku cunsiisay gabadhii yarayd, intii kalena iyadu cuntay.
Gabadhii way garatay in waxa la cunsiiyey yahay beerkii walaalkeed.

- Huunno, beer walaal kharaaraa!

- bay tiri iyada oo oyaysa. Ka dib Dhegdheer gabadhii yaraydna
way qalatay.

Fariido iyo walaalkeed sooma noqon ee way ka carareen dadqalatadii.
Midkoodba meel buu u cararay, si ayan Dhegdhher uga dabo iman oo u soo
wada qabsan labadoodaba. Fariido iyo walaalkeed waa kala lumeen oo
iswaayeen.

Waxay oroddaba Fariido waxaa ka hor yimid libaax dadqaad ah oo fadhiya
waddada ay ku cararaysey. Fariido geed dheer bay ka fuushay libaaxii,
bahalkiina geedkii buu hoos fariistay, si uu u qabsado oo cuno markii
ay soo degto.

Fariido walaalkeed meel kasta waa ka doonay, beryo badan buuna goobayey
walaashiis. Raadkeedii buu helay berigii dambe oo raacay, wuxuuna helay
iyada oo geedkii ku joogta, libaaxiina hoos fadhiyo. Dab buu inta
shiday xolod dab ah ku tuuray libaaxii, bahalkii waa cararay.

Fariido sidaas baa walaalkeed uga sabatobixiyey libaaxii oo rayrayn
iyo farax weyn ay mar labaad isku heleen walaalihii waayo badan kala
maqnaa. Subaxii wiilku ugaarsi buu aadi jirey, walaashiisna waxay soo
guri jirtey miraha; galabtiina hilbaha walaalkeed keeno bay bislayn
jirtey. Sidaas bay nabad iyo barwaaqo ugu noolaayeen dalkii fogaa ee
ka shisheeyey buuraha waaweyn, baa la yiri.

Sheeko 2: Dhegdheer iyo Wadaadkii

Waxaa la yiri meesha ay deggan tahay Dhegdheer aqallo badan bay ka
dhisi jirtey, si qofkii arka aqalladaas u moodo in meeshaas degmo taal
oo inta ku soo leexdo ay qabsato oo qalato. Sidaas bay dadka ku soo
dabi jirtey.

Dharaartii dambe baa wadaad socdaal ah aqalladii Dhegdheer arkay oo
inta ku soo leexday dadqalatadii oo gurigeedii joogta u yimid. Markii
wadaadkii arkay foolxumadeedii buu ka yaabay oo ku dhaygagay, say teen:

- War ma indhahaygaad ka baqday? Mashiikh (cudur indhaha ku dhaca)
baan qabaa oo milix iyo murre ayaan ku shubay. Mase miciyahaygaad
ka baqday? Yaraantii baan ilka-dawacadii layga gurin. Mase ciddiya-
haygaad ka cabsootay? Rajaynimaan ku weynaadey.

- Naa nin socdaal ah oo harraad qabaan ahaye i waraabi

- buu yiri wadaadkii.

- War haamaha aqalka tobnaad yaal, tan tobnaad kalaxa Adarka[1)]
agyaal soo darso, oo i sii sug intaan reerahaas dab ka soo qaada-
nayo

- bay ku tiri Dhegdheer oo dhaqaaqday.

Meeshii uu biyaha ka soo darsan lahaa haanta tobnaad ee tiil aqalka
tobnaad wadaadkii waa qaldamay oo wuxuu bujiyey haantii sagaalaad ee
tiil aqalka sagaalaad. Wuxuu haantii ku dhex arkay qof calaacashiis
iyo shanteedii farood oo ku yaal. Wuu naxay oo far iyo suul isku taagey,
markii uu ogaadey in ay naagtaasi tahay dadqalatadii belada ahayd ee
Dhegdheer.

Haanta wadaadku bujiyey waxaa la oran jirey Bowdheer (eeg tusmo 2 bog 19
iyo tusmo 1 bog 26) oo Dhegdheer ku guran jirtey hilbaha dadka ay qalato.[2)]
Markii furka laga qaado haantaas bowdeeda waxaa laga maqli jirey carro-edeg .

Dhegdheer gurigeedii bay ku soo oroddey kolkii ay maqashay bowdii
haanta Bowdheer, oo aragtay haantii oo la bujiyey iyo wadaadkii ay
guriga kaga tagtay oo maqan.

Ka dib way raadraacday oo durba soo qabsatay isaga oo meel sii rooraya.
Habeenkaas bay qalatay wadaadkii oo markii ay cuntay hilbihiisii tiri:

- Wedkiisaa wadey wadaadka
maxaa waddadayda keenay!

Sheeko 3: Dhegdheer iyo Boholaha Xargaga

Waxaa la yiri nin baa wuxuu qabey naag dhallinyar oo qurxoon oo wiil u
dhashay. Xoolo ku filan bay lahaayeen qoysku oo way ladnaayeen. Ninkii
wuxuu guursadey naag kale, si uu u reerbadsato oo wiilal badan u
yeesho, markii uu gaboobo ama geeriyoodana la wareega maamulka reerka.
Xoolihii kala bar oo bar wuxuu siiyey minyaradii, aqal cusubna minweyn-
takeedii baa looga agdhisay.

Waxaa dhacday in minweyntii markay aragtay aqalka ka feer dhisan keeda
iyo gabadha qurxoon ee dhallinta yar ee ninkeedu keensaday ay masayr
dartiis maryaha tuurto.

Habeenkii dambe bay minweyntii inta wiilkeedii xambaaratay ka guuraysay
ninkeedii oo la jiifa minyaradiisa. Subaxii buu ogaadey in naagtii iyo
wiilkiiba maqan yihiin, meel uu u doonase ma aqoon oo waa ka danbaxay.

Maalmo badan bay socotey naagtii iyada oo ku sii jeedda meeshii reer-
adoogeed degganaa wagii ugu dambeysey. Dhulka ay maraysey wuxuu ahaa
dooxooyinka Nugaaleed, halkaas oo lagu yiqiin in ay dadqalatadii
Dhegdheer ka ugaarsato dadka. Naagtii waxay socotoba waxay meel dheer

1) Waa jalxad weyn oo wax lagu kariyo, ama biyo lagu shubto; sebenno
hore magaalada Adari (Harar) baa laga keeni jirey weelkaas, eeg Sheeko 4.

2) Waa eray qadiin ah oo aan haatan lagu dhaqmin, macnehiisu waa dunida
oo idil, inta ka shishaysa meesha cirka iyo dhulku iska galaan. Xoola-
leyda soomaaliyeed baa sebenno hore yiqiin eraygaas.

a aragtay qof ka soo dabo ordaya oo cagihiisu kicinayaan habaas cirka u
dalluumaya. Durba dhiillo baa gashay naagtii oo waxay garatay in qofka
sidaas ugu soo ordaya uu dadqalatadii yahay. Markaas bay cagaha wax ka
dayday oo la carartay wiilkeedii. Dhegdheer way ka dabo oroddey iyada
oo xiimaysa. Xawligeeda awgiis bay cagaheedu boor iyo siigo cirka u
dalluumiyeen.

Hooyada iyo wiilkeeduba way buurnaayeen oo diihaal siyaado ah bay ku
kicinayeen dadqalatada oo isku dayday in ay qabsato oo qalato labadoo-
daba. In kasta oo dadqalatadu mar walba ku soo dhowaaneysey hooyaduna
naflacaari bay ahayd oo way ka orod badisay Dhegdheer oo qaban kari
weydey. Sidii la isu cayrsanayey baa waxaa lagu yimid boholaha Xargaga[1],
hooyadiina haadaantii way kala dul booddey wiilkeedii, saa naf baa
eryeysee. Markii ay u tallaawday gawgii kale ee haadaanta halkii bay
hooyadii ka sii wadday baxsashadeedii.

Dhegdheer way buurnayd oo cuslayd berigaas oo way ka boodi kari weydey
bohoshii. Inta istaagtey qarkii soke ee haadaanta bay tirisay heestaan
catowga ah:

  - Bal naagtaas barida daya
  bal balaq-balaqdeeda daya
  bal bocoolkay sidata daya
  cakuye Boholaha Xargage
  qof xiimaayay xiraan
  qof duulaayay dabraan!

Kaasi wuxuu ahaa marka keli ah ee qof cago kaga baxsado Dhegdheer, baa
la yiri.

Sheeko 4: Dhegdheer, Baricade iyo Falaad

Waxaa la yiri waa baa nin iyo naagi isu dhaxeen, waxayna isu dhaleen
labo carruur ah oo wiil iyo gabar ah. Wiilka waxaa la oran jirey Barica-
de, gabadhana Falaad.

Berigii dambe bay carruurta hooyadood dab uga dirsatay gurigii awoowa-
hood iyo ayeeyadood, si ay cunno ugu bislayso.

  - Awoowe iyo ayeeyo dab na siiya hooyo cunno noogu bislayso

- bay Falaad tiri kolkii ay u tageen awoowe iyo ayeeyadood.

  - Soo galoo qaata

- baa qof ka soo yiri aqalka dhexdiisa.

  - Awoowe iyo ayeeyo dab na siiya hooyo cunno noogu bislayso

- buu Baricade isna yiri. Sidii oo kale baana loogu jawaabey.

Carruurtii way la yaabeen jawaabtaas, maxaa yeelay waxay ogaayeen awoowe

---

1) Waa boholo ku yaal koofurta Nugaaleed ee ka soo jeexan buuraha Golis
ee woqooyibari iyo koofur-bari u taxan. Boholohaasi waxay ku yaaliin
togga Nugaaleed ee ku biyoshubta badda Hindiya, waxayna u dhowyihiin
magaalada Taleex.

iyo ayeeyadood oo weligood u roon oo si kalgacalo leh u soo dhoweeya,
ee aan sidaas oo kale ula hadlin. Awoowaha iyo ayeeyadu waxay weligood
dabka ku shidan jireen aqalka fagaarehiisa ee kuma shidan jirin gudaha.
Carruurtii oo yaaban dabna sidin baa ku noqday hooyadood oo u sheegay
hadalladii awoowe iyo ayeeyadood kula hadleen.

Carruurta hooyadood baa ka dib u tagtay hooyadeed iyo aabbeheed oo
aqalkoodii ugu gashay, si ay dab uga soo qaadato. Markii ay soo gashay
aqalkii baa hooyadeed iyo aabbeheed ku dhegeen oo qasheen gabadhoodii!

Kolkii naagtiisii soo noqon weydey baa ninkeedii ka doonay gurigii
waalidkeed, waxayna u sheegeen in ayan arag naagtiisii. Markaas buu
meel kasta ka raadiyey iyadii, una maleeyey in ay ku ambatay duurka.
Wax badan buu raadiyey oo u dhawaaqay, maxaadse ii dhiibatey, Ma qof
dhintay baa soo noolaada!

Markii uu ka samray helidda naagtiisii buu soddog iyo soddohdiis wuxuu
ka codsatay in ay u soo diraan qof haween ah oo la korisa carruurta
rajowdey, reerkana u maamusha. Soddog iyo soddohdii waxay ninkii u soo
direen naag ku kaalmaysa hawsha reerkiisa, sidii uu ka codsaday.

Cawadii dambe baa ninkii reerka lahaa oo nabad u hurda naagtii gawrac
ugu jiiddey. Hilbihiisii qaar way cuntay, qaarna way karsatay. Naag-
taasi illeyn waxay ahayd dadqalatadii belada ahayd, Dhegdheer, ee
dalka looga wada qaxay[1].

   - Adoogiin waa socdaalay, xigaaladiis buu ka wardoonay

- bay Dhegdheer ku tiri Baricade iyo Falaad markii ay waayeen adoogood
subaxii dambe, wayna ka rumaysteen iyada sidaas.

Galabtii dambe arigii ay jireen maalintaas oo dhan bay soo hoyiyeen
carruurtii, waxayna eeddadood (sidaas bay ugu yeeri jireen Dhegdheer)
ku yiraahdeen:

   - Eeddo cuno na sii, gaajaa na haysee.

   - Ordoo haanta qabadheer[2] dhaafoo
   haanta qabadhuubo dhaafa
   haanta burayar[3] dhaafoo
   haanta buradhagaf hilibka
   gadowgeeda suran soo qaatoon cuna
   aaburkana haka qaadina

- bay Dhegdheer ku tiri carruurtii.

---

1) Sheeko kale baa jirta oo oranaysa naagtaasi ma ahayn Dhegdheer ee
naag kale oo iyana dadqalato ah bay ahayd. Sheekooyin soomaaliyeed oo
badan baa isku qasma, sababtuna waa iyaga oo facyaal badani soo tebin
jireen qarniyadii tegey.

2) Qabo - geed laamihiisa soomaalida xoolaleyda ahi ka toshaan haamaha
biyaha lagu shubto.

3) Haan buro - waa haanbiyood laga tolo xididka goodka argeegga; buradu
way ka raagsiinyo badan tahay haanta laga tolo qabada, eeg Sheeko 2.

Carruurtii dhoontii loo tilmaamay bay inta gefeen waxay fureen mid ka
mid ah kuwii loo diidey, waxayna ku arkeen addimmo dad oo googo'an,
waxayna u aqoonsadeen hilbihii adoogood. Baricade iyo Falaad markaas bay
ogaadeen in eeddadood tahay dadqalato, aad bay uga baqeen iyada oo kaga
dhuunteen kaynta.

   - Hadday markay ina weydo tiraahdo: "meeye carruurtaydii aan jeclaaye
ariga ii ilaalin jirtey?" aynu ku noqonno gurigoo niraahno: "waa na kan,
eeddo macaan; xaabaan kuu soo gureyney aad cunno noogu karisid". Haddiise
aytiraahdo: "meeye carruurtaan kobcin jiree islahaa midba mar qalo?"
aynu ka cararno meesha, bay ku tashadeen carrurtii.

Baxsadkii Carruurta

Markii carruurtii bujiyeen haantii Bowdheer ee qarsoodiga ahayd waxaa
bowdeedii maqashay Dhegdheer oo meel fog ka ugaarsaneysey dad ay qalato.
Gurigeedii bay markaas ku soo oroddey, si ay u qabsato oo qalato qofka
bujiyey haanteedii u qarsoonayd. Markii ay ku soo rooraysey guriga
Dhegdheer waxay ku catowday:

   - Ba'y! Ma bowdheer baa la bujey?
   may xayntii baa baxsatay?
   ma xaynkaygaa[1] bilig leh[2]?

Goortii Dhegdheer ka weydey carruurtii gurigii bay teen:

   - Hoheey! Meeye carruurtaan kobcin jiree islahaa midba mar qalo?

Markii ay carruurtii sidaas maqleen bay meeshii ka carareen oo habeenno
iyo maalmo badan bay roorayeen. Dhegdheer carruurtii bay doontay oo
raadkoodii inta heshay ka daba orodday, si ay u soo qabsato oo u qalato
midba mar.

Qodax Qaydar

Intii ay ka dabo ordeysey oo dhan waxay dadqalatadu carruurta ku inkaa-
reysey:

   - Qodax qaydarey[3] juq dhen
   mas qooqanow[4] qab dheh
   kabotole jinnow juq dheh ...

Ka dib qodax qaydar baa Falaad cagta ka muddey oo ay la ordi kari weydey.
Dadqalatadii baa qabsatay gabadhii oo ku tiri:

.1) Xayn - waa tafta ama darafta marada saddex-qaydda ah ee haweenka
soomaaliyeed ee reer-miyiga ahi qaataan.

2) Xayn bilig leh - waa cawrada qofka oo aan asturrayn; ama waa sir
qarsonnayd oo la ogaadey.

3) Qaydar - waa geed dheer oo qodxo leh ee ku badan miyiga soomaaliyeed;
nooca "acacia" buu ka mid yahay.

4) Mas qooqan - suntiisu ka halisan mararka kale ee noloshiisa; soomaa-
lidu sidaas bay yiraahdaan, lamase hubin arrintan cilmi ahaan.

- Mindhaa igama baxsatid mar dambe; hilbahaaga dhaylada ahaan cadcad
u googoosan!

- Eeddo macaan, anigu kaa baxsan mayne waxaa kuu soo qabanayey walaal-
kay Baricadoo kaa baxsadayoo kugu caasi noqday, si aad u googoosatid
hilbihiisa dhaylada ah. Isagu meel dheer weli ma tegin, haddaad iga
bixisid qodaxda igaga jirta cagta, waan ka dabo ordiyoo kuu soo gaban,
sidaad doonto aad ku fashide.

- Haa heey! Ma runtaa baa maandhay? Fiicanaa gabadhaydii!

- bay tiri dadqalatadii inta rumaysatay hadalkii Falaad, qodaxdii qaydar
ee cagta ka muddeyna ka bixisay. Falaad dhagartaas bay kaga boxsatay
Dhegdheer waxayna ka dabo oroddhay walaalkeed, dhaqsana u gaartey isagii
oo sii carraraya, say aad bay u dheerayn jirtaye. Waxay isaga u sheegtay
sidii ay u dhagartay dadqalatadii oo uga soo baxsatay, wuuna ku ray-
reeyey in ay mar labaad is-heleen iyaga oo badqaba. Baxsadkoodii bay
sii wadeen.

Mas Qoogan

Sidii ay carruurtii u roorayeen baa mas qooqani cagta ka qaniiney Bari-
cade, suu waa ordi kari waayey oo meeshii fariistay. Dadqalatadii cayr-
saneysey carruurta baa soo gaartey oo qabsatay wiilkii.

- Nacabyohow xumi, mindhaa igama baxsatid mar dambe; hilibkaaga
dhaylada ahaan cadcad u googoosan!

- bay tiri Dhegdheer.

- Eeddo macaan, anigu kaa baxsan mayne waxaan kuu soo qabanayey walaa-
shay Falaad oo ku dhagartayoo kaa carartay markaad ka bixisay qodax-
dii, si aad u googoosato hilibkeeda dhaylada ah. Iyadu weli meel
dheer ma tegin, haddaad iga muudsatid sunta maska waan ka dabo ordi-
yoo kuu soo qaban, sidaad doonto aad ku fashide

- buu Baricade ku yiri dadqalatadii, isaga oo baqdin la qarqaraya.

- Haa heey! Ma runtaa baa maandhow? Fiicanaa wiilkaygu

- bay tiri dadqalatadii inta rumaysatay hadalkii wiilka oo ka nuugtey sun-
tii maska. Baricade sidaas buu u dhagray dadqalatadii garaadka darrayd
oo walaashiis buu ka dabo orday, si ayan mar dambe u qabsan dadqalatadii
oo weli eryooneysa iyaga.

Badweyn

Markii ay habeenno iyo dharaaro badan cararayeen carruurtii baa waxaa
ka hor timid badweyn.

- Badey meel noo bannee
belaa na wadee

- bay yiraahdeen carruurtii.

- Halkaas maroo haddaad wax wasakha i taabsiisaan waan idin liqayaaye
ogaada

- bay tiri badweyntii oo meel u bannaysay carruurtii inta ka naxday. Carruurtii ma wasakhayn badweyntii kaalmaysay oo jidka u furtay, waxayna u gudbeen dhulkii weynaa ee ka shisheeyey badweynta.

Dadqalatadii oo weli eryoonaysa carruurtii baa iyana ka hor timid badweyntii, oo ku tiri:

- Badey meel ii bannee
beerkaygii baa iga baxsadee.

- Halkaas maroo ha i taaban, haddii kale waan ku liqiye ogow

- bay tiri badweyntii. Dhegdheer isma ururin oo badweyntii bay dacalladeeda ku taabatay, markaas baa badweyntii carootay oo liqday dadqalatadii[1].

Baricade iyo walaashiis waxay ku nasteen dhulkii weynaa ee ka shisheeyey badweynta, halkaas oo aan lahayn dadqalatooyin ay ka baqaan.

Deerooyin

Carruurti way gaajoodeen baxsadkoodii dheeraa ee ay Dhegdheer ka cararayeen ka dib, aad bayna u daaleen. Baricade kaymaha buu ugaarsi u doontay, wuxuuna arkay deerooyin badan oo meel daaqaya. Markaas buu u gaatamay oo gadaal ka maray ugaartii oo u soo didiyey meeshii walaashiis joogtey, isaga oo ku dhawaaqaya:

- Baayey
deeroy jab dheh!

Gabadhii erayadaas bay ku dhawaaqday markaas baa labo deero oo cararaya isku dhaceen oo midi jabtay oo roori kari weydey. Baricade waa qabtay oo gawracay deeradii jabnayd, Falaadna waa qashay oo karisay hilbihii, ka dibna way cuneen oo ka dhergeen.

Subax kasta Baricade ugaarsi buu u kici jirey, gabadhuna miro iyo xididdo la cuno bay soo guri jirtey. Galabtii waxay bislayn jirtey hilbaha walaalkeed keeno. Sidaas bay carruurtii barwaaqo iyo baraare ugu noolaayeen dhulkii weynaa ee ka shisheeyey badweynta, baa la yiri.

Falaad iyo Fiqifarey

Maalin iyada oo walaalkeed ugaarsi ku maqan yahay bay Falaad aragtay libaax ku soo socda, markaas bay ka carartay oo fuushay geed dheer laantii ugu sarreysey, si ay uga badbaado bahalka. Libaaxii geedka hoostiisii buu fariistay, suu ma kori kare oo isyiri sug aad qabsatid markii ay soo degtee.

Ka dib labo nin oo socoto ah baa yimid geedkii gabadhu fuushanayd, si ay ugu nastaan harkiisa qabow. Libaaxii waa cararay kolkii uu arkay raggii. Nimanka midkood fiqi buu ahaa oo masallehiisii buu inta fidiyey ku yiri gabadhii geedka fuushanayd:

---

1) Dhegdheer sidaas bay u dhimatay sida sheekadani werisey, eeg Sheeko 6.

- Naa ku soo bood masallahaygaan aan ku guursadee.

Ninkii kalena go'iisii sare buu fidiyey oo isna ku yiri gabadhii:

- Naa ku soo bood go'aygaan aan ku guursadee.

Nimankii waxay ku heshiiyeen in kooda ay gabadhu ku soo booddo gogoshiisa loo daayo. Ka dib waxay ku soo booddey masallehii fiqiga, waxayse faryaradeeda bidix ku taabatay go'ii ninka kale, wuxuuna weydiistey in loo gooyo farta, waxa uu doono ha ku falee. Fiqigii baa faryaradiisii u gooyey ninkii, intii la goyn lahaa tan gabadha, isna waa qaatay oo iska tegey.

Fiqigii baa markaas guursadey Falaad oo dhul fog la aaday, waxaana lagu naynaasay "fiqifarey". Falaad iyo fiqifarey waxay yeesheen carruur badan, barwaaqo iyo baraare bayna ugu noolaayeen dhulkii fogaa.

Markii Baricade ka soo noqday ugaarsigii walaashiis buu ka waayey meeshii uu ku ogaa. Kaymihii buu ka doondoonay iyadii, wuxuuna arkay raadkeedii iyo nin la socdey. Baricade raadkii buu raacay, wuuse gaari kari waayey oo dharaar iyo habeen ka hor bay mareen meesha.

Baricade oo Gallayr u Doorsoomay

Baricade wuxuu jeclaystay in uu noqdo gallayr, si uu dhulka oo idil u kor lalo oo ka goobo walaashiisii uu jeclaa. Waana loo yeelay sidaas oo wuxuu u gaddoomey gallayr xoog badan wuxuuna dul lalay dalkii oo dhan oo ka doonay walaashiis Falaad.

Maalin buu gallayrkii wuxuu arkay carruur yaryar oo hilbo cunaya oo dul fariistay geed u dhow iyaga. Carruurtii way ka naxeen shimbirta liidata ee gaajaysan, waxayna u tuureen cadad hilbo ah. Maalintii dambena gallayrkii geedkii buu soo dul fariistay, carruurtii fiicnaydna waxay u tuureen cadad hilbo ah, maalmo kale oo badanna sidaas bay yeeleen.

Carruurtii hooyadood bay u sheegeen shimbirtii ay la yaabeen, iyaduna waxay tiri:

- Soo qabtoo shimbirta ii keena.

Carruurtiina sidii bay yeeleen. Falaad tebbed subag ka buuxo bay ku dhex riddey gallayrkii, oo ku tiri:

- Shimbirey, haddaad walaalkay Baricade tahay shanqaraan kugu garto ii samee markaad dhammaysato subagga, aan kaa soo bixiyo tebbeddee. Haddii kalese tebeedda dhexdeedaad ku dhiman.

Gallayrkii subaggii buu cunay markaas buu u doorsoomay Falaad walaalkeed, Baricade, wuxuuna sameeyey shanqartii walaashiis ka fileysey oo ay durba ku aqoonsatay. Markaas bay ka soo saartay tebeddii. Falaad iyo Baricade waa isaqoonsadeen oo isdhunkadeen, wayna ku rayrayeen in ay is-heleen sanooyin badan ka dib. Falaad waxay walaalkeed weydiisatey in uu la noolaado reerkeeda isaguna waa ka yeelay sidaas.

Geeridii Baricade

Baricade wuxuu Falaad wiilkeeda weyn bari jirey fardofuulka iyo taba-barro kale,.wiilkuna aad buu u jeclaa abtigiis. Sidaas darteed buu Fiqifarey kula colloobey Baricade oo ku tashaday in uu iska fogeeyo ninkaas.

Berigii dambe baa Fiqifarey, wiilkiisii weynaa iyo Baricade xoolihii arooriyeen. Fiqifarey faraskiisii baa biyo diidey, markaas baa nin fal-allow ahi ku yiri:

- War farasku biyo ·cabbi mayo hadduusan cunin beer dad!

Fiqifarey wuxuu ku tashaday in uu dilo Baricade, beerkiisana cunsiiyo faraskiisa. Fiqifarey warankiisii weynaa ee uu ku dagaallami jirey buu jifida ugu mudey dhulka oo ku yiri wiilkiisii iyo Baricade:

- Bal car waa kiinnii ka dul booda warankaas?

- War waa ka boodi karnaa, bay yiraahdeen.

- Anaa waranka ku xajinaya dulka, si aydaan u ridin kolkaad ka boo-deysann,ama dabayshu u ridine soo booda

- buu yiri Fiqifarey. Willkii baa ka boodey warankii oo meelna kama taa-ban, maxaa yeelay adoogiis baa si qarsoodi ah hoos ugu dhigay warankii oo u gaabiyey dhererkiisii. Ka dib markii Baricade isyiri ka bood baa Fiqifarey caloosha kaga tummaatiyey warankii oo diley. Kolkaas buu beer-kii Baricade cunsiiyey faraskiisii, sidii falallowgu kula taliyey. Ka dib faraskii biyo badan buu cabbey.

Falaad oo u Artay Walaalkeed

Wiilkeedii baa Falaad u sheegay in Fiqifarey dhagar ku diley walaalkeed, iyaduna waxay ku dhaaratay in ay u aarto walaalkeed. Waxay soo ururatay sacab muggiis oo takar ah oo ku karisay dheri. Waxay kale oo dherigii ku karisay mandheer naag markaas umushay. Ka dib waxaas oo dhan bay cunnadii ninkeeda ugu iidaantey oo siisay, isna waa cunay.

Fiqifarey cunnadii buu iska cunay, isaga oo aan ogeyn in takar iyo man-dheer naageed lagu iidaamey. Ka dib calooshii baa ka barartay oo ka weynaatey, xanuu buuna la joogi waayey. Wuxuu ismoodey in uu uur leeya-hay sidii naageed. Fiqifarey niyadjab baa ku dhacay oo wuxuu moodey in ragannimadii ka guurtey, wuxuuna ku heesay:

- Takara fawfaw
sidee naago u dhallan!

Fiqifarey guul-darradaas buu u dhintay, Falaad iyo carruurteedina bar-waaqo iyo bashbash bay ku noolaayeen waagaas ka dib, baa la yiri.

Sheeko 5: Catircaana-Kunuuge

Waxaa la yiri nin, afadiisii iyo labo gabdhood oo ay dhaleen baa meel deganaa. Ri' iyo lax keli ah oo middiiba kabbo caano ah dhiiqdo bay wax xoolo ah ka qabeen qoysku. Labada gabdhood laxda ayay maali jireen, odayga iyo habartuna rida. Gabdhuhu kabbada caanaha ah oo ay laxda ka

maalaan inta labeen ka dhigaan bay ku dhaashan jireen, say wax kale u
tari maysee.

Gabdhuhu gocoso iyo miro bay ka soo guran jireen kaymaha oo ku noolaa-
yeen, labeentana basaasta bay iskaga dhicin jireen oo way dhogor wanaag-
sanaan jireen weligood.

Ridu baaqimo bay ahayd oo iyaduna dabbo caano ah ka badan ma lahayn.
Xoogaaga caanaha ah ee rida ay ka soo listo naagtu ninkeeda ayay siin
jirtey, iyaduna gawskeeda ayay ka cabbi jirtey.

Marka kabbada caanaha ah ay afadiisu u keento catir buu inta darsado ku
dhuugi jirey, si ayan caanuhu durba uga dhammaan. Sidaas darteed baa
loogu bixiyey naanaysta "catircaana-kunuuge".

Catircaana-Kunuuge oo Gabdhihiisii Ambiyey

Waagii dambe bay gabdhaha hooyadood geeriyootey, markaas buu adoogood
guursadey naag kale oo tii hore reerkeedii u dhiibey. Gabdhihii iyo
aayadood baa heshiin kari waayey, maxaa yeelay naagtii baa ka hinaastay
gabdhaha dhaashan had iyo goor oo dhogortasan leh. Afadii waxay ku
tashatay in ay gabdhaha iyo adoogood isku dirto oo uu guriga ka eryo
iyaga.

Habeenkii dambe bay afadii ridii iyadu maashay oo dan uga baxday ninkee-
dii.

   - Naa rida bal ii soo lis, ma dibjiryaad ila damacday caawa? Buu
   yiri.

   - War ridii gabdhahaagaa carrabsaday, bal eeg siday u dhaashan yihiin
   oo u dhal-dhalaalayaan iyo sidaad adna macaluusha ugu go'ayso. Laxda
   caanaheeda ma dhammayn karaan, kabbadii qur ahayd ee aan rida kaaga
   lisi jirey haatan kuuma quuraanoo kaa qaade. Caano dambeed catir ku
   nuugto ha i weydiin aniga

- bay tiri naagtii iyada oo caraysan. Odaygii wuxuu ku tashaday in uu
reerka ka eryo gabdhihiisa oo isaga iyo afadiisu keligood wada maalaan
rida iyo laxdaba.

Berigii dambe buu odaygii ku yiri gabdhihiisii:

   - Maandhooyinow, maanta anaa miraha iyo gocosada idin la soo gurayee
   ina keena; waxaynuna tegeynaa meel dihinoon aqaan.

   - Haye, aabbe

- bay yiraahdeen gabdhihii. Saddex caanamaal markii ay sii socdeen oo
joogaan meel cidla' ah oo reerkii ka fog buu odaygii yiri:

   - Meeshaani gocoso iyo miro badan bay leedahaye inoo soo gura, ka
   nasta markaad daashaaan. Aniguna miraan inoo ka soo gurayaa dhirta
   ku taal kayntaase i sii suga. Dhegeysta qalow-qalowda koorta suran
   ratigeenna surkiisa ee daaqaya kaynta. Haddaad maqashaan koorta
   ogaada inaan an idin ka fogeyn. Go'ayga sarena geedkaas dheer baan
   ku warayaa, markaad aragtaanna ogaada inaan joogo.

- Haye, aabee

- bay yiraahdeen gabdhihii iyaga oo aan war u hayn dhagarta aabbahood.

Odaygii koortii buu geed u dhow meeshii gabdhuhu joogeen ka laalaadiyey oo ka dhuuntay gabdhihii inta watay ratigii. Dabayl baa ruxday koorti oo ka qalaw-walaw siisay, markii gabdhihii maqleenna waxay moodeen in aabbahood agjoogo oo meeshoodii kama kicin, waxyana iska sii wateen miroguriddii. Habeenkii haddii ay meeshii cidla'da ahayd baryeen oo adoogood soo noqon waayey bay subaxii dambe raadiyeen isagii. Dhinacii koortu ka yeereysey bay u kaceen oo heleen iyada oo ka lulata geed cidla' ah oo dabayshu ruxayso. Meel kasta way ka daydayeen oo u dhawaa- qeen aabbahood, il iyo baalse ma ay saarin.

Gabdhihii Catircaana-Kunuuge oo la kulmay ina-Dhegdheer

Gabdhihii ilma Catircaana-Kunuuge way habaabeen oo maalmo iyo habeenno badan bay soconayeen, waxayna ka quusteen heliddii aabbahood iyo jidkii geynlahaa gurigoodii. Waxay wejiga saareen galbeed iyo qaorrax-udhac.

Markii ay soconayeen shan dharaarood iyo shan cawo bay si lamafilaan ah u arkeen saddex aqal oo meel cidla' ah ka dhisan. Gabdhihii waxay galeen aqalladii midkood, waxayna ku arkeen gabar filkooda ah oo ku xiran udub-dhexaadka aqalka. Xariggii bay ka fureen gabadhii oo iswa- raysteen, waxayna u sheegeen sidii adoogood uga dhuuntay, ka dibna ugu habaabeen duurka. Way wada ooyeen gabdhihii oo ilmo badan baa ka hoortay.

Gabadha ku xirnayd udub-dhexaadka waxay ahayd tii ugu yarayd gabdhaha Dhegdheer, waxayna u sheegtay gabdhihii in hooyadeed ku xirtay guriga, si ayan uga baxsan sidii labadii gabdhood ee walaaleheedii ka weynaa yeeleen[1], inta hooyadeed ku maqan tahay ugaarsi dad ay qalato. Dheg- dheer gabdheheedu way necbaayeen hooyadood, sababta oo ah dadqalatanni- madeeda ay ku bahalowdey. Iyagu ma ahayn dadqalato sida hooyadood ee cunno nadiif ah bay cuni jireen, mana ay taaban jirin weelka habartood wax ku cunto. Labadii gabdhood ee waaweynaa way ka carareen dadqala- tada hooyadood ah oo rag fiican baa guursadey. Gabadhii yaraydna marar badan bay damacday in ay iyaduna baxsato, umase suuroobin.

- Hooyaday Dhegdheer baa la yiraahdaa, aabbese ma lihi oo ma arag weligey

- bay tiri gabadhii iyada oo booyaysa.

Markii gabdhihii maqleen Dhegdheer magaceeda baa dhulkii qaadi kari waayey badqin awgeed. Hooyadood baa u sheegi jirtey sheekooyinka cab- sida badan ee Dhegdheer, iyo in ay ahayd dadqalato belaayo ah oo dadkii oo dhammi uga qaxeen dalkii cabsideeda darteed.

- Hooﬂﬂeyoo ba'nay! Beladii Dhegdheer baannu u gacan galnay; naa aynu ka cararno meeshee ina keena

---

1) Sheekooyin kale waxay weriyeen in Dhegdheer lahayd gabar keli ah, eeg Sheeko 6, tusmo 1 bog 13 iyo qayb 1 bog 12.

- bay yiraahdeen ilma-Catircaana-Kunuuge.

- Cir iyo dhul wax joogoo ka baxsan kara Dhegdheer ma jiraan, idin-
kuna maba haweysan kartaan inaad cago kaga baxsataane naa i maqla
aan idin la taliyee: saddex qof baynu nahay haatan, aynu isugu tagnoo
dillo dadqalatadan belada ahoo ka badbaadinno nafteenna iyo dadkay
cabsida iyo geerida joogtada ah ku hayso. Dadugaarsi bay ku maqan
tahay haatan, middeenba mar bay qalanaysaa hadday idin aragto idinkoo
ila jooga, anna i deyn mayso

- bay ina-Dhegdheer ku tiri gabdhihii oo baqdin la gariiraya.

- Ba'nay! Walaaley na qari; waa yeeleynaa wax kastood na tiraahdee.

- Waa hagaag, raarkaas baan inta idin ku duubo idin ku qarinayaa
aqalka duleedkiisa; ju iyo jaa toona yaan la idin ka maqlin. Haaday
habartay idin hesho way idin qalqalnaysaa anna waxba idiin ma tari
doonee ogaada

- bay tiri ina-Dhegdheer.

Gabdhihii way yeeleen taladii ina-Dhegdheer markaas bay siisay biyo
iyo cunno, say harraad iyo gaajo bay u go'ayeene, ka dibna way qarisay
gabdhihii.

- Naa igu xira udub-dhexaadka, hooyaday baa iga furi doonta markay
timaaddoo igu xiri doonta dhexdeeda markay seexanayse. Markii dheg-
teeda dheeree taagani hoos u dhacdo ogaada inay huruudo; soo baxa
markaasoo iga fura xarigga, ka dibna sidii aynu ku tashannay aynu
yeeloo

- bay gabdhihii ku tiri ina-Dhegdheer.

Haantii Bowdheer iyo Dherigii Adar - Weelkii Qarsoonaa ee Dhegdheer

Dhegdheer waxay weligeed dhisan jirtey aqallo aan saddex ka yarayn,
aqalka kowaadna waxay dhigan jirtey haantii qarsoonayd ee Bowdheer[1],
sidaasna waxaa loogu bixiyey bawdeeda dheer markii la bujiyo. Haantaas
bowdeeda carro-edeg baa laga maqli jirey markii furka laga qaado.
Ina-Dhegdheer dhegaha bay faraha gelin jirtey goortii hooyadeed bujiso
haantaas si ayan haanta bowdeedu u dillaacin xuubka dhegaheeda.

Aqalka kowaad waxaa yiil toban haamood oo taxan, sagaalkood biyo baa
ku jirey, kulligoodna waxay la safnaayeen haantii bowdheer oo qotontey
meesha sagaalaad ee safka haamaha.

- Ha taaban haanta sagaalaad

- bay Dhegdheer ku oran jirtey markii gabadheedu biyo ay cabto ka soo
darsanayso haamahaas.

Aqalka labaad ee Dhegdheer waxaa yiil dherigii ay wax ku karsan jirtey
ee la oran jirey Adar[2], cidina kama qaadi kari jirin daboolka Dheg-

---

1) Eeg tusmada 1 iyo 2 bog 16; tusmada 2 bog 19.

2) Egg tusmada 1 bog 16.

dheer mooyee. Dherigaas bay dadqalatadu ku karsan jirtey hilbaha dadka
ay qalato. Aqalkaas isagana waxaa yiil oo safnaa toban haamood, meesha
tobnaad waxaa yiil Adar, kaas oo Dhegdheer u diiddey gabadheeda in ay
marnaba taabato.

Markii ay ka cunto hilibka Dhegdheer waxay lafaha dadka ku guri jirety
god dheer oo u dhow aqalkeeda, dadkuna markii ay meel fog ka arkaan
lafahaas caddaantooda waxay moodi jireen in ari daaqayo meeshaas.

Dhegdheer iyo gabadheedu waxay seexan jireen aqalka saddexaad, gabad-
huna halkaas bay ku cuni jirtey oo dhigan jirtey soor iyo biyo nadiif
ah. Hooyadeed uma oggolaan jirin in ay gasho labada aqal ee kale,
markii ay weelasha Bowdheeriyo Adar aan ahayn biyo ka soo shubanayso
mooyee. Gabadhu ma ogeyn waxa ku jira labadaas weel ee waaweyn. Fiidkii
markii Dhegdheer ka soo noqoto dadugaarsi waxay kolayadeeda waaweyn ku
keeni jirtey wax weyn, gabadheeduna ma aqoon waxaasi waxa ay yihiin ee
hooyadeed ku rideyso Adar iyo Bowdheer, weelkii qarsoodiga ahaa. Dheg-
dheer waxay kale oo gabadheeda u keeni jirtey neef xoolo ah lax ama
ri', ama hilib ugaareed; dadqalataduse marna ma cuni jirin soor nadiif
ah tan iyo waagii ay dadqalatowdey. Waagii Dhegdheer dhimatay ka dib
bay gabadheedu ogaatey in hooyadeed hilib dad ku guran jirtey weelkaas
qarsoodiga ah.

Sheeko 6: Geeridii Dhegdheer

Gabdhihii Catircaana-Kunuuge iyo Dhegdheer gabadheedii waa tii ay ku
tashadeen in ay dilaan dadqalatadii Dhegdheer, haddii ay saddex qof
yihiin, iyaduna kiligeed tahay. Aqalladii midkood duleedkiisa bay ina-
Dhegdheer ku qarisay labadii gabdhood, si ayan hooyadeed u arag oo u
qalan.

Fiidkii bay Dhegdheer ku soo noqotay gurigeedii, iyada oo sidata wiil
halab leh oo meyd ah. Dherigii Adar ee weynaa bay ku riddey meydkii,
si uu ugu karsamo.

 - Naa i maqal, maandhaay aad baan u daallan ahayoo waan yare jiif-
   sanayaaye si aan u nastee kaalayoo ii duug cagaha. Ilaali dherigana
   oo i toosi kolkuu karkaro, dayaxa dibbedka ahna soo baxo caawa, bay
   tiri Dhegdheer.

 - Yeelay, hooyo.

 - Waa yaab! Naaso gabar ugub baa ii uraya!

- bay tiri Dhegdheer, oo wax ka urursatay hareeraha.

   - Hooyo waa kuwayga, bay tiri gabadhii.

   - Bari buurane gabar ugub baa ii uraysa!

   - Hooyo waa tayda.

   - Xalus gabar ugub baa ii uraya!

   - Hooyo waa kayga.

Dhegdheer waxay jiifsatay dherigii karkarayey agtiisa, aad bayna u
daallanayd, say maanta oo dhan bay dad baacsanayseye. Khuuro bay ku
dhufatay: brrr...buuf...ggr...buuf! Gabadhiina aayar bay cagaha ugu
duugeysey hooyadeed, gambadii bay ka furtay oo u furfurtay guudkeedii
dheeraa ee yacayga ahaa. Gabadhu waxay intaas oo idil u samaysay si
Dhegdheer u raaxaysato oo dhaqso u gama'do.

Markii ay seexanayso Dhegdheer gacanta midig bay ku qabsan jirtey min-
dideedii dheerayd oo barkan jirtey. Xarig adag bay gacmaha kaga xiri
jirtey gabadheeda habeenkii, dacalka kale ee xariggana dhexdeeda bay ku
xiran jirtey, si ayan gabadhu uga baxsan inta ay huruddo habartu. Markii
xariggu yare dhaqdhaqaaqo way toosi jirtey durbadiiba, oo moodi jirtey
en gabadheedu iska furayso xarigga oo baxsan rabto. Subaxiina markii
Dhegdheer u kaxayso dadugaarsi udub-dhexaadka aqalka bay labadible ugu
xiri jirtey gabadha, si ayan u cararin inta hooyadeed maqan tahay.

Muddo ka dib dhegtii dheerayd ee Dhegdheer baa hoos u dhacday cawadaas,
sidaasina waxay tusaysey in ay gama'day. Sidaasi waxay kale oo baaq u
ahayd gabdhihii qarsoonaa, kuwaas oo soo baxay oo markii horeba xarig-
gii ka furay ina-Dhegdheer. Isla markaas bay gacmaha iyo lugaha kaga
xireen Dhegdheer xariggii adkaa ee ay ku xiran jirtey gabadheeda. Ka
dib aleelo tiro badan bay soo gurteen oo ku shubeen dherigii Adar ee
hilbahii wiilku ku karsamayeen ee Dhegdheer islahayd aad ku cashaysid
cawadaas. Markii aleeshii dhimbilo noqotay ku shubeen xeero ballaaran;
fuudkii qofkii waxay ku shubeen xeero kale. Markaas bay gabdhihii isu
geeyeen geesinnimadoodii oo idil oo fuudkii kululaa dadqalatadii kaga
shubeen dhegteedii dheerayd iyada oo weli hurudda. Kolkii Dhegdheer
xanuun la dhawaaqday oo afka kala qaaddayna aleeshii dhimbilaha ahayd
bay kaga shubeen. Fuudkii kululaa baa durba ka gubey maskaxdii Dhegdheer,
aleeshiina xiidmaheedii bay cadcad u jarjartay. Iyadu waxba iskama
dhicin karin oo gacmaha iyo lugaha bay ka xirnayd:

Aah!...ooh!... Bay ku dhawaaqday dadqalatadii. Gabdhiina dan uma gelin
qaylada iyo catowga Dhegdheer, dadqalatadii gabowdey.

- Qaaxoy bislow
qaacow dalluun!

- bay gabdhihii ku heeseen iyaga oo rayraynaya markii Dhegdheer jirkeedii
ballaarnaa ololkii leefay. Hilbahii iyo lafaheedii oo dhammi durba dam-
bas bay noqdeen. Dhegdheertii belada ahayd halkaas bay ku dhimatay oo
magaceed ku ba'y[1].

Markii gabdhihii hubsadeen in Dhegdheer dhimatay ugudambaystii bay aad
u rayrayeen oo hees iyo cayaar qabsadeen. Geed dheer bay fuuleen oo
dadkii ogeysiiyeen geeridii dadqalatadii belada ahayd waxayna ku hee-
seen:

- Dhegdheer dhimatoo
dhulkii nabadey
soo dhowaaday!

1) Waxaa jirta sheeko kale oo werineysa geeridii Dhegdheer, iyo in
gabdhuhu iyada oo nool gubeen, eeg Sheeko 4.

Ka dib gabdhihii daboolkii bay ka qaadeen haantii Bowdheer, waxayna hagaag u aaseen hilbahii dadka ee Dhegdheer ku guran jirtey haantaas.

Geeridii Dhegdheer ka dib dadkii waxay ku soo noqdeen dalkii iyo ceelashoodii ay uga qaxeen cabsida dadqalatadaas darteed. Ka dib roob-kii baa soo hooray, xoolihii waa dhaleen, dadkii waa barwaaqaysteen oo rayrayn ku waareen. Saddex wiil oo geesiyaal ah oo saddex faras oo dheereya ku jooga baa yimid oo kala guursadey saddexdii gabdhoo ee geesiyaalka ahaa ee diley Dhegdheer, dadkiina ka badbaadiyey. Muddo ka dib saddexdii gabdhood saddex wiil bay dhaleen, barwaaqo iyo baraare bayna ku noolaayeen waagaas ka dib, baa la yiri.

QAYB B 2: SHEEKOOYINKA BOQRADDII ARRAWEELO

Sheekoxariirooyinka dadweynaha soomaaliyeed waxaa u badan haween jileyaal ah oo ragga kaga badan. Ma jiraan rag la siman labada dumarka ah ee Arraweelo iyo Dhegdheer (eeg sheeko 1 elaa 6). Dumarkaasi waxay ku jiraan sheekooyin badidood laga yaqaan gobollada woqooyi-bari ee Soomaaliya, halkaas oo ay haweenkaasi kaga tageen xusuus mahadho ah. Inkastaba, sheekooyinka Arraweelo iyo Dhegdheer waxay qarniyadii tegey ku faafeen dalka soomaaliyeed oo idil oo facba facii ka dambeeyey ka sii dhaxlay.

In doorka haweenku ku bato sheekooyinka soomaaliyeed waxaa u sabab ah, sida ay nala tahay, in qarniyadii hore dumarku lahaan jireen awoodda madaxnimo ee qoyska soomaaliyeed (matriarchal lineage). Ilaa hadda waxaa dhaqanka soomaaliyeed ee maanta ku dambeeya raadraacyo tusaya habkii madaxnimadii haweenka ee qoyska, sida qoysas iyo tolal ilaa hadda ku abtirsada hooyada: reer-Cambaro, reer-Maryan, habar-Yoonis iwm. Erayga "reer" wuxuu tusayaa qolo ama qoys. Wuxuuna horxir (pref-fix) u yahay magaca hooyada: Cambaro, Maryan, Yoonis iwm.

Waxaa kale oo jira magac rag oo ku abtirsada hooyada ee aan raacin kan aabbaha, sida ina-Geelo, oo ah wiilkii haweeneyda Geelo dhashay. Wiil-kaasi wuxuu noqon karaa nin weyn oo magacyadiisa rageed leh, sida Warsame Guuleed Warfaa, kuwaas oo ah magaca wiilka, kan aabbihiis iyo kan awoowehiis. Inkastaba, magaca hooyadiis, ina-Geelo, baa u hana-qaaday oo loogu yeeraa. Ragga soomaaliyeed badidood ma jecla in loogu yeero magaca hooyadood, sida aannu kor ku tusnay, oo kan aabbehood bay ka jecel yihiin. Taasi waxay tusaysaa islaweynida raggu isu qabo, taas oo qarniyadii dambe dhalisay in madaxnimada qoyska soomaaliyeed raggu la wareegaan (patriarchal lineage).

Mar haddii labada haweeney ee Arraweelo iyo Dhegdheer sheekooyinkoodu ka mid yihiin kuwa ugu caansan suugaanta aan qorrayn ee dadweynaha soomaaliyeed, iyo weliba murtida qotoda dheer ee ay xambaarsan yihiin sheekooyinkaasi, waxaannu dooranay in aannu qoraal kayagaan ku darno xulantida sheekooyinka labadaas haweeney.

1) Arraweelo - Boqraddii Kelitashiga

Suugaanta aan qorrayn ee soomaliyeed, sida sheekoxariirooyinka, heesahu, maahmaahda iwm., waxay tusayaan in Arraweelo tahay qof aan jirin ee dadku iska alooseen qarniyadii tegey ee soomaalidu soo jireen dad ahaan, iyaga oo lahaan jirey sheeko iyo dhaqan u gaar ah.

Dhinaca kale, waxaa jira sheekoxariirooyin tusaya in Arraweelo ahayd qof jira oo u talisa dalalka soomaaliyeed badidood, ama giddigoodba. Sheekooyinkaas tusaya sheekanololeeddii boqraddaas caanka ah waxay ka mid yihiin kuwa aad loo qaqaan. Tusaale ahaan, waxaa la weriyey in

Arraweelo hooyadeed la oran jirey Haramaanyo[1], laakin sheekooyinku ma werin adoogeed cid uu ahaa.

Xilliga gu'ga[2] iyo xagaaga[3] Arraweelo waxay xarunteeda u rari jirtey meel la yiraahdo Hawraartiro[4]. Xilliga dayrta[5] iyo diraacda[6] ah waxay degi jirtey meel la yiraahdo Ceelaayo[7]. Waxaa jirta meel la yiraahdo "Jeexii Arraweelo" oo macnehiisu yahay dooxadii Arraweelo, una dhow tuulaha Ceelaayo (eeg tusmada 7).

2) Xujuubkii Arraweelo

Waxaa la weriyey in tuulada Ceelaayo agteeda laga helo buur yar oo ka samaysan dhagxan la tuurey oo soomaalida meesha deggani u yaqaanniin "taallotiiriyaad", ama "maanla'". Waxaa la weriyey in dhismahaasi yahay xujuubkii Arraweelo. Mar kasta oo ragga soomaaliyeed agmarayaan taalladaas waxay ku dul tuuraan dhawr dhagax iyaga oo habaaraya magaca Arraweelo. In taalladaasi sidaas ku dhisantay qarniyadii tegey baa loo maleeyaa.

Dhinaca kale, dumarka soomaaliyeed caleemo qoyan iyo ubax bay dul digaan meeshaas lagu sheego xujuubkii Arraweelo iyaga oo qaddarinaya boqraddaas caanka ku ah waayaha suugaanta soomaaliyeed.

Sheekooyinka dadweynaha soomaaliyeed waxay, haddaba, muujinayaan in ay Arraweelo ka talin jirtey waqooyi-bari Soomaaliya, gobollada Nugaal iyo Sanaag. Sheekoyinka Dhegdheer waxay qaarkood iyaguna tusayaan in ay ka soo jeedeen dalka soomaaliyeed geestiisaas. Tusaale ahaan waxaannu halkan ku soo qaadaynaa siddeed sheeko oo ka mid ah kuwa caanka ah ee Arraweelo laga weriyey.

Sheeko 7: Arraweelo iyo Dhufaaniddii Ragga

Waxaa la yiri waagii hore ragga baa weligood u talin jirey dalka oo diriri jirey. Haweenku carruurta iyo guriga bay hayn jireen. Wax walba way hagaagsanaayeen waagaas, baa la yiri.

---

1) Haro u dhexaysa magaalooyinka Harar iyo Diredhabe ee ku yaal bariga Itoobiya baa la yiraahdaa "Haramaanyo"; af-soomaaliga erayga "haro" waa war, meel godan oo biyogaleen ah, "maanyo"-na waa badda.

2) Gu' waa xilliga roobka weyni da'o oo ku aaddan Abril ilaa Juunyo, qiyaasta.

3) Xagaa - waa xilliga jiilaalka ah ee ka horreeya gu'ga.

4) Hawraartiro - waa meel ku taal dooxada Nugaal ee woqooyi-bari Soomaaliya.

5) Dayr - waa xilliga labaad ee roobku ka da'o Soomaaliya badideed, kuna aaddan Oktoobar ilaa Dishembar, qiyaasta.

6) Diraac - waa xilliga jillaalka ah dalka intiisa badan oo ku aaddan Juulay ilaa Setembar, qiyaasta.

7) Ceelaayo - waa tuulo ku taal xeebta Badda Cas ee woqooyi-bari Soomaaliya.

Ka dib gabar baa u dhalatay nin iyo naag isqaba oo inta kortay bay
noqotay inan qurxoon oo garaad badan. Waalidkeed waxay u bixiyeen
Arraweelo[1]. Wiilal badan baa Arraweelo adoogeed weydiistey in ay guur-
sadaan gabadhiisa, wuxuuna ugudanbaystii ku daray nin xoolo badan oo
yarad ah ka bixiyey gabadhaas qurxoon ee Arraweelo la yiraahdo.

Inkastaba, Arraweelo ma jeclayn hawsha naagnimada oo ah ilaalinta guriga
iyo carruurta. Waxay rabtey in ay wax ka qabato hawlaha ninkeeda iyo
ragga kaleba, sida ka qaybgelidda shirarka odayaalka ee lagu guddoon-
sado arrimaha maamulka bulshada. Waxay kale oo rabtey in ay hubka
qaadato oo goobta dirirta ka dagaallanto sidii nin:

  - Waa yaab in aad u dhaqantidoo u fakartid sidii nin, naa jagadaadu
  waa guriga iyo inaad ilaalisid carruurta iyo xoolaha

- buu ninkeedii ku yiri Arraweelo.

  - Naagtii karti lehi waa qaban kartaa waxa ninku qabto hadday doonto;
  odayaalkiinna badidood waa nacasyo. Maxaa loogu diidayaa naagaha
  kartida leh inay ka qaybgalaan shirarka iyo gudiyada oo beddelaan
  nacasyadaas?

- bay weydiisey Arraweelo. Ninkeedii wuxuu la yaabay hawoweynida naagtiisa
uusan ka waanin karin islaweynidaas.

  - Saddex dharaarood joojiya hawlaha guryihiinna, naagow; u daaya
  raggu ha qabsadeen hawlaha reerka kulligoode. Sidaas baynu ku haw-
  shaysiinaynaa raggoo waqti uma heli doonaan wax kale. Si qarsoodi
  ah baynu ku hantiyi hubka ragoo idil, ka dibna waynu qabqaban ragga
  dalka jooga oo dhan. Markaas innagaa u talin doonna dalka meeshi
  dhagarrowyadaasi uga talin lahaayeen weligood

- bay Arraweelo berigii dambe si qarsoodi ah ugu tiri haweenkii. Sidii
Arraweelo kula talisay bay yeeleen naagihii oo raggii baa saddex dha-
raarood qabtay hawlihii guryaha oo idil meeshii haweenku ka qaban
jireen, waqtina waa u waayeen wax kale oo dhan. Arraweelo oo ahayd qof
garaad badan waxay fulisey qorshaheedii ay kula wareegeysey awoodda,
waxayna noqotay madaxdii dalka.

Markii ay noqotay madaxdii dalka Arraweelo waxay amar ku bixisay in la
wada dhufaano ragga oo dhan oo laga dhigo xiniinyalaaweyaal miiran.
Arraweelo waxay sidaas u yeeshay waa iyada oo ka baqaysey in maalin uun
raggu iska rido taliskeeda oo soo ceshadaan awooddoodii. Raggii diidey
in la dhufaano oo dhan waa la laayey sidii Arraweelo ku talisay, baa
la yiri.

Sheeko 8: Weyshii Ina-Feyd Fallar Dhac

Waxaa la yiri Arraweelo aad bay u shishlayd oo gacanteeda lama gaari
kari jirin dhabarkeeda, sidaas awgeed waxay u baahnayd qof kaalmeeya
oo u mayra dhabarkeeda. Arraweelo waxay lahayd kun halaad oo geel

---

1) Magaca dheddig ee "Arraweelo" soomaali badan baa ugu yeera "Carra-
weelo"; eraygu wuxuu ka koobmaa "carro", ciidda, dalka; iyo "weel",
weelka. Shaqalka idlaadka ah o wuxuu tusayaa jinsiga dhedig ee magaca
"Arraweelo".

irmaan ah oo iyada loo liso. Sidaas bay u noqotay qof buuran oo culus.
Shishlaanta awgeed Arraweelo oogadeeda waxaa ka soo dookhi jirey ur xun
oo u soo ura dadka u soo dhowaada iyada. Laakin cidina kuma dhicin in
la sheego ceebtaas boqradda weyni leedahay.

Berigii dambe bay Arraweelo u yeertay nin dhufaan[1] ah oo ka mid ah
adeegeyaalkeedii oo ku tiri:

   - War kaalayoo ii mayr dhabarka, saan gacantayda lama gaari karee;
   weysha saca Feyd dhalay berigii dhowaa baan abaalgud kuu siine.
   Sharad waa inaadan waxba iga sheegin.

   - Boqraddaydiiyey wixii aad igu amartid waan samayn. Buu yiri
   dhufaankii.

   - Waa yahay

- bay tiri boqraddii oo qolkii mayrashada inta gashay dhardhigatay oo u
yeertay adeegehii si uu ugu mayro dhabarka. Hayeeshee urkii xumaa ee
ka soo dookhayey oogadeeda shilis baa durba hafiyey adeegehii.

   - Arraweelo
   urna loo dhimey
   ufna[2] lama oran karo!

- buu ku cataabay dhufaankii.

   - Ina Feyd fallar dhac!

- bay tiri Arraweelo oo caro iskaga eridey dhufaankii ayaanka darnaa.

Sheeko 9: Far baa Mayrla'

Sheekadu waxay werisey in Arraweelo ku mayran jirtey ceelka dadku ka
dhaansadaan, xoolahana ka waraabiyaan. Ceelkaas oo keli ah baa jirey,
dadka iyo xooluhuna dhul dheer bay uga soo aroori jireen. Markii Arra-
weelo mayranayso dhawr maalmood bay ku jiri jirtey ceelka.

Berigii dambe baa geelal tiro badan oo ka yimid meelo kala fog loo soo
arooriyey ceelkii. Geelu aad buu u oomanaa oo sagaashan beri buu qata-
naa[3]. Dadkii waxay arkeen Arraweelo oo ku dhex jirta oo ku mayranaysa
ceelka, dhawr maalmoodna ayan ka soo baxayn oo dhammaysanayn mayra-
shadeeda. Wax la samayn karo ma jirin, in la sugo inta ay ceelka ka
soo baxayso mooyiye.

---

1) Rag la xiniinyo-bixiyey oo "dhufaan" la yiraahdo oo keli ah baa ka
adeegi jirey golaha Arraweelo; maxaa yeelay kuma ay kalsoonayn rag
xiniinyo qabo, baa la yiri.

2) Uf! waa cod la yiraahdo kolkii wax la kahsado ama la nebcaysto,
siiba wax qurmoon. Weerta "fallar dhac" macneheedu waa lagu siin mayo,
ama in ka yar intii aad filanayse baad heli, mar haddii aadan qaban
hawshii aad ku mutaysan lahayd abaalgudka.

3) Waqtiga jiilaalka ah reer-miyiga soomaaliyeed geelooda waxay waraa-
biyaan 90-kii beriba hal mar; geelu biyaha waa ka qatanaan karaa mudda-
daas.

- Oh, boqradey! ka soo bax ceelka aannu waraabinno geela u go'aya oonkee

- bay dadkii weydiisteen ka dib kolkii ay dhawr maalmood sugayeen.

- Maantana far baa mayrla'e
hay fadhiyo geelu!

- bay amar ahaan ku jawaabtey Arraweelo. In geelu sugo inta Arraweelo dhamaysanayso mayridda farteeda oo qaar oon u bakhtiyo bay taladii noqotay. Maxaa wacay eraygeedu xeerka dalka oo aan la jebin karin buu ahaa.

Sheeko 10: Arraweelo iyo Oday-Biiqe

Waxaa jirey oday waxgarad ah oo la yiraahdo Oday-Biiqe[1] oo nebcaa Arraweelo, sababta oo ah iyada oo cadaadisa ragga. Odaygu kaynta buu ku dhuuntay, si uusan Arraweelo ugu gacangelin. Inkastaba, way dareensanayd in uu jiro odaygu.

- Meel ka mid ah dalkan nin aan dhufaannayn oo xukunkayga diiddaan baa ku nool; ordoo doonoo ii keena

- bay Arraweelo ku amartay askarteedii qubleyda ahayd ee dhufaannaa. Qubleydii iyo haweenkii askarta ahaa dalka oo dhan bay ka raadiyeen odaygii, wayna soo heleen ugu dambaystii.

- Xukunka boqraddayada weyn, Arraweelo, baad diiddeye soo kaca, odayohow, boqraddaannu kuu geyneynaa, caasinnimadaadana waa lagaa edbinayaa

- bay askartii Arraweelo yiraahdeen.

- Ha ii geynina naagtaas beledaa; waxay idin ku xiri doontaa xujooyin adogoo aydaan furfuri doonin. Waxaad u baahan doontaan talada iyo waaya-aragnimadayda uun

- buu Oday-Biiqe ku yiri qubleydii Arraweelo. Iyagu waa ka fakareen erayadii odayga oo waa iska daayeen madaxbannaani ha ugu noolaado kayntiisee.

- Dalkoo idil, buuraha, kaymaha iyo webiyadoo dhan waannu ka doonay, boqradey, mana aannaan helin oday aan dhufaannaynee diiddan xukunkaaga

- bay yiraahdeen qubleydii markii ay ku soo noqdeen xaruntii Arraweelo.

- Waxma-tareyaal baad tihiin; beenaaleyaal baad tihiin kulligiin, idin aamini mayo; hortayda ordoo ka taga

- bay tiri Arraweelo iyada oo caraysan.

---

1) Erayga "oday" macnehiisu waa nin da' weyn, "biiqe" na waa fuley. Isaga oo kaynta ku dhuuntay awgeed bay dadku ugu bixiyeen naanaystaas odayga. Sheekoxariirooyin kale waxay odaygaas ku magacaabaan "Cisalqubeer", oo macnehiisu yahay "gusqallooc".

Sheeko 11: Dhigdhexo Dherer le'eg Qaansoroobaad

Arraweelo duullaamo badan bay ku qaadi jirtey cadowgeeda iyada qudheeda baana dagaal gelin jirtey ciidankeeda, baa la yiri. Duullaamadaas mid ka mid ah bay guul weyn ka soo hiyisey, si ay ugu dabbaaldegto guushaas guurtideedii bay Arraweelo isugu yeertay oo ku amartay:

 - Dhigdhexo qaansoroobaadda dherer le'eg oon ka hoosduso hala ii dhiso, si aan ugu dabbaaldego guushaan ka soo hoyiyey goobta dagalka.

Dadku ma awoodin in ay sameeyaan dhismo sidaas u dheer, isla markaasna kuma ay dhicin in ay diidaan amarka Arraweelo. Wax ay falaan bay garan waayeen.

 - Aynu aadno Oday-biiqehii waxgaradka ahaa ee aynu siinnay xornima-diisa oo u oggolaannay in uu ku noolaado kaynta, oo weydiisanno taladiisa

- buu yiri guurtidii midkood oo ogaa meesha odaygu ku qarsoon yahay, kuwii kalena waa oggolaadeen in sidaas la yeelo.

 - Oday-biiqow, Arraweelo waxay nagu amartay inaannu u dhisno dhigd-hexo qaansoroobaad dherer le'eg, mana awoodi karno; nala tali, maxaannu fallaa? Bay yiraahdeen guurtidii.

 - Waan idiin sheegay inaad ii baahan doontaan maalin uun; haddaba, ordoo u taga habarta falanoo ku dhaha: na u sii jaangooyadii qaanso-roobaadda aannu kuu dhisnee dhigdhexo dherer le'ege.

Guurtidii Arraweelo bay ku noqdeen oo weydiisteen jaangooyadii qaanso-roobaadda, sidii Oday-biiqe kula taliyey.

 - Waa yaab! Yaa yiri ina rag aan dhufaannayn kuma noola carradan

- bay tiri Arraweelo inta la yaabtay dadka garaadkooda dheer iyo sida ay uga soo baxeen xujadeedii.

Maalintaas ka dib guurtidii dhufaannayd wax kasta way sameeyeen, si ay Oday-biiqe uga qariyaan Arraweelo; maxaa wacay waxay ogaadeen in ay u baahan yihiin latalintiisa. Kaymaha dhexdooda bay waab uga dhiseen Oday-biiqe, cunno iyo dharna ugu geyn jireen si qarsoodi ah. Markii Arraweelo amarto in loo guuro meel naq iyo biyo leh Oday-biiqena cidda buu si qarsoodi ah ula guuri jirey. Maxaa wacay guurtidu kama tegi karin lata-liyahooda. Rati guumis[1] ah oo afarta suul madow baa la fuulin jirey oo lagaga qarin jirey Arraweelo, inta jarco lagu dedo ratiga oogadiisa.

Markii la guuro Arraweelo way rari jirtey xarunteeda oo cidda bay ula guuri jirtey meesha naqa cusub leh. Inta geediga la yahay waxay ilaalin jirtey ratiga hadba fariista oo cabaada. Waxay Arraweelo moodi jirtey in ratigaasi sido lafo rag oo culus, kuwii Oday-biiqe. Laakin ratiga guumiska ah ee Oday-biiqe fuushanaa ma cabaadin, mana fariisan jirin, suu aad buu u xoog badna e. Markii awrta kale wada daalaan oo farfari-staan buu iska daaq doonan jirey guumisku. Awrta farfadhida bay Arra-

---

1) Guumis waa ratiga qaalini ku curatay oo xoogweyni iyo adkaysi lagu yaqaan; ratigaas baa qaadi kara lafaha ragga ee culus, baa la yiri.

weelo ka rogi jirtey jarcada oo ka deyi jirtey Oday-biiqe, kamase helin.
Arraweelo marna uma malayn in uu Oday-biiqe fuushanaa ratiga guumiska ah
ee kaynta daaqaya; sidaas buuna odaygii waxgaradka ahaa u badbaadey,
baa la yiri.

Sheeko 12: Harag Labada Docoodba Dhogor ku Leh

Arraweelo waxay weligeed tuhunsanayd in dadku shirqool u dhigayaan oo
diiddan yihiin xukunkeeda, iyaga oo kaalmo ka helaya nin aan dhufaannayn
oo kaynta ugu qarsoon. Si ay u hubsato arrintaas Arraweelo shir weyn
bay berigii dambe ugu yeertay dadkii oo dhan oo ku tiri:

- Waxaan doonayaa inaad ii keentaan harag xoolaadoo labada docoodba
dhogor ku leh; waan ogahay in dad waxgarad ahi idin ku jiraan ood
sahal u furi kartaan xujadaase.

Taasi waxay ahayd xujo furiddeedu ku adag tahay dadka, maxaa wacay ma
garanayn sidii loo heli lahaa harag noocaas ah. Dadkii waxay ku faka-
reen sidii ay u furi lahaayeen xujadaas, mase ay garan sidii ay yeeli
lahaayeen.

- Aynu u tagno Oday-biiqehii waxgaradka ahaayoo weydiisanno tala-
diisa sidii markii hore

- bay isyiraahdeen oo madaxdoodii si qarsoodi ah ugu dirsadeen kayntii
Oday-biiqe ku qarsoonaa.

- Oday-biiqow, Arraweelo waxay maantana nagu amartay inaannu u
keenno harag xoolaadoo labada docoodba dhogor ku leh, garanna mayno
meel aannu ka hello harag noocaas ah; noo sheeg meel aannu ka doonno.

- War dheg dameer u geeya habarta falan, iyadaa labada dhanba dhogor
ku lehe

- buu Oday-biiqe ku yiri dadkii. Markaas bay dameer ka soo qooyeen dheg
oo u geeyeen Arraweelo.

- Waa yaab! Yaa yiri inarag aan dhufaannayn kuma noola carradan

- bay tiri Arraweelo kolii ay aragtay sida dadku u fureen xujadeedii
labaad.

Sheeko 13: Arraweelo iyo Inanteedii

Markii Arraweelo ku talisay in ragga dalka jooga oo dhan la wada laayo
ninkeedana way ku dartay oo isagana waa la diley. Maxaa wacay in maalin
uun afgembiyo iyada oo talada ka qaado bay ka biqi jirtey. Markii la
diley ninkeedii ka dib baa uur ku soo baxay Arraweelo, gabar bayna
dhashay kolkii shinkeedii galay. Gabadhii way kortay oo inan aad u qur-
xoon bay noqotay. Qof kalgacalo leh oo aan hooyadeed la mid ahayn bay
ahayd inantu, mana jeclayn in hooyadeed dadka kadeeddo oo layso; waxse
kama ay qaban karin arrintaas. Maxaa wacay lafaheeda bay habarteed kala
cabsan jirtey gabadhu.

Oday-biiqe oo markaas boqoljir ah, oo ahaa ninka keli ah ee aan dhu-
faannayn ee dalka ku haray, baa ku tashaday in uu dhalo wiil maalin uun

soo dila Arraweelo, oo sidaas raggu kaga badbaadaan cadaadinteeda.
Sidaas bay berigii dambe Oday-biiqe iyo ina-Arraweelo qarsoodi ugu kul-
meen kaynta. Gabadha qurxoon rag uma tegin maalintaas ka hor. Markaas
buu Oday-biiqe u sheegay gabadhii in hooyadeed raggii oo dhan laysay,
in isagu ku dhuumanayo kaymaha, si uusan ugu gacankelin naagtaas belada
ah, iyo in ragga iyo haweenku isubaahan yihiin, sida labada gacmood
ee qofka.

- Naa yaa baas oo kuu baxay, ii sheeg?

Arraweelo baa ku dhawaaqday kolkii ay aragtay gabadheeda oo uur leh.

- Adiga yaa kuu baxay, hooyo, markaad i dhashay? Gabadhii baa wey-
diisey.

- Kolley waan dili waxaad siddo, hadday rag noqdaan

- bay tiri Arraweelo oo caradii ka badatay.

Gabadhii will bay dhashay waayo ka dib, markaas bay Arraweelo tiri:

- Naa ii keen nacabka yar aan nafta ka qaadee.

Gabadhu qof waxgarad ah bay ahayd, waxayna ka tashatay sidee ay wiil-
keeda uga badbaadin lahayd ayeeyadiis.

- Hooyo macaaney, wiilka ii daa intuu ka fadhi baranayo, ka dib
nafta ka qaad. Bay ka bariday habarteed.

- Waa tahay; ogowse markuu fadhi barto inaan dili doono

- bay tiri Arraweelo. Muddo ka dib markii wiilkii fadhi bartay oo Arra-
weelo aragtay bay ku tiri inanteedii:

- Haatan waa kaasoo fadhi barayeye ii keen nacabkaaga yar aan nafta
ka qabtee.

- Hooyo gacaliso, wiilka ii daa intuu ka af-baranayoo "hooyo" iga
oranayo

- bay gabadhii ka bariday Arraweelo.

- Waa yahay; intuu "hooyo" kaa oranayo waan daayey; markaas ka dibse
ma noolaan doono

- bay dirqi ku tiri Arraweelo. Markii wiilkii garaadsaday oo "hooyo" ku
yiri habartiis bay Arraweelo oo sugeystey waqtigaas ku tiri inanteedii:

- Naa haddaba afbareyoo "hooyo" ku yiri: ilaa hadda waan kuu daayey,
nolol dambe u deyn mayee ii keen aan qudha ka jaree.

- Hooyo macaaney, u kaadi wiilku ha socodbartee. Bay tiri wiilka
habartiis.

- Marakanna waan iska daynayaa; ogowse waa ugu-dambaystii, waan ka
daaley baryadaadaad ku dooneysid naftiisa xun

- bay tiri Arraweelo. Wiilkii waa sii koray oo waa socodbartay, aqalkana
ku dhex orday.

- Nacabkaygii yaraa waa kaasoo socod-barey, nolol dambena u deyn mayo; isaga iyo caynkiisa waa nebcahay araggooda - bay tiri Arraweelo.

- Hooyo macaaney, wiilkii haatan waxarahu buu inoo ilaaliyaayoo ka dhiciyaa dawacada; waa inoo ciidan haatane inooda intuu ariga inoo raacayo

- bay tiri gabadhii. Arraweelo markaasna way iska deysey wiilkii ay ayee-yada u ahayd. Waayo ka dib inankii waa sii koray oo ariga raaciddiisa buu ku fillaaday keligiis. Markaas bay ina-Arraweelo tiri:

- Hooyo macaaney, u kaadi intuu wiilku inoo raacayo geelana.

Markaasna Arraweelo waa oggolaatay in wiilkii sii noolaado. Wiilkii wuu weynaadey oo noqday nin xoog badan oo ku filan geela raaciddiisa.

- Hooyo macaney, ha dilin wiilka intuu waran iyo gaashaan ka qaadan karayoo cadowgeenna badan inaga dhiciyo

- bay gabadhii mar kale weydiisatey habarteed.

- Isagu waa nin weyn haatan halis buuna igu yahay. Waa runoo waa inoo ilaaliyaa xoolaha; laakin waranka iyo gaashaankiisa...! In-kastaba, waa markii ugu dambeeyey oon iska daayo; durba waa igu halis isagu

- bay tiri Arraweelo oo markaasna iska deysey wiilku ha sii noolaadee.

Guyaal ka dib nin weyn oo hanaqaad ah buu noqday wiilkii. Wuxuu weli-giis qaadan jirey labo waran iyo gaashaan weyn oo ka samaysan saan wiyileed, nin dagaal ugu tegi karana ma jirin. Waagii dambe wiilkii waa iskaga tegey xaruntii ayeeyadiis oo kaynta buu iska galay; maxaa wacay wuxuu ogaadey in ay necebtay isaga oo doonayso in la dilo. Arra-weelo waxay ogaatey in wiilka ayeeyada ay u tahay uu halis weyn haatan ku yahay iyada iyo taliskeeda, maxaa wacay wuxuu ahaa ninka keli ah ee aan dhufaannayn ee ku dhex nool taliskeeda, Oday-biiqe mooyee.

- Ba'ayoo hoogey! Bal garaad-xumadayda maxaan u deysanayey intuu intaas ka le'ekaanayey nacabkaasiyoo halis ku noqonayey nafta iyo taliskaygaba

- bay ku catowday Arraweelo.

Sheeko 14: Geeridii Arraweelo

Arraweelo guurtideedii bay isugu yeertay oo ku amartay:

- Ordoo dhaqso iigu soo qabta wiilkaan ayeeyada u ahay een nacasni-madayda iska daayey inuu noolaado ilaa hadda, anigoo u dabcay baryada hooyadiis. Isagu haatan wuxuu halis ku yahay nafta iyo xukunkayba. Orda, dhaqso iigu keena isaga, meeluu jiraba.

Inkastaba, Wiilka hooyadiis baa u digtey in Arraweelo amartay in la soo qabto isaga oo la dilo.

- Ilaa hadda, wiilkaygiiyow, aabbahaa ninkuu yahay kuumaan sheegin; markii la gaaro waqtiga ku habboon inaan kuu sheegaan sugayey, waq-tigaasna haataanaa la joogaa. Oday waxgarad ahoo la yiraahdo Oda-

biiqe oo kaymaha ku nool baa adoogaa ah. Orodoo u tag isagoo isu
sheegoo weydiiso taladiyo waanadiisa, si aad uga badbaaddo ayeeya-
daayoo ku neceboo doonaysa in lagu dilo

- bay wiilka hooyadiis ku tiri, ka dib markii Arraweelo amartay in la
soo qabto isaga.

Wiilkii kayntii buu ka doonay adoogiis, markii uu helayna waa isusheegay
ninka uu yahay, wuxuuna weydiistey talada iyo waanadiisa, si uu uga bad-
baado dhagarta Arraweelo. Markii Oday-biiqe in muddo ah fakarayey buu
yiri:

- Waan ku rayreeyey inaynu is-hello, wiilkaygiiyow, ood garabkayga
istaaqtid; labo nin baynu nahay hadda. Inkastoo Arraweelo ayeeyadaa
tahay xaq waalidna kugu leedahay, sida xeerkeenna sooyaalka ahi
qirayo, haddana raggiiyoo dhan bay kadeeddey sababla'aan. Sidaas
darteed, waa in talada dalka xoog lagaga qabtoo nin rag ahoo wax-
garad ah loo doorto hoggaaminta dadka. Haddaba, orodoo ceelka xoo-
luhu ka cabbaan agtiisa ka dhis ardaa[1] weynoo dugsoon. Markaas
iigu imow ku dheh, si nabdeed aynu u garranee. Ogowse, arrintaasi
waa dhagare. Labadaas waranoo baalxaafka ah iyo gaashaankaas qaado,
kolkay Arraweelo kuu timaaddo fariisi ardaaga; mar kastana iska
yeel nin nabad wada. Adigoo eeganaya waqtiga ku habboon waranka kaga
dhufo wadnaha garkiisa, si ay durba u naafowdo. Qubleyda iyo haweenka
ilaaliyaaba waa necebyihiin Arraweelo oo u hiillin mayaan. Goortaad
ku tumaatido waranka hadday Arraweelo "ba'ay!"[2] ku catowdo, ogow
in ay wuxu naag liidata tahayoo waxba iska dhicin karin. Haddiise ay
ku catowdo "wayoo way!"[3] ogow in wuxu nin raga yahayoo iska kaa
dhicinayo, markaas ku tumaati waranka labaadoo qudha kaga qaad.

- Waa yahay, aabbe, sidaad igula talisay baan yeeli

- buu yiri wiilkii oo iska tegey.

- Guuleyso, maandhe

- buu yiri Oday-biiqe oo sii eegaya ilaa inankiisu ka libdho.

Markii loo geeyey farriintii inanka ay ayeeyada u tahay waxay Arraweelo
oggolaatay in ay u tagto isaga oo ay heshiiyaan. Inkastaba, taasi
dhagar bay ka ahayd oo waxay ku tashatay in ay kedis ku qabato isaga
oo disho. Isaguna iyada buu rabey in uu sidaas oo kale yeelo; rag isgu-
rayee, baa la yiri!

- Idinku kayntaas gala, anigaa keligey bao u tegaya wiilkoo hadal ku

---

1) Ardaa - waa gabbaad ka kooban tiirar, laamo iyo caws iwm., xoolad-
haqatada soommaaliyeed baa martidooda mudan u dhista ardaa.

2) Ba'ay - waa eray cabasho ama xanuun tusaya ee haweenka soomaaliyeed
ku dhawaaqaan, sida marka qof ka geeriyoodo qoyska. Waxaa la weriyey
in Arraweelo nin iska dhigi jirtey, sidiisana u dhaqmi jirtey.

3) Way oo way - waa orah tusaysa ciil, sida marka goob dagaal la joogo,
ama codsasho gargaar; ragga soomaaliyeed baa ku dhawaaqa orahdaas.

maaweelinayee. Kusoo boodoo kedis ku qabta isaga, ka dibna anaa
qudha ka jaraya nacaskee

- bay Arraweelo ku amartay ciidankeedii markii ay u soodhowaadeen meeshii
lagu kulmayey.

Laakiin wiilkii ay ayeeyada u ahayd mar hore buu arkay sidii Arraweelo
kaynta ugu qarisay ciidankeedii iyo in ay keligeed ku soo socoto mee-
shii ay ku kulmi lahaayeen isaga iyo iyadu. Markii Arraweelo ka soo
gashay ardaagii, iyada oo si culus u socota, irridda, baa wiilkii ay
ayeeyada u ahayd geesta kaga soo boodey oo warankii baalxaafka ahaa
garka wadnaha ku gooyey.

- Hoogey oo ba'ay! Ooo! ... aaa! ...

- bay ku catowday Arraweeladii kelitalisada ahayd oo kibirka badnayd, ka
dibna dhulka bay ku dhacday. Nabar dambe uma celin wiilkii, say meyd
bayba ahayde. Haweenkii ciidanka u ahaa Arraweelo oo weli kayntii
dhabbacan buu inankii u tegey oo ku yiri:

- Naa innaga dagaal iyo xumaani ina kama dhexeeyaan; ordoo aasa
habartii belada ahayde Arraweelo; anaa diley intay aniga i dili
lahayd.

Haweenkii way aaseen maydkii Arraweelo oo ahayd naagtii kibirka badnayd
oo dalka soomaaliyeed oo dhan u talin jirtey. Taallo dheer bay ka dul
dhissen xujuubkeedii[1]).

Geeridii Arraweelo raggii ay cadaadin jirtey baa ku rayreeyey. Wiilkii
ay ayeeyada u ahayd bay raggii doorteen in uu madax u noqdo, aabbehiis
Oday-biiqena waa ka soo baxay dhuumashadii, si uu ula taliyo wiilkiisa
loo doortay madaxnimada dalka. Haweenkuse waa ka naxeen geeridii
Arraweelo iyo awooddii oo ku wareegtey gacanta ragga. Waagii Arraweelo
haysey xukunka dalka iyaga baa ka sarreeyey ragga, haddase taladii waa
isbedeshey oo raggii baa sare maray. Haatan waxay noqotay duni ina-rag
u taliyo, haweenkuna u adeegaan. Sidaas bay dumarku ku fakarayeen gee-
ridii boqraddii Arraweelo ka dib[2]).

Dardaarankii Arraweelo

Arraweelo weligeed way ka ilaalin jirtey haweenkii ciidanka u ahaa in
ay xiriir la yeeshaan ragga oo ay nebcayd oo ku sheegi jirtey dhagar-
qabeyaal xoog ku qaata waxa ay rabaan. Arraweelo xeer adag bay dejisey
in haweenku kula dhaqmaan ragga, haweeneydii jebisana way ciqaabi
jirtey. Xeerarkii Arraweelo dejisey waxay qaarkood ku kaydsameen oo
lagu xusuustaa suugaanta aan qorrayn ee dadweynaha soomaaliyeed ee

---

1) Eeg qaybta 2) : Xujuubkii Arraweelo

2) Marka laga doodayo arrimaha bulshada, sida xoraynta dumarka, haween-
ka soomaaliyeed waxay ilaa hadda ku faanaan cadaadintii Arraweelo ku
haysey ragga. Iyadu geesiyad lama-illaawaan ah bay u tahay dumarka, una
halgantey xaqooda. Taasina waxay tusaysaa qiimaha suugaanta aan qorrayn
ee soomaliyeed ee maanta.

iyada ku saabsan, waxaannuna halakan ku muujinaynaa dhawr tusaale oo
ka mid ah xeerarkaas.

Xeer 1: Waxii aad yeeli doontaan diida marka hore, dumarow

Xeer 2: Inarag dantiisa ha ugu gumina hagarla'aan

Xeer 3: Gardarro ogaada
boohin ku dara
garawshiinyo aad hesheene

Xeer 4: Cunno ogaada
hungurisami aad hesheene

Xeer 5: Gogoldhaaf ogaada
diidmo ku dara
dannisami aad hesheene

Xeer 6: Cudud rag isu geeya
calafkiisana kala dhawra[1]

1) Halhayskaan soomaaliyeed ee caanka ah Arraweelo baa tiri baa la
yiraahdaa; macnuhu waa haddii xoog rag la isu geeyo wax weyn baa la
qaban karaa, dantoodase kuma heshiiyaan raggu. Arraweelo way dhufaantay
raggii, si ay ugu hoggaansamaan oo u adeegsato xooggooda, eeg Sheeko 7.

QAYB B 3: SHEEKOOYINKA TIIRRIYAALKA

Suugaanta dadweynaha soomaaliyeed waxaa lagu xusaa geesiyaal badan oo sheekooyin mahadho ah ku reebay xusuusta dadka. Geesiyaalkaas labo qaybood baa loo kala qaybin karaa:

1) kuwo mala-awaal ah, iyo 2) dad jiri jirey. Geesiyada ku jira qaybta 2) waxaa laguxusaa taariikhda soo-yaalka ah ee qaranka ee qoran, maxaa yeelay iyagu waa rag iyo haween noolaa oo kaalin lama-illaawan ah siyaalo kala duwan uga qaatay nolosha dadkooda. Abaalgud ahaan bay dadku u xusuustaan raggaas iyo haweenkaas, waxayna u dhisaan taalLooyin lagu qaddariyo, iyo buugag ka sheekeeya nolosha iyo doorkooda tusaalaha u ah dadka jiri doona facyaalka dambe. Tusaale waxaa ah Sayid Maxamed Cabdille Xasan, Shaakh Axmed Gabyow, Xaawo Cismaan Taako iyo kuwo kale oo badan, waayaha soomaaliyeed haddii la eego.

Dhinaca kale, geesiyada mala-awaalka ah, sida Dhegdheer iyo Arraweelo, waxay ku nool yihiin oo keli ah sheekoxariirooyinka yaabka leh iyo heesaha iwm. ee mala-awaalka maskaxda dadweynuhu aloostay. Geesiyada noocan ah waxay ku muuqdaan in ay yihiin kuwo ilaaliya qiimaha bulshadooda, muuqaalkooduna wuxuu ku kaydsamaa garaadka dadweynaha. Tusaale ahaan waxaannu halakan ku soo qaadanaynaa labo sheeko oo caan ah (sheeko 16 iyo 16 ee Qaybta B(3)) oo ku saabsan geesiyada tiirriga ah.

Sheeko 15: Xabbad Ina-Kamas iyo Biriir Ina-Barqo

Waxaa la weriyey in waa hore ay dalka ku noolaayeen labo tiirriyaal, ama uurku-baalle[1], oo la oran jirey Xabbad ina-Kamas iyo Biriir ina-Barqo. Midkoodba wuxuu u talin jirey dalka qaybtiisa, ismana ogeyn in kan kale jiro.

Xabbad waa la necbaa oo ceelasha laga cabbo buu dhardhaar weyn oo isaga mooyee aan cid kale qaadi karin ku gufeyn jirey. Wuxuu qabsan jirey hasha ama ratiga ugu buuran geela u soo aroora ceelasha ku yaal dalka uu xukumo. Dadku waxba ma samayn karin, sidii uu doono baa loo yeeli jirey Xabbad, si uu dadka ugu oggolaado biyaha.

　　- Ahaa! Awrkan buuran baa i deeqa

- buu oran jirey tiirrigu, inta qabsado ratiga ugu buuran geela. Mar keli ah buu cuni jirey neef geel ah, dadkuna ma awoodin in maalin walba la siiyo neef geel ah; sidaas awgeed bayna uga qaxeen dalkii.

Berigii dambe baa waxaa yimid tiirri kale oo wen oo la yiraahdo Biriir ina-Barqo oo maqlay kadeedka Xabbad ku hayo dadkii ku noolaa dalka geestiisaan. Biriir wuxuu cududahiisa ku xiran jirey birmado ama dugaa-

---

1) Uurku-baalle macnihiisu waa nin uurka baalal ku leh; halakan macnaha eraygu waa qof ogsoon waxa dhici doona. Macnaha kale waa tiirri, nin xoog weyn.

gado waaweyn oo bir ah oo uu ku xarragoon jirey. Dugaagadahu way cuslaa-
yeen oo middoodba toban rag ugu xoog weyn baa ka qaadi karey dhulka.

Biriir wuxuu ku noolaan jirey gebi la yiraahdo Shimbiraale, wuxuuna
harsan jirey geed caleemo iyo hoos qabow leh oo la yiraahdo geedka
Kaatunka. Magacaasna waxaa geedka loogu bixiyey kaatunkii weynaa ee
tiirriga baa boqol-guurroyin dambe laga helay geedkaas hoostiisa. Kaa-
tunkaas waxaa lagu rari jirey ratiga ugu xoog weyn awrta.

Ina-Barqo la mid ma ahayn Xabbad ee waa u roonaa dadka, xoogna waxba
kagama qaadan jirin. Dadku way u cawdeen isaga oo kadeedka ina-Kamas
baday iyo in uu ka gufeeyey ceelashii ay ka cabbi jireen, xoolahoodiina
ka dhacay bay uga warrameen.

   -I tusa fuleygaas, anaa edbinayee

- buu yiri Biriir isaga oo caraysan. Markaas bay dadkii wadeen tiirrigii
oo u geeyeen Xabbad oo agfadhiya ceelkii, oo sugaya neef geel ah in loo
keeno. Isla markaas baa nin geeliisii u soo arooriyey ceelkii, Xabbad
baa ka dib yiri:

   - Aahaa! Awrkan buuran baa i deeqa.

Oo damcay in uu qabsado ratigii ugu buurraa geela.

   - Dhimashadaadaa anna i deeqda!

- buu yiri Biriir oo ku soo haadey Xabbad. Ka dibna labadii tiirri foodda
bay isdareen. Dhulkii baa gariirey oo ruxmay, afarta jahana ufo baa ka
soo kacday, waxaana u sabab ahaa xoogga nabarrada ay tiirriyadu isku
dhufanayeen.

   - Ooo ... aaa! War iga fuji ceegadaan neefsadee.

Xabbad baa ku dhawaaqay markii Biriir gacmihiisii xoogga weynaa ku cee-
jiyey.

   - In laguu turo uma qalantid, bahalyohow!

- buu yiri Biriir oo goobtii ku diley Xabbad.

Carro-edeg oo idil baa laga maqlay geeridii Xabbad, markaas bay dadkii
ku soo noqdeen dalkii iyo ceelashii ay ka qaxeen oo Biriir haatan u
furay, nabad iyo barwaaqana dadkii baa ku wada noolaaday waagaas ka dib.

Biriir ina-Barqo baa markaas loo caleemo-saaray madaxnimadii dalka oo
dhan, dadka hortoodana xurmo iyo tixgelin buu ku lahaa; maxaa yeelay
wuxuu ahaa tiirri kalgacalo iyo wanaag badan, baa la yiri.

Sheeko 16: Tiirrigii Gannaje

Waa baa waxaa jirey nin tiirri ah oo la oran jirey Gannaje, wuxuuna
ilaalin jirey geela aabbihiis. Markii uu geela arooriyo Gannaje wuxuu
qalan jirey hasha ugu buuran geela, haraggana wuxuu ka samaysan jirey dar[1]

---

1) Dar - waa weel ka samaysan geed ama harag ee soomaalida reer-miyiga
ahi ku waraabsadaan xoolaha; biyaha "wadaan" baa lagaga soo dhuraa ceel-
ka, darka baa lagu shubaa oo xooluhu ka cabbaan.

44

uu ku waraabiyo geela. Hilbaha neefka mar keli ah buu tiirrigu wada
cuni jirey!

- Geel dambe ood qalatid ma hayo, wado hasha ka hartay geeloo iga
tag, kuma hayn karee.

Aabbehiis baa ku yiri Gannaje.

Tiirrigii waa iska tegey oo wuxuu aadey dalkii garaadkii Wiil-waal[1])
ee caanka ahaa ee carrada galbeed ee soomaaliyeed u taliyey, halkaas oo
lagu soo dhoweeyey oo gabar loo dhisay, xoolona la siiyey. Gannaje wuxuu
la degey reerkii xididka u ahaa.

- Boqol nin baan marti qaaday maanta, cunto ku filan inaad u samay-
sid baan kaa rabaa

- buu Gannaje ku yiri afadiisii berigii dambe. Iyada oo kaashanaysa ha-
weenkii deriska la ahaa, afadii Gannaje waxay samaysay cunto hilib iyo
caano ah oo ku filan boqol nin. Markii Gannaje gurigiisii yimid maalin-
taas buu afadiisii ku yiri:

- Naa waan yare seexanayaaye sug inta martidu imanayaanoo i toosi
kolkay yimaadann.

Markaas buu galay aqalkii oo wada cunay soortii loo sameeyey martida.
Afadii baa aragtay waxa yaabka leh ee ninkeedu falay, ka dibna nafteedi
bay la carartay; inta ogaatey in uusan qof caadi ah ahayn ninkeedu.

- Naa orodoo reerkaagii ku noqo, iska daa ha cuno soortoo idil had-
duu doonee.

Raggii deriska ahaa baa ku yiri afadii markii ay u sheegtay waxa yaabka
leh ee Gannaje falay.

Berigii dambe baa reerihii u guureen meel naq iyo biyo leh. Waxaa la
guddoosadey in Gannaje iyo haweenku raraan aqallada, xoolahana kaxee-
yaan; ragga kale oo idilna ka haraan, si loo tijaabiyo kartida iyo wax-
qabadka tiirrigaas. Gannaje waa oggolaaday taladaas oo isaga iyo haween-
kii baa raray reerihii oo dhan oo geeyey rugtii cusbayd. Tiirrigii wu-
xuu amray in haweeney kasta aqalkeeda ka dhisato meesha loo tilmaamay,
isaguna geed hoos qabow leh buu iska seexday.

- War toos, Gannaje, qooraxdii dhacdaye soo kacoo xero u ood xoolaha.

Haweenkii baa ku dhawaaqay inta u keeneen godin iyo hangool[2]).

- Naa iga taga, i daaya aan seexdee

---

1) Wiil-waal - wuxuu ahaa Garaaad Faarax Garaad Xirsi Hantun oo caan ku
ah sheekooyinka dadweynaha soomaaliyeed, oo ka talin jirey gobollada
galbeedka dalka soomaaliyeed (eeg buugga Iftiinka-Aqoonta No. 6 (Light
of Education), Shire Jaamac Axmed, Muqdisho, 1967, bog 5).

2) Godin - waa hub bir ah oo daab qori ah leh oo dhirta lagu jaro;
hangool - waa ul dheer oo madaxa ka godan, gadaalna farraaro ku leh,
waxaana lagu jiidaa oodda qodaxda leh ee soomaalida miyigu ku ootaan
xoolaha.

- buu Gannaje ku yiri naagihii.

Markaas bay iska tageen, iyaga oo ka welwelsan in uu habeenka oo dhan
iska hurdo oo xooluhu soo hoydaan xerola'aan, halisna u noqdaan dugaagga..

Mar dambe buu tiirrigii soo baraarugey oo gacmihiisii waaweynaa kala
bixiyey inta jimicsaday; dhir waaweyn buu soo rujiyey oo wadata xidid-
dadii iyo laamahoodii. Intii ayan qorraxdii dhicin buu xero u ooday
xoolihii reeraha oo dhan oo lagu soo xereeyey fiidkii. Hawshaas toba-
neeyo nin baa qaban jirey, tiirrigii Gannajese keligiis baa muddo yar
ku dhammeeyey.

Habeen barkii bay raggii haray yimaadeen cidii, irriddii bayse ka soo
geli kari waayeen oo Gannaje baa ood weyn oo ay kulligood jiidi waayeen
ku gufeeyey.

  - Gannaje, Gannaje! War kacoo dhacanta ka rog raggu ha soo galeene;
  iyagu iska rogi waayee

- bay ku dhawaaqday afadii Gannaje. Tiirrigii ooddii buu dhinac u yare
tuuray oo raggii soo gelyey moorahii, waxayna la yaabeen weynaanta iyo
dhererka xerada Gannaje ooday. Weligood ma arag wax la mid ah xeradaas!

  - Cunnaduu cuno hawl u qalantuu Gannaje qabtaaye hala iska daayo

- bay raggii yiraahdeen, markii ay ogaadeen kartidiisa weyn.

Inkastaba, raggu waxay rabeen in ay tijaabiyaan geesinnimada Gannajena.
Hal iyo rati bay xididkiis siiyeen Gannaje oo yiraahdeen:

  - War la tag geelaasoo naga taga adiyo naagtaaduba; cunno dambe idin
  ma siin karree.

Gannaje iyo afadiisii geelii bay kaxaysteen óo ka tageen xididkood oo
doonteen meel kale oo ay degaan.

Muddo ka dib reerkii niman bay ka dabo direen soo dila Gannaje, geelana
ka soo ceshada. Gannaje oo sii socda bay gaareen oo warmahoodii oo dhan
ku rideen. Tiirrigii dagaal buu isu soo taagey oo waran kasta iska qab-
tay oo kala jebiyey. Wuxuu meeshii ku diley garwadeenkii colka iyo kuwo
kale oo badan, fardahoodiina ka furtay.

  - Gannaje, war Gannaje! Noo arxan, waa annagii, xidikaaye

- bay ku dhawaaqeen kuwii ka soo haray colkii. Gannaje oo ahaa nin kal-
gacalo ku dheehan tahay waa u arxamay nimankii. Waxay u sheegeen sababta
ay ula dirireen isaga, waxayna ka codsadeen in uu ku soo noqdo ciddoo-
dii, mar haddii uu muujiyey geesinnimadiisa. Gannaje waa yeelay sidaas,
xididkiisna waxay siiyeen xoolo badan, ka dibna nabad iyo barwaaqo bay
ku noolaadeen isaga iyo bilcaantiisii, baa la yiri.

QAYB C 1: SHEEKO-MURTIYEED

Sheeko 1: Farriin Dahsoon (1)

Raage Ugaas Xuseen[1] wuxuu ka dhashay qoys xooloraacato ah ee ku dhaq-naa galbeedka dalka soomaaliyeed. Yaraantiisii buu ka tegey reerkoodii oo aadey wadaad xer ku hayey degmo kale oo fog, si uu u barto diinta. Sanooyin badan buu inanku ku maqnaa xeraysi.

Berigii dambe baa Raage wuxuu la kulmay niman uu yaqaan oo u socda deg-madii adoogiis joogey, wuxuuna weydiistey in ay farriinta soo socota gaarsiiyaan adoogiis:

   - Aabbahay u sheega inaan shanta salaadood ku wada tukado weesoqaad keli ah[2].

Nimankii farriintii bay u sheegeen Raage adoogiis, isaguna wuxuu ku yiri:

   - War i soo mara markaad ku noqonaysaan reerkiinnii; alaabo baan idiin ku sii dhiibi doonaa wiilkaygiiye.

Beryo ka dib bay nimankii ku soo noqdeen reekii Raage aabbehiis sidii uu ka codsaday. Wuxuu nimankii u dhiibey soddon cad oo hilib shiilan ah iyo tebbed subag ka buuxo.

   - Waxaad wiilkayga ku tiraahdaan "bishu waa soddon, balliguna waa buuxaa". Buu yiri aabbehiis.

Intii ay sii socdeen bay nimankii in badan ka cuneen hilbahii iyo subaggii, intii hartayna Raage bay u geeyeen; waxayna u sheegeen far-riintii adoogiis u soo diray.

   - Adoogay wuxuu ii soo diray soddon cad oo hilib ah iyo tebbed subag ka buuxo, waxaadna ii keenteen toban cad oo keli ah iyo in yar oo subag ah; waa inaad i wada siisaan alaabadaas oo dhan

- buu Raage ku yiri nimankii inta u fasiray macnehii dahsoonaa ee farriin-tii aabbehiis.

Sheeko 2: Nin Socdaalay (eeg Farriin Dahsoon)

Waa baa nin ka socdaalay reerkiisii oo aadey reero deggan meel fog, si uu uga soo danaysto. Ninkii oo iska socda bay saddex nin oo burcad ahi la kulmeen, kii madaxda u ahaa baa wuxuu ku yiri ninkii socdaalka ahaa:

---

1) Wuxuu ahaa gabayaa caan ah oo noolaa kalabarkii qarnigii 19-d. Raage waxaa lagu sheegaa aabbihii maansada maguurtada ah (classical poetry) ee soomaaliyeed; jagadaas oo gabayaa kale uusan gaarin.

2) Muslinku waa in ay mayraan gacmaha, lugaha, cadadka saxaradu marto iwm. marka ay tukanayaan shanta waqti maalin kasta. Saxarada ka dib waa in weesoqaadkaas la sameeyo, haddii kale ansax ma aha tukashadu.

- Waar waannu ku dileynaa, oo colaad baa ina ka dhexaysey.

Burcadkii labaad waa oggolaaday in la dilo ninka, burcadkii saddexaad
oo ugu yaraase ma oggolaan taladaas; awood uu ninka kaga baajiyo dil-
kase ma lahayn.

Ninkii socdaalka ahaa wuxuu burcaddii ka baryey in ayan dilin, markiise
ay ka diideen oo uu ogaadey in la dilayo buu weydiistey in ay farriin
ka gaarsiiyaan afadiisii oo joogtey degmada ay sii mari doonaan, bur-
caddiina way ka yeeleen codsigiisa. Farriintu waxay ahayd:

- Haddaan raago saddexda rati ee reerka u jooga midka u weyn ha loo
  qalo carruurta; midka labad hala dabro, yuusan tegin oo hallaabine.
  Ratiga yarse hala iska daayo, meel fog aadi mayee.

Burcaddii way dileen oo dhaceen ninkii socdaalka ahaa, waxayna tageen
degmadii ay joogtey ninka afadiisu oo u sheegeen farriintii ninkeedu
u soo diray. Iyadu way garatay ujeeddada farriinta qarsoon oo ahayd:

In burcadka kowaad iyo labaad dileen ninkeedii ee waa in iyagana
laga jaro gardarradaas ay galeen; burcadka yarse yaan wax loo dhimin.

Haweeneydii sooryo iyo gogol bay siisay burcaddii, sidii martida loo
muunayn jirey. Isla markaas bay si qarsoodi ah ugu qaylogeysey raggii
degmada joogey, kuwaas oo qabqabtay burcaddii markii haweeneydu u
sheegtay farriintii dahsoonayd ee ninkeeda. Ninkii madaxda u ahaa bur-
cadda waa la diley, kii labaadna geed baa lagu xirey, kii ugu yaraase
waa la iska siidaayey, sidii uu ka dardaarmay ninkii ay gardarrada ku
dileen.

Sheeko 3: Labo Kor u Jeedda

Waa baa waxaa jirey nin dhallinyaro ah oo hal geel ah xoolo ka leh.
Berigii dambe buu la kulmay inan qurxoon, wuuna jeclaaday oo ku tasha-
day in uu guursado. Hashii uu xoolo ka haystey buu yarad u siiyey in-
anta adoogeed.

- Waar maxaad hashii aad xoolo ka haysatey u bixisay?

Ninka saaxiibkiis baa weydiiyey.

- Labo kor u jeeda (naasa haween) nin arkay ka samir afar hoos u
  jeedda (naaso geel)

- buu ku jawaabey ninkii inanta jeclaaday.

Sheeko 4: Doorran

Waxaa la yiri nin, haweeney, hal geel ah iyo ri' baa beri la weydiiyey
labada waxyaalood oo ay ugu jecel yihiin dunida.

- Duunyo iyo darajaan doortay, buu yiri ninkii.

- Labadaas isku heli mayside midkood dooro, baa lagu yiri.

- Duunyaan doortay, darajo waayi maye, buu yiri.

- Qaw (dilid) iyo qawl xun baan doortay, bay tiri haweeneydii.

- Labadaas isku heli mayside midkood dooro, baa la yiri.

- Qawl xun baan doortay, qaw waayi mayee, bay ku jawaabtey naagtii.

- Duurgelid iyo duud weyn (shilis) baan dortay, bay tiri hashii.

- Labadaas isku heli mayside midkood dooro, baa la yiri.

- Duurgelid baan doortay, duud weyn waayi mayee, bay hashii ku jawaabtey.

- Habar iyo horjiif baan doortay, bay tiri ridii, baan doortay.

- Labadaas isku heli mayside midkood dooro, baa lagu yiri.

- Habartaan doortay, horjiif waayi mayee, bay ku jawaabtey.

Sheeko 5: Furriin Silloon

Waxaa la yiri nin baa beri guursadey gabar qurxoon oo iska furay kolkii uu habeen keli ah qabey.

- Naa maxaa dhacay oo ninku kugu furay? Deriskii baa weydiiyey gabadhii.

- Hadal qura maan oran, bal wax kale daayoo

- bay ku jawaabtey. Ka dib ninkii baa la weydiiyey sababta uu ku furay afadiisa, wuxuuna ku jawaabey:

- Afartaan iimoodoo ay leedahay baan ku furay naagta:
Xoolohunni
nasiibxumo
dhaqaaledarro
habaarran.

- War habeen quraad qabtaye sidee ku ogaatey iimaheedaas?

Deriskii baa weydiiyey ninkii.

- Xoolohunni inay tahay waxaan ku ogaadey kolkaan aqalka soo galay xalay baan dibedda iskaga bixiyey kabahayga. Kolkii ay garan weydey inay aqalka gudahiisa soo geliso kabaha baan gartay inay xoolohunni tahay. Kabihii waa la xaday habeenkii, sidaas baan ku gartay inay tahay naag nasiibxun. Markay afadaydu dabka shideysey xaabadii bay ka badisayoo ma tashiilin, sidaasaan ku gartay inay dhaqaaledaran tahay. Markii dabkii u ololi waayey way afuuftay ee may sugin inta uu iska hurayo dabku, waxayna ku habaarran tay "daad ku seexi!". Sidaasaan ku ogaadey inay tahay naag habaarran badan, waxaana ku tashaday inaan iska furo, buu yiri ninkii oo caraysan.

Sheeko 6: Inan iyo Adoogiis

Waxaa jirey wiil iyo adoogiis. Kolkii wiilkii weynaadey baa adoogiis u guuriyey gabar bilicsan, xoolana siiyey.

Guyaal badan ka dib baa inankii ku yiri aabbehiis:

- Aabbow saddex hal iiga jawaaboo ah:

midda kowaad, adigu igama dhaqaale badnid, haddana iga xoolo badnide
maxaa jira?
Midda labaad, dadku taladaaday maqlaan, taydase cidi ma danaysee
maxay ku noqotay?
Midda saddexaad, haweenkaygu kuwaaga ka qurux badan, carruurtaaduse
ka fiican kuwayga ee maxay ku noqotay?

- Midda hore, waxaan kaa iri, adigu markaad aragtid roob meel fog
ka da'aya durba waad u guurtaa. Aniguse marka hore waan sahamiyaa,
markaan ogaado in meeshaasi xoolaha u dhaanto meeshay markaas joo-
aan ayaan u guuraa.

Midda labaad, waxaan kaa iri, maandhe, adigu markaan taladaada loo
baahnaynoo cidi ku weydiisan baad la talisaa dadka. Aniguse markii
talo la iigu yimaado oon arrinta doc kasta ka eego ayaan sida qumman
ka taliyaa.

Midda saddexaad, waxaan kaa iri, maandhe, adigu haweenka quruxdaad
ku xulataa. Aniguse haweenka qaymiga iyo naagnimadaan ku xushaa.

Sheeko 7: Guurdoon

Waa baa waxaa jirey nin iyo afadiis, waxayna haysteen xoolo ay dhaqdaan.
Waagii dambe baa wiil u dhashay reerkii, ninkiina aad buu ugu rayreeyey
wiilka u dhashay.

Sannoyin ka dib wiilkii waa weynaadey oo noqday nin dheer, xoog badan
leh oo geesi ah, waalidkiisna jecel yihiin.

- Abbow, inaan guursadaan rabaa, haatan waan weynaadaye

- wiilkii baa yiri berigii dambe.

- Waa yahay, maandhe; haseyeeshee, marka hore i soo tus inantaad
guursanaysid

- buu ku jawaabey aabbehii.

- Yeelay, aabbe

- buu yiri wiilkii. Maalintii dambe baa wiilkii soo watay gabar dheer oo
cas oo qurxoon oo yiri:

- Waa tan, aabbe, inantaan rabaa inaan guursado.

- Waa yahay, maandhee; bal ii soo qaad dhagaxaas weyne halkaas yaal

- buu yiri aabbehii. Dhagaxu aad buu u cuslaa, wiilkiina si kasta yeel oo
qaadi kari waa.

- Naa ninkaas dhagaxa yar qaadi kari waayey miyaad guursanaysaa?

Aabbehii baa weydiiyey inantii.

- Haba yaraatee maya

- bay tiri oo iska tagtay. Afar gabdhood oo kale buu wiilkii hor keenay
aabbehiis, isaguna dhagaxii in uu soo qaddo buu sharuud kaga dhigay
wiilkiisa, ka hor inta uusan gabdhahaas middodna ka oggolaan in uu

guursado. Wiilkii si kasta yeel oo qaadi kari waa dhagaxii cuslaa,
gabdhihii sidaas awgeed bay u wada diideen in ay xilo u noqdaan ninkaas
tabarta liita oo waxmataraha ah.

Gabadhii shanaad oo aan u qurux badnayn sidii afartii hore baa wiilkii
u keenay adoogiis. Markii gabadhu aragtay in wiilku qaadi kari waayey
dhagaxii weynaa bay la qaadday oo soo agdhigeen odayga cagihiisii,
isaguna eegayo sida ay isu kaashadeen wiilka iyo gabadhu.

   - Waa taas gabadha u qalanta inaad guursato, maandhow; gabdhihii
   kale kulama qaadin dhagaxa, tanise way kula qaaday. Iskaashigu waa
   gundhigga nolosha reerka

- buu yiri aabbehii oo isu dhisay wiilkii iyo inantii.

Sheeko 8: Wiil Adoogiis Talo Guur Weydiistey

Nin baa wiil lahaa, baa la yiri. Wiilkii baa koray oo nin weyn noqday.

   - Aabbow, waxaan rabaa inaan guursado gabar qurux badanoo wanaagsane
   ila tali

- buu wiilkii ku yiri adoogiis berigii dambe.

   - Maandhow, maxay ku wanaagsan tahay gabadhu?

- buu weydiiyey odaygii.

   - Waa gabar qurux badanoo maarriin ahoo hadal macaan; si walbana
   waan ula dhacsan ahay. Waadna ogtahay in la yiri:

   "Quruxdu dunida waa ka bar" ee ma igula talinaysaa inaan guursado
   gabadhaas wanaagsan?

   - Mandhow, miyaadan maqal ninkii yiri:

   "Waa la wada hub weyn yahayoo
   waa la wada halalac leeyahay
   onse wax u hullaaban ma aqaan"?

   War haddaad waano iga dooni naagaha ha u raacin quruxe xulo middii
   adiga ku dhaqaysa oo dad fiican ka dhalatay. Ogow, soomaalidu waxay
   tiraahdaa:

   Wiilkaagu habeen buu hiillo kaaga baahan yahay, waana habeen kaad
   habartiis doonaysid, buu yiri aabbehii.

Sheeko 9: Dardaaran Aabbe

Waxaa la yiri nin baa saddex wiil oo waaweyn iyo xoolo tiro badan lahaa.
Ninku wuxuu qabey labo naagood oo midda dhallinta yari ayan lahayn
carruur. Berigii dambe buu ninkii u yeeray saddexdiisii wiil intii uusan
dhiman, oo ku yiri:

   - Saddexdiinna mid baanan dhalin, midkuu yahayna waxaa idiin sheegi
   doona nin ka waxgaradka ahi deriskeenna ah ee u taga.

Markii uu sidaas yiri buu dhintay aabbehii.

Saddexdii wiil baa isa soo raacay oo u yimid ninkii waxgaradka ahaa oo ku yiraahdeen:

- Midkayo aabahayo ma dhaline noo sheeg midkuu yahay.

Ninkii waxgaradka ahaa saddexdii wiil buu midba fariisiyey geed gaar ah, markii horena wuxuu u yeeray wiilkii ugu fil weynaa oo ku yiri:

- Maandhow, waxaan kugula talinayaa inaad guursato haweeneyda yaree aabbahaa ka dhintay, aayadaa; xoolahana la idiin dhaxloo aad ka qaadato qaybtaada iyo teedaba.

- Sidee baan u guursadaa aayaday; xeerku iima bannayne?

- buu ku jawaabey wiilkii weynaa.

- Waa yahay, geedkaagii iska tag ilaa aan kuu yeero.

Ninkii wuxuu markaas u yeeray wiilkii ku xigey oo isagana ku yiri eray-adii uu ku yiri wiilkii hore oo kale. Wiilkii labaadna waa diidey taladii ninka, isaga oo gartay in taladaasi tahay mid aan dhaqanku oggolayn.

- Geedkaagii iska tag

- buu ninkii waxgaradka ahaa ku yiri wiilkii labaadna. Ugu-dambaystii wuxuu u yeeray wiilkii saddexaad oo isagana ku yiri sidii labadii wiil ee hore.

- Adeerow, ma jecli arrintaas; adaase waxgarad ahoo waan yeelay taladaada

- buu ku jawaabey wiilkii saddexaad.

- Wiilkani arrintii aad iga diiddeen idinku buu iga oggolaaday, taasoo ah in uu guursado aayadiis; sidaas darteed, isagu ma aha walaalkiin

- buu yiri ninkii waxgaradka ahaa, inta wiilashii isugu wada yeeray.

- Waa hubaal in uusan nala dhalan kaasi

- bay yiraahdeen walaalihii dhabta ahaa, oo meeshii uga tageen wiilkii saddexaad.

Sheeko 10: Talo Haween

Waxaa la yiri afar gabdhood baa beri ka tegey reerkoodii oo doontay rag guursada[1]. Markii ay dhawr beri socdeen bay gabdhihii u yimaadeen reero meel deggan oo doobab badani joogaan. Sidii dhaqanka soomaaliyeed ahaa gabdhihii waa la soo dhoweeyey oo neef baa loo qalay oo lagu sooryeeyey. Goor dambe habeenkii baa hilbihii oo weli kulul loo keenay gabdhihii. Markaas bay gabdhihii middood cad hilib ah kala soo baxday xeeradii, say farahay kaga gubatey, oo tiri:

---

1) Dhaqankaasi waa jirey oo "heerin" bay oran jireen soomaalidii hore; gabdhuhu rag guursada bay doonan jireen, si ayan u guumeysoobin.

- Kululaa, kama naallee!

- Naa ma kaadsan karnee inoo kala goo. bay tiri gabadhii labaad.

Naa kor saar ha kanfafee, bay tiri gabadhii saddexaad.

Markii gabdhuhu sidaas ku wada hadlayeen raggii doobabka ahaa ee ree-
ruhu waxay ku gabbanayeen meel gabdhaha u dhow oo ka dhegeysanayeen
hadalkooda. Raggu waxay ogaadeen in gabadha hore samirxun tahay, midda
labaad way hungurixun tahay, midda saddexaadna ay ugu garaad badan
tahay kulligood. Gabadhii garaadka badnayd nin geesi ah baa guursadey
markii uu dhegeystey taladeedii; gabdhihii kalese way waayeen rag guur-
sada, baa la yiri.

Sheeko 11: Dhagar Dumar

Waxaa la yiri nin baa beri socdaalay oo afadiisii uga tegey reerkoodii.
Markaas bay afadii la saaxiibtay nin kale oo gurigeedii ugu yeeratay.
Ninkii reerka lahaa baa soo noqday dhawr beri ka dib oo soo galay
aqalkoodii, si uu u nasto socdaalkii dheeraa ka dib. Isla markaas bay
ninka naagtiisii waxay aragtay ninkii ay isbarteen oo ku soo socda
iyada, sidii caadada u ahayd, isaga oo aan ka warqabin in uu yimid
ninkii reerka lahaa oo ku nasanaya aqalkiisa. Naagtii waxay damacday in
ay u baaqdo saaxiibkeed oo ogeysiiso in arrintii isbedeshey, ceebina
ka dhicin meesha. Laakin way ku adkaatay sidii ay ugu baaqi lahayd
saaxiibkeed, iyada oo uusan ninkeedu ogaan xogteeda. Markii ninkii soo
socdey u soo dhowaadey bay naagtii kal iyo mooye soo qaadatay oo badar
tumatay, oo ku heestay hees-hawleeddaan:

> Sheerku[1] sheerkii waa yahay
> shalay laysu sheegay
> laakin sheybkii sheedda[2] lahaa
> shiilaqaabta[3] jiifa ...

Hees-hawleeddaas bay naagtii dhagarreyda ahayd ugu baaqday saaxiibkeed
in ninkeedii joogo oo ku jiro aqalka, ninkeeda oo aan waxba dareemin,
bay werisey sheekadu.

Sheeko 12: Hed, Hawo ama Hunguri

Waa baa waxaa jirey wil iyo gabar aad isu jeclaaday, waxayna damceen
in ay isguursadaan. Hayeeshee, wiilka iyo gabadha waalidkood ma oggolaan
in ay isguursadaan, maxaa yeelay waa hore bay colaadi dhextiil labada
qoys.

Wiilkiise in uu gabadhii iska daayo oo ka quusto wuu diidey. Berigii
dambe buu inta reerkoodii ka soo kacay u tegey gabadha reerkoodii, si
uu iyada ku arko. Haddii ay arkaan isaga oo la jooga gabadha, in walaa-

---

1) Sheer - (jeer), goortii la ballamay; gabayaagu xarafka (j) buu (sh)
u rogey, si higgaadda gabaygu ugu toosto.

2) Sheedda - waa dhexdhexaadka aqal-soomaaliga.

3) Shiilaqaabta - waa raarta ama gundhada a qalka.

laheed dilayaan isaga buu ogaa inanku. Sidaas darteed, buu wuxuu ku
tashaday in uu goor habeen ah gabadha la kulmo oo la baxo, oo qarsoodi
isku soo mehersadaan.

Goortii gabalkii dhacay oo ay mugdi noqotay buu inankii yimid gabadha
gurigoodii oo arkay iyada oo la joogta laba wiil oo walaalaheed ah.
Wuxuu rabey in uu ogeysiiyo gabadha in uu joogo, walaalaheedna istusin
oo dhibaato ka dhex dhicin isaga iyo iyaga. Inta soo gurguurtey buu
gabadhii oo ka sii jeedda dhabarka ka taabtay. Inta ay yare jalleecday
bay aragtay oo aqoonsatay. Walaalaheed oo aan waxba dareemin bay u sii
wadday sheekadii u socotey oo ku tiri:

  - Ninkaad ii diiddeen inuu i guursado haddaad caawa meeshaan ku
  aragtaan sideed yeeli lahaydeen?

Markii gabadhu sidaas lahayd wiilkii ay isjeclaayeen waa maqlayey oo
dhabarkeeda meel ah buu ku qarsoonaa. In ay walaalaheed u sheegto joo-
giddiisa buu ka baqay.

  - Waan dili lahaa caallaha, basar-xumadiisa

- buu yiri wiilashii midkood.

  - Anigu isagoo nool baan haragga ka siibi lahaa, silic ha u dhintee

- buu yiri kii kale.

  - Aniguna waxaan weydiin lahaa saddex waxyaalood oo ah:
  war ma hed baa ku wada?

  Hadduu "haah" yiraahdo, walaalahay hortooda imaw baan ku oran lahaa.
  Ma hawo guur baa ku wadda?
  Hadduu "haah" yiraahdo, geedkaas Lebiga[1] ah oo la harsado orodoo
  igu sug baan ku oran lahaa.
  Ma hunguraa ku wada?

  Hadduu "haah" yiraahdo, dhiisha caanaha ah oo aqalka raartiisa taal
  orodoo qaado baan ku oran lahaa, bay tiri gabadhii.

  - Garaad haween lama garan karee naa naga tag

- buu yiri walaalihii midkood, iyaga oo aan midkoodna waxba dareemin, oo
iska seexdeen, sheekadii dheerayd ee ay habeenkaas yeesheen ka dib.

Markii gabadhu sidaas ugu baaqday ninkii ay isjeclaayeen oo saddex wax-
yaalood kala doorran siisey, buu inta dib u gurguurtey iska tegey.
Habeenbarkii, markii ay walaalaheed hurdo ku ogaatey, bay gabadhii
aaddey geedkii lebiga ahaa.

Sheeko 13: Faruur iyo Afadiisii

Waa baa waxaa jirey nin qaaban, faruuran oo aad u toolxun, sidaas baana
loogu bixiyey magaca faruur. Isagu geel iyo ari tiro badan buu lahaa.

---

1) Lebi - waa geed caan ku ah dalka banka ah ee soomaaliyeed; jirrid
iyo laamo toos u baxa buu leeyahay geedkaasi. Maanso-yahanka soomaali-
yeed lebi buu ku tilmaamaa gabadha uu ammaanayo quruxdeeda.

Berigii dambe buu faruur soo doonay gabar qurxoon oo konton geel ah
gabbaati ugu keenay adoogeed. Ka dib aabbaheed baa inantiisii u dhisay
faruur.

- Ninku xoolo tiro badan buu ii keenay, aniguna sabool baan ahoo
  xoolo waan u baahnahay. Sidaas darteed, faruur baan kugu daray,
  maandhay

- buu odaygii ku yiri inantiisii. Gabadhii kama talodiidiin adoogeed oo
habaarkiisa bay ka cabsatay. Sidaas baa faruur loogu dhisay inantii oo
loo raray iyada oo dhibaad wacan wadata.

Faruur wuxuu durba ogaadey in afadiisu quursanayso isaga, wuxuuna ku
tashaday in uu jebiyo islaweynideeda oo u hoggaansanto madaxnimada
ninkeeda ee reerka. Caanaha iyo cunnada ay siiso wuu u hambayn jirey,
iyaduna ma cuni jirin ee way daadin jirtey hambadiisa isaga oo aan
arkayn. Cunnada uu ku taabtay dibnahiisa faruuran bayan haweeneydu u
quurin afkeeda, isaguna waa ka xumaa arrintaas.

- Naa dhan caanaha aan kuu hambeeyey

- buu faruur ku yiri afadiisa berigii dambe.

- War waan dhami doonaaye adigu dan uga bax, bay ku jawaabtey.

- Naa mayee dhan anoo ku arkaya

- buu yiri, isaga oo ku cadaadinaya amarkiisa iyada. Kolkii ay ogaatey in
faruur doonayo in uu ku dirqinayo arrinta bay afadii dhantay hambadiisii
isaga oo u jeeda. Inta qoslay buu yiri:

- Oori Faruur intaad tahay sow ma oggolaan! Dumar nimaan xukumin ma
  xurmeeyaan, baa la yiri. Buu yiri.

Sheeko 14: Xumo iyo Samo

Waa baa waxaa deris ahaa fayoobi iyo cudur. Berigii dambe baa fayoobi u
timid cudur oo ku tiri:

- Intaan maqnaa baad dhibaato weyn u geysatey dadkii; hadda waan
  imidoo dadkaan fayoobi siinayaaye iska tagoo dhibaato dambe ha u
  keenin dadka cudurow.

- Tegi mayo intay jiraan dad waayeel ahoon ogadooda ku hoyan karo

- buu yiri cudur. Dooddaas ka dib fayoobi iyo cudur colaad baa dhex martay
weligoodna ma heshiin.

Tanaadnimo baa beri u timid saboolnimo oo ku tiri:

- Dad badan baad silic iyo saxariir ku riddey; hadda waan imid si aan
  nolol fiican u siiyo dadkaad rafaadisaye iska tag aan hawlahayga
  qabsadee.

- Tegi mayo intay jiraan dad matabcadeyaal ah oon waxba isu tarayn

- bay ku jawaabtey saboolnimadii.

Nabad baa beri u timid colaad oo ku tiri:

' - Dadkii baad isku dirtayoo islaayey, dhibaataad keentay oo xasilloo-
ni baa laga waayey dunidii. Hadda aan imid, si aan u qaboojiyo guul-
darradaase iska tag aan hawlahayga qabsadee.

- Tegi mayo intay jiraan qoysas iyo qaraabo isu caraysan, bay tiri
colaaddii.

Inta ay diiddan yihiin cudur, saboolnimo iyo colladi in ay tagaan dadku
nasteexo iyo barwaaqo heli mayaan, bay werisey sheekadani.

Sheeko 15: Huryo iyo Kabacalaf

Waxaa la yiri gabar Huryo la yiraahdo baa beri nin la baxay, si ay qar-
soodi isugu guursadaan, maxaayeelay gabadha waalidkeed ma rabin in ay
u dhisaan ninkaas[1].

Ninka gabadha la baxay waxaa la socdey nin saaxiibkiis ah oo Kabacalaf
la yiraahdo, si uu ugu wehelyeelo labada isla baxay. Saddexdoodii muddo
dheer bay socdeen meel cidla' ah, waxayna ku socdeen degmo uu joogey
wadaad isku meheriya ragga iyo dumarka. Markii ay daaleen bay fariisteen
geed harkiis, si ay u nastaan. Huryo oo ahayd inan garaad badan baa ku
tashatay in ay tijaabiso waxgaradnimada ninka ay la soo baxday inta aan
lagu meherin ka hor, waxayna ku tiri:

- War maad nasatid?

- Naa sow anigaan nasanaya, sow ima aragtid inaan fadhiyo?

- buu ugu jawaabey isaga oo yaabban.

- War kabaha iska bixi bay ku leedahay inantu

- buu kabacalaf ku yiri saaxiibkiis.

Muddo ka dib markii ay nasteen bay saddexdoodii sarakaceen oo dib u
bilaabeen socdaalkoodii. Markii in door ah la sii socdey bay Huryo tiri:

- War bidhaan dad baan u jeedaa.

- Naa meeday ciddaad sheegeysaa? Anigu waxba ma arko

- buu yiri ninkii guurdoonka ahaa, isaga oo indha-taagtaagaya.

- War raad dad bay sheegeysaaye eeg waddada aynu marayno

- buu yiri Kabacalaf, markaas bay horay u sii socdeen.

Wax la sii socdaba, markii hargalmo la gaarey bay Huryo tiri:

- War aynu dharaarsiimo cunno.

- Oo wax sahay ah ma sidannee ma dabayshaynu cunnaa!

- buu yiri ninkii guurdoonka ahaa, isaga oo aan jeclaysan waxweydiinta
sirgaxan ee huryo soo jeedineyso.

- War aynu caday[2] ku rumayanno bay leedahay gabadhu

---

1) Labaxidda gadhuhu waa caado soomaali, siiba reer-miyiga.

2) Caday - waa geed caan ku ah dalka soomaaliyeed; laamihiisa iyo xidda-
diisaba waa lagu rumaydaa, waxaana la hubiyey in uu dawo u yahay ilkaha.

- buu yiri Kabacalaf oo waxgard ahaa.

Wax ay socdaanba saddexdoodii waxay u tageen reer meel deggan oo wadaad
wax meheriyaa joogo. Markii ninkii la soo baxay damcay in uu isku mehe-
riyo bay huryo diiddey in ninkaas lagu xiro. Waxay dooratay in Kabacalaf
lagu meheriyo, kaas oo ay ogaatey in uu ka garaad badan yahay ninkii
ay la soo baxday markii hore.

Huryo iyo Kabacalaf way ahaayeen labo qof oo garaad badan, weligoodna
waxay isku deyi jireen in midkoodba ka xeelad badiyo midka kale.

Berigii dambe bay huryo xeero bariid ah u keentay Kabacalaf markii uu
ka soo noqday xoolihii uu daajinayey. Inta dhexda ka yare goddey bariid-
kii bay subug iidaan ah ka buuxisey godkii[1]. Afadii iyo ninkeedii baa
markaas isa soo agfariistay, si ay u wada cunaan bariidka ku jira xee-
rada dhulka taal. Huryo waxay ku tashatay in ay subagga docdeeda u soo
duwato ninkeeda oo aan dareemin xeeladdeeda.

  - War kabacalafow, hadalkaad i tiri berigii dhowaa sidaasuu caloosha
  ii kala jeexay

- bay tiri, oo farta ku soo jeexday meeshii subaggu ku jirey, si uu doc-
deeda ugu soo diiqalyeeyo.

Kabacalaf wuxuu ogaadey in ay huryo subagga xaggeeda u duwatey oo isaga
oo soo jeeda sidaas u dhagartay.

  - Naa huryoy, hadalkaad i tiri anna sidaasuu caloosha ii walaaqay

- buu ugu jawaabey, oo bariidkii xeerada ku jirey oo dhan iyo subaggii
isku wada walaaqay, si uusan subaggu huryo docdeeda ugu wada shubmin.

Sheeko 16: Martisoor

Beri baa nin socdaal ahi ku soo hoydey reer meel deggan oo ari aan
tiro badnayn xoolo ka haysta. Ninkii socdaalka ahaa waa ogaadey saboool-
nimada reerka, sidaas buusan sooryo weyn in la siiyo cawadaas uga
sugeyn.

Ninka reerka lihi deeqsi buu ahaa, inkasta oo uu xooloyaraana si fiican
buu u sooray ninkii martida ahaa. Subaxii dambe intii uusan ka tegin
buu ninkii socdaalka ahaa ku yiri ninkii reerka lahaa:

  - War ninyohow, ma shan jeer baan kaaga abaalgudaa sidii wacnayde
  aad ii soortay, mase shan shir baan kaa sheegaa?

  - Shan shir iga sheeg

- buu ku jawaabay, ka dibna way kala tageen nimankii.

Sheeko 17: Naago Yaraan ma Leh

Waxaa la yiri nin baa guursadey gabar yar oo la aqalgalay. Markaas buu
wuxuu isyiri bal iska sug inta ay bagadhu ka weynaaneyso. Iyaduse waxay
rabtey in ninkeedu naagaysto oo ula dhaqmo sidii naag weyn. Ciil bay

---

1) Bariidka sidaas loo iidaamey hadba inta in yar faraha lagu qaato baa
subagga xeerada dhexdeeda lagu qooyo baa afka lagu ritaa.

ugu dhimatay ninkeedu markii uu cawo kasta iska agseexday oo uusan
danayn iyada, iyaga oo isku meel wada jiifa. Gabdhu waxay ku tashatay
in ay baddesho sidaas ninkeedu ula dhaqmayo.

Habenkii dambe bay in yar oo saxaro dad ah gelisey barkintii ninkeeda
hoosteeda.

   - Uf! Uf! Naa maxaa uraya? Xaar!

- buu yiri ninkii markii uu isyiri ku seexo gogoshii.

   - Waa wax yaroo saxaro ahe iska fogeeyoo dan uga bax, bay tiri
   gabadhii.

   - Inkasta ee wuxu yar yahay urkiisaan loo adkaysan karin, buu yiri.

   - Naago yaraan ma leh, xaarna yaraan kuma uri waayo, baa la yiri.
   Bay tiri gabadhii.

Sheeko 18: Gogol Rag waa Nabad

Waxaa la yiri labo gabdhood oo walaalo ah baa jirey. Gabdhaha middood
way qurux badnayd, garaad badanse ma lahayn. Midda kale way foolxumayd,
qof garaad dheer bayse ahayd.

Markii gabdhihii koreen baa wiil guurdoon ahi u yimid iyagii oo ogaadey
mid kasta dhaqankeeda. Sidii uu u kala dooran lahaa gabdhaha buu garan
waayey wiilkii. Markaas buu u tegey nin waxgarad ah oo Kabacalaf (eeg
Sheeko 15 iyo 23 Qayb C (1)) la yiraahdoo oo ku yiri:

   - War Kabacalafow, ila tali, labadaas gabdhood tee baan doortaayoo
   guursadaa?

Inta u sheegay middodba dhaqankeeda.

   - War dumar qurux keliya laguma raacee waxgarashada iyo qaymigaa
   laga eegaa. Balse inoo gee gabdhahaasoo saddex waxyaalood weydii,
   si aad u ogaatid middoodba garaadkeeda.

Berigii dambe bay wiilkii guurdoonka ahaa iyo Kabacalaf israaceen oo
u tageen gabdhihii oo la weydiiyey saddexdaan so'aalood:

   - Gabdhow, rag gogoshi waa maxay?
   Geel xeradi waa maxay?
   Garow iidaanki waa maxay?

Gabadhii qurxoonayd waxay ku jawaabtey:

   - Rag gogoshi waa dermo iyo raar.
   Geel xeradi waa ood dheeroo uusan ka dhici karin habeenkii.
   Garow iidaankina waa subag iyo caano.

Gabadhii garaadka badnayd asaan qurxoonayn waxay ku jawaabtey:

   - Rag gogoshi waa nabad; maxaa wacay hadduu nin nabad qabo meel
   kasta wuu ku gam'i karaa.
   Geel xeradi waa rag; maxaa yeelay hadduusan jirin rag xannaaneeya
   geel xero ma galo.
   Garow iidaankina waa baahi; maxaa yeelay qof baahani hadduu badar
   helo iidaanla'aan buu iska cunaa.

Markaas buu ninkii guurdoonka ahaa doortay gabadhii waxgaradka ahayd, isaga oo aan eegayn quruxla-aanteeda, baa la yiri.

Sheeko 19: Guur Labo Nacas

Waa baa waxaa isguursadey nin iyo naag nacasyo ah. Berigii dambe bay ri' qasheen oo hilbahii qaar cuneen, qaarna haan ku gurteen oo ku kaydsadeen. Ninkii iyo naagtiisii ka dib waa israaceen oo xaabo ka doonteen kaynta ay ku bislaystaan soorta. Iyaga oo sii socda baa nin socdaal ahi ka horyimid oo weydiiyey:

- Ii tilmaama cidda iigu dhow ee meelahaan deggan?

- Tubtaan qaad aqalkayagii bay ku geyneysaaye; aqalka ha gelin, haaddad gashana haanta ku jirta ha bujin. Haddaad bujisana hilibka ku jira ha cunin; haddaad cuntana ha dhamaysan

- bay ku jawaabeen nacasyadii.

Ninkii socdaalka ahaa markii uu intaas maqalay buu iska tegey, ka dibna wuxuu yimid aqalkii nacasyada oo ka cunay hilibkii oo dhan.

Galabtii markii ay soo noqdeen nacasyadii isqabey bay arkeen in laga cunay hilibkii oo dhan, mase ay aqoon qofkii ka xaday. Ninkii iyo afadiisii aad bay uga naxeen arrintaas, maxaa yeelay hilibku wuxuu ahaa cunnada keli ah ee ay haysteen.

Muddo yar ka dib ninkii wuxuu arkay hal deqsi ah oo calool buuran oo fuushan wejiga naagtiisa. Wuu qoslay oo yiri:

- Haa! Haddaan helay ciddii hilibka inaga cuntay.

- Waa ayo?

- bay weydiisey afadiisii. Isaga oo aan u jawaabin buu ninkeedii soo qaatay masaar weyn oo afaysan oo naagtiisii wejiga meeshii deqsigu fuushanaa ku dhambalay, isaga oo damacsan in uu deqsiga tuugga ah dilo. Naagtii ayaanka darrayd meeshii bay ku qurbaxday iyada oo afka kala haysa. Deqsigiina lalama helin masaartii oo waaba iska duulay markiiba.

- Weligaaba iska qosol naagyahay; deqsiga tuugga ahna maruun baan qudha ka jari doonaa

- buu nacaskii ku yiri naagtiisii markii uu arkay afkeeda furan oo moodey in ay qoslayso.

Subaxii dambe bay deriskii soo booqdeen reerkii oo ninkii weydiiyeen:

- War meeday afadaadii?

- Waxaan rabey inaan dilo deqsi tuuga oo hilibkii naga xaday, ka dibna naagtayda wejigeeda ku dulcayaaray; iyaduna ilaa shalay aqalkay dhex jiiftaayoo iska qoslaysaa!

- buu ku jawaabey nacaskii. Dadkii waxay ogaadeen guuldarrada ninki ku dhigay afadiisii, nacasnimodiisa darteed. Markaas baa la aasay meydkii, bay werisey sheekadu.

Sheeko 20: Doqon

Suugaanta aan qorrayn ee soomaaliyeed waxay tusaalaysay in ay jiraan
toban tilmaamood oo lagu garto doqonninada qofka, kuwaas oo ah:

1. duufley   - oo ah qofka oogada iyo hugiisuba ayan
                                  nadiifsanayn oo baalida ah.

2. dareenley   - oo ah qofka markasta wax xun mooyee
                                  aan wax san filan.

3. daabley   - oo ah qofka aan samirka lahayn oo xoog-
                                  sheegad iyo muran wax ku doona.

4. xididkiis-xante   - oo ah qofka wax xun ka sheega dadka ku
                                  xil leh oo xanlowga ah.

5. xaajadiis-kaxogwarrame   - oo ah qofka aan xagsan karin xogtiisa,
                                  ama danihiisa gaarka ah.

6. xiluuhuu-uureeyey-xoogmoode - oo ah ninka afadiisa oo uur leh ku
                                  hagrada hawsha reerka oo wax ayan tabar
                                  u hayn ku dhiba.

7. surindheer-kadhaanshe   - oo ah ninka inanlayaalka ah oo meel
                                  dheer cidda uga soo dhaamiya, oo qawsaar
                                  u noqda xididkiis.

8. soorquureed-cune   - oo ah qofka iska cuna soor kasta oo
                                  la siiyo, oo soori-qaaddayga ah.

9. sixun-uwarran   - oo ah qofka waxa uu arko ama maqlo si
                                  xun u sheega, oo xumotashiilka ah.

10. garmagasho-kamanabaxdo   - oo ah qofka aan waxba loo sheegi karin
                                   oo aan talakeen iyo taloraac midna ahayn.

Waxaa jira tilmaamo kale oo soomaalidu ku sheegto doqonniinada, waxaan-
nuse tusaale ahaan u soo qaaddannay tobanka tilmaamood ee kor lagu soo
sheegay.

Sheeko 21: Moqorxad

Waa baa waxaa jirtey habar iyo wiilkeed, wax xoolo ahna sac weyl leh
bay ka haysteen. Habartu saca bay u lisi jirtey wiilka, waana weynaadey
sannoyin ka dib oo wuxuu noqday nin orod iyo booddo ayan cidina ku
gaarin. Subaxii bay habartiis furi jirtey saca, si uu u soo daaqo,
weyshase guriga bay kaga reebi jirtey, si ayan maalintii u nuugin saca.
Fiidkii markii sacu soo xeroodo bay habartu weysha ulakas ugu sii deyn
jirtey, markaas bay inta wiilkeeda u dhawaaqdo ku oran jirtey:

    - Maandhow, soo orodoo saca weysha ka qabo!

Hooyadu waxay rabtey in ay ogaato bal sida wiilkeedu u dheereeyo oo u
boodo. Isagu meel uu joogaba waa soo lali jirey, ood kastana waa ka
boodi jirey, si uu weysha uga qabto saca inta ayan uba soo dhowaan.

Berigii dambe bay hooyadii ku tashatay in ay wiilkeeda u guuriso, waxayna u tagtay habar kale oo ay deris ahaayeen oo gabar gashaanti ahi u joogto oo ku tiri:

- Naa carruurteenna ma isu dhisnaa, waa kuwaasoo way waaweynaadeene?

- Haddaad xoolo iga siisid waan ku siin gabadhayda

- bay ku jawaabtey inanta hooyadeed. Habrihii waa heshiiyeen oo sidii baa wiilkii iyo gabadhii la isugu dhisay oo ay ula degeen inanka reer-koodii.

Hooyadiis aqal cusub bay u dhistay wiilkeeda iyo naagtiisa, ood dheer oo qodax lehna waxay dhigtay meel u dhexaysa aqalka wiilka iyo xerada saca. Berigii dambe bay habartii ku tiri wiilkeedii:

- Maandhow, iga ballan qaad inaadan weligaa maalin cad tafta ka rogin naagtaada; haddii kale dhaqsaad u tabargabi.

- Kaa ballan qaaday, hooyo, buu ku jawaabey.

Galab kasta markii sacu soo hoydo bay habartu si kas iyo maag ah weey-sha ugu sii deyn jirtey oo ku dhawaaqi jirtey:

- Maandhow, soo orodoo saca weysha ka qabo!

Inta soo ordo buu wiilku ka boodi jirey oodda dheer iyada oo ayan meelna ka taaban oogadiisa oo weysha soo qaban jirey inta ayan gaarin saca. Sidaas bay hooyadiis ku tijaabin jirtey in uu ballaankii fuliyey iyo in kale.

Muddo ka dib bay gabadha hooyadeed ogaatey ballankii wiilku ka qaaday hooyadiis, waxayna ku tashatay in wiilku ballankaas furo, oo la seexdo afadiisa kolkii uu rabo habeen iyo dharaarba oo ay ubad ugu dasho dhaqso. Berigii dambe bay ku tiri gabadheedii:

- Maandhaay, bal dhiil caano ka buuxiyoo sur aqalka udbdhexaadkiisa; weylaalistana ninkaaga ugu gogol meesha dhiishu suran tahay hoos-teeda. Markuu ku jiifsado gogosha dhiisha kor u laac, sidii adigoo soo bixinaya. Intaadan sidaas yeelin yare iska fur garraarka[1] oo ha kaa dhaco markaad dhiisha soo laacdo.

- Yeelay, hooyo

- bay tiri gabadhii oo rabtey in ninkeedu daneeyo oo ay isu tagaan.

Maalintii dambe markii qorraxdu soo kululaatay baa ninkii soo galay aqalkii oo ku jiifsaday gogoshiisii sidii caadada u ahayd. Markaas bay afadiisii laacday dhiishii caanuhu ku jireen oo udubdhexaadka surrayd, saa garraarkii baa ka siibtey, say awal bay furtaye. Ninkii baa arkay afadiisa haybaddeeda haween oo ku weyraxay.

- Caanuhu haynoo dambeeyeene naa bal kaalay

- buu ku yiri afadiisii.

---

1) Garraar - waa guntinta haweenka soomaaliyeed isugu keenaan labada dacal ee marada ay garaystaan ee garbaha ku aaddan. Haddii la furo garraarka maradu waa ka dhacdaa laabta haweeneyda xiran.

Fidkii bay wiilka hooyadiis ku siideysey weyshii sacii oo sideedii
u dhawaaqday wiilkeedii:

- Maandhow, soo orodoo saca weysha ka qabo.

Markaas buu soo orday oo ka dul boodey ooddii hooyadiis hor dhigtay
sidiisii. Oodda laamaheedii sare baa wiilka lugaha ka xagtey galab-
taas; intii uusan guursanse wuu iska tisi jirey oo dhacantu ma taaban
jirin oogadiisa. Galabtii dambena lugta faygeeda buu ku qaaday ooddii,
galabtii ku xigteyna waa ba ku dhex dhacay oo ka boodi kari waa ooddii.

Markii guuldarradaasi ku dhacday wiilkii bay hooyadiis ogaatey in
uusan waanadeedii raacin oo durba tabarbeelay.

- Maandhe, ballankaad iga qaadday waad furtoo moqorxad[1] baad bara-
tay. Bal qumbahaas subagga wahabka ahi ku jiro soo qaadoo wax ka
cun subagga. Baanasho iyo xuubgelin baad u baahantaye

- bay hooyadii ku tiri wiilkeedii.

- Waa runtaa, hooyo, maan oofin ballankaan kaa qaaday; afkuul iyo
unug toobin u eg bay i tustayoon la amankaagay!

- buu wiilkii ku jawaabey.

- Bal orodoo qumbahaas subag ka soo shubo, nacasyohow, aad noolaa-
tide

- bay tiri hooyadii.

Subaggu mid wahab ku dhacay oo fadhiya buu ahaa, oo ka soo shubmi waa
qumbihii. Wiilkii waa ruxruxay qumbihii, waxbase ka soo dhici waaye.

- Hooyo, waan ruxruxay intii tabartay ah, waxbase ka soo dhici waaye
qumbaha, buu yiri.

- War qumbaha qorraxda u dhigoo markuu subaggu dhaqaaqo ka soo shub

- bay kula talisay wiilkii. Markaas buu qumbehii dhigay qorraxdii kulu-
layd oo subaggii ka soo shubay markii uu dhalaalay.

- Rag waa subagoo kalee, maandhow, moqorxadka dharaareed iska dhaaf;
haddii kale jabad kama boodi doontide ogow

- bay wiilkeedi ku tiri hooyadii.

Sheeko 22: Saaxiibbadii

Waxaa jirey labo nin oo saaxiib ah oo midkoodna uusan wax xoolo ah
lahayn. Berigii dambe baa midkood weydiiyey kii kale:

- War hebelow, maxaad ugu jeclaan lahayd inaad heshid intaad noosha-
hay?

---

1) Moqor - waa god ku yaal geed jirriddiis, oo biyaha roobku galaan.
Reer-miyiga soomaaliyeed dhuun bay kaga cabbaan biyaha moqorka gala.
xad - waa tuugo, iskudhafka labada eray "moqorxad" macnahoodu waa
qaadasho wax kaa reebban ama la isu oggolayn.

- Waxaan jeclay inaan helo ari badan oon caano iyo hilib ka helo doog iyo jiilaalba, buu ku jawaabey.

- War adna maxaad jeclaan lahayd inaad heshid?

Kii kale baa isna la weydiiyey.

- Waxaan jeclaan lahaa inaan helo raxan yey ah oo arigaaga cunta

- buu ku jawaabey.

- War maxaad yeyda arigayga u cunsiinaysaa, ma sidaas baynu saa-xiibbo ku nahay?

- buu weydiiyey kii labaad isaga oo caraysan.

- Maxaa yeelay, keligaa baa ariga oo dhan isla damcayoo waxba iga-maad siin anoo saaxiibkaa ah

- buu ku jawaabey kii kowaad. Ka dib way isu caroodeen oo dirireen, ilaa ay iska daaleen oo midba dhinac u dhacay.

- War maxaynu isku dileynaa?

Midkood baa weydiiyey kii kale.

- Rajo keli ah!

- buu kii kale ku jawaabey.

Sheeko 23: Labo Kala Daran (eeg Sheeko 15: Huryo iyo Kabacalaf)

Waxaa jirey nin dhagarrow ah iyo haweeney ka sii dhagarrowsan isaga. Waxaa isaga la oran jirey Kabacalaf, iyadana Huryo. Midkoodba wuxuu lahaa ari tiro badan, rati la rarto iyo aqal weyn.

Maalin maalmaha ka mid ah buu ninkii soo guurey, wuxuuna jidka kula kulmay naagtii dhagarreyda ahayd oo la joogta arigeedii.

- Naa xoolahaaga iga duwo waan ciidan xumahaye, buu ku yiri.

- Anna ciidan ma lihiye iga duwo xoolahaaga, ninyow, bay ugu jawaab-tey.

- Oo dadkaagii meeye? Buu weydiiyey.

- Aabbahay iyo hooyadayba way geeriyoodeen, ninna ima guursan weli. Bay ku jawaabtey.

- Oo maxaa laguu guursan waayey?

- Wax yaroo lanleemo ah baan gacmaha ku leeyahay, bay ku jawaabtey.

- Intaa keliyaa? Buu weydiiyey.

- Haah.

- Anaa wax kasta kuu qabane naa ma isguursannaa? Buu yiri Kabacalaf.

- Marka hore adna ii sheeg waxaad la guursan weydey tan iyo hadda, bay weydiisey.

- Anna wax yaroo ceebaan leeyahay, taasoo ah inaanan waxba hubsan markaan wax qabanayo, buu ku jawaabey.

- War anaa dhab wax ugu fiirsadee aynu isguursanno; adigu dhab wax
iigu qabo, anna waxaad samaynayso baan kuu fiirin doonaaye, bay
tiri Huryo. Sidaas bay ku heshiiyeen oo isku guursadeen Kabacalaf
iyo huryo, xoolohoodana isku darsadeen.

Ka dib habeen habeennada ka mid ah buu ninkii ku yiri afadiisii:

- Naa maynu neef qalanno caawa?

- Waa tahay, bay ku jawaabtey.

- Wan buuran inooga soo qabo ariga

- buu yiri. Markaas bay soo qabatay wan buuran oo isagu lahaa oo ku tiri:

- War kaalayoo gawrac wankaan aan kuu qabtee.

Inkasta oo ay tiri lanleemo baan leeyahay.

- Naa mindi aan ku gawraco ii keen

- buu yiri. Kolkii ay naagtiisu aqalka gashay buu inta xeradii ariga galay
soo qabsaday wan weyn oo iyadu lahayd, kiisii ay iyadu soo qabatayna
sii daayey. Markii ay mindidii u keentay buu wankeedii gawrac ku jiidey.
Sidaas buu Kabacalaf isaguna kaga dhagar badiyey afadiisii uu markii
hore u sheegay in uusan waxba hubsan.

Sheeko 24: Caloosha Haween

Waxaa la yiri waa baan nin wuxuu qabey haweeney cir weyn oo neefkii la
qashaba kala bar oo bar laga siin jirey iyada. Wiilal badan bay naagtu
u dhashay ninkeeda.

Dhibaato weyn bay ku ahayd ninka si uu cunno u siiyo afadiisa cirweyn-
ideeda awgeed. Haddii uu iska furana wuxuu ka baqay in wiilashu ka
dacdarroodaan.

Hunguri-weynidu, siiba tan haweenka, waa ku ceeb weyn dhaqanka sooma-
lida. Tixahaan soo socda waxaa ku cawday ninkii qabey afada cirka
weyn,

isaga: cashiiradayey
caloosha haween
haddaan la celcelin
cir weynaa!

Iyada oo ka cabanaysa saboolnimada ninkeeda waxay afadii ugu jawaabtey:

iyada: cashiiradayey
caloosha haween
nin ka cawday coodyari!

Ninka qaraabadiisu waxay ka tari kareen ma jirin cirweynida afadiisa,
in uu iskala noolaado buuna ka fursan waayey, in kasta oo qof xun ay
ahayd.

Berigii dambe buu reerkii qashay wan buuran, hilibkiina kala bar oo
bar waxaa la siiyey afadii cirkaweyneyd, barkii kalena waxaa qaybsa-
day ninkii iyo wiilashiisii. Iyadii cawadiiba way idlaysatay hilibka

qaybteedii, ninkiise dhawrkii cad ee uga haray qaybtiisii wuxuu u
kaydiyey wiilashiisii, si ay mar dambe u cunaan. Ka dib guriga dul-
leedkiisii buu ninkii iska fariistay, isaga oo ilaalinaya si ayan
afadiisu uga xadin kaydkaas.

    - Naa hoy, waan ku arkaa!

- buu ku dhawaaqayey mar kasta, isaga oo dareensiinaya iyada in uu ilaa-
linayo hilbaha.

Waxaa isna jirey oo ninkaas la deris ahaa nin kale oo qabey naag marka
ay ariga soo lisayso cantuugta caanaha inta ayan siin carruurta iyo
ninkeeda. Hunguri-xumadaas buu ninkeedu ku nacay afadiisa, wuxuuna
damcay in uu iska furo.

Berigii dambe baa ninkaasi u yimid ninkii qabey haweeneydii cirka-
weyneyd, si uu ugala tashado dhibaatada dhextaal isaga iyo afadiisa.
Markii uu u yimid buu maqlay isagii oo ku dhawaaqaya:

    - Naa hoy, waan ku arkaa!

    - War yaad la hadlaysaa?

Ninkii dibedda ka yimid baa weydiiyey. Ninkii hore wuxuu ka warramay
cirweynida naagtiisa oo xataa carruurteeda ka xadda cunnadooda.

    - War taydu caanaha uun bay naga cantuugtaa!

- buu yiri ninkii dambe, markii uu ogaadey in ninka kale dhibaato ka
weyn tiisa ku qabo haweeneydiisa. Markaas buu wuxuu ku tashaday in
uusan iska furin naagta ee ugu samro iimaheeda. Dumar ama ka samir
ama u samir, baa la yiri.

Sheeko 25: Beenaaleyaal

Waa baa waxaa jirey afar nin oo beenaaleyaal ah oo dadku ka yaabay
beenbadidooda. Afarta beenlow mid waa dhegoole, mid waa indhalaawe,
mid waa lugolaawe, midna waa qaawane.

Dadkii deriska ahaa waxay garteen in la tartansiiyo afarta beenaale
oo la ogaado koodii u been badan. Subaxii dambe baa loo yeeray afar-
toodii oo lagu yiri:

    - Waxaannu rabnaa inaannu ogaanno kan idiin ku been badan, abaal-
    gudna la siiyo.

Dhegoolehii wuxuu yiri:

    - Sac baa seeri ka ciyey.

Indholaawehii wuxuu yiri:

    - Arkaayoo giiran sacu.

Lugolaawehii wuxuu yiri:

    - War aan rooroo jebinno saca.

Qaawanena wuxuu yiri:

    - War armaa layna furtaa.

Dadkii waxay guddoonsheen in afartuba yihiin beenaaleyaal kala daran.

Sheeko 26: Dhagarrow

Waxaa la yiri waa baa waxaa jirey nin caadeystey in uu dadka dhagro, markaas baa loo bixiyey Dhagarow. Berigii dambe bay dadkii u adkaysan waayeen ninkaas dhagartiisii oo iska eryeen.

Markaas buu Dhagarrow u tegey habardugaag, dab iyo biyo oo meel ku shiraya oo ku yiri:

- Anigu qof baan ahaye hala iga nabadgeliyo dadka kalee i soo eryey; anigu idin dhagri mayo, inkastoo dadku dhagarrow igu sheegaan.

- Yeellay, madax baannuna kaa dhiganaynaaye na maamuloo ilaali dan-ahayaga

- bay ugu jawaabeen dugaaggii.

- Yeelay, buu yiri dhagarrow.

Berigii dambe dhagarrow wuxuu soo kaxaystay dugaaggii oo dhan oo soo dhacay xoolihii ay lahaayeen dadkii isaga soo eryey markii hore.

- Waa layna soo raacdaynayaa si xoolaha la inooga dhacsadee aynu u tabaabushaysanno sidii aynu uga gaashaaman lahayn colkaas

- buu dhagarrow ku yiri dugaaggii, dabkii iyo biyihii.

- Adigu talo keen, adaa noo madax ahe, bay yiraahdeen.

- Inta bog ku socota meesha la yiraahdo Wananweyne ha u galeen raacdoreeb. Baabaca-kusocodka, dabka iyo biyuhuna aniga ha ila kexee-yeen xoolaha

- buu ku taliyey dhagarrow. Sidii baa la yeelay oo reer-bogkusocod baa wada laayey colkii raacdada ahaa oo dhan, inta kayntii wananweyne u galeen. Intii reer-bogkusocod dagaalkii u jilib dhigayeen buu dhagarrow shir isugu yeeray baabaca-kusocodkii oo dhan oo ku yiri:

- Reer-bogkusocod waa waxma-tareyaale aynu ka qadinno xoolaha, saa innagaa soo dhacnayoo haysannee.

- Yeellay, adaa talada lehe noo guddoomi, bay ugu jawaabeen.

- Banka Cawsweyne la yiraahdo adigu dabow u gal oo ku gub reer-bog-kusocod markay soo maraan meeshaas

- buu amar ku bixiyey dhagarrow, dabkiina sidii buu yeelay. Dhagarrow wuxuu shir kale la qaatay reer-baabaca-kusocod intii dabku ku maqnaa baabi'inta reer-bogkusocod, oo ku yiri:

- Dab oo reer-bogkusocod oo dhan baabi'iyey innagana wuu ina baa-bi'ine aynu iska qabanno inta goori goor tahay.

- Waa yahaye sidee iskaga qabannaa, waa ina ka adag yahaye? Bay weydiiyeen.

- Biyaha ha loo diro, iyagaa ka adag dabka oo daad ha ku fureen demiya

- buu ku taliyey dhagarrow. Ka dib sidii baa la yeelay oo biyihii baa
daad ku furay bankii cawsweyne oo demiyey dabkii meeshaas ka holcayey
maalmo iyo cawooyin badan.

- Dabkaad ogeydeen xooggiisa biyaha demiyey innagana wayna qaaday-
aane aynu iska qabanno colkaas weyn inta ayan ina hafajin

- buu dhagarrow berigii dambe kula taliyey saaxiibbadiis.

- Bal noo sheeg, sidee baynu iskaga qabannaa oo ku baabi'inna biyaha
sidaas u xoog badan? Bay weydiiyeen.

- Qarandida[1] iyo faranfarka oo reer-dhulqode ah malkada Qawdheer
godad dheer haka qodeen, si biyuhu ugu shubmaan oo godadkaasi u
liqaan

- buu dhagarrow amar ku bixiyey. Qarankidii iyo faranfarkii hawshii loo
diray bay fuliyeen, ka dibna godadkii ay dhulka ka qodeen baa liqay
biyihii, iyagiina biyihii daadka ahaa bay ku hafteen oo liqay.

- Hadda nabad baynu joognaaye aynu xoolaha wax ka qalanno, hilib
baynu u baahan nahaye

- buu dhagarrow ku yiri saaxiibbadiis, iyaguna way oggolaadeen in neef
la qasho.

- War qaaryarow, adigu waad hilib-jeceshaye xoolaha inoo raac maanta,
annaguna neefkaannu inoo qalaynaa; hadhow baa hilbaha qaybtaada gaar
laguu siine.

Dhagarrow baa dhurwaagii ku yiri. Ka dib hilbahii baa la iska wada cunay,
qaaryarena waxba looma reebin, say inay isaga fogeeyaan bay rabeene.

- War maxaa hilbahii ka harayoo dhurwaaga la siiyaa?

- buu dhagarrow goor dambe weydiiyey, markii uu arkay dhurwaagii oo soo
wada xoolihii.

- Sambabadii baa haray

- bay ku jawaabeen. Markaas buu dhagarrow saaf-saafay sambabadii oo daa-
yeerkii oo hurda baridiisa ku nabnabay, saa baridii daayeerka baa guduu-
datey.

- Hala i siiyo hilbaha qaybtaydii, saaxiibbayaal

- buu yiri qaaryare oo diihaal xumi hayo, markii uu galabtii soo hoyiyey
xoolihii.

- Daayeerkii baa kuu qaaday qaybtaadii

- bay ku yiraahdeen. Dhurwaagii wuxuu arkay dabadii guduudnayd ee daayeerka
oo hilibkii ku warwaran yahay, markaas buu damcay in uu ka soo goosto
hilibka. Daayeerkii hurdadii buu ka soo boodey oo arkay waraabehii oo ku

---

1) Bahal dugaag banjoog ah baa soomaalidu u taqaan magacaas, waxaa loo
maleeyaa in bahalkaasi la tol yahay caanaqubta, dalka soomaaliyeedna
aalaaba lagama helo haatan.

soo rooraya, markaas buu naftiisa la baxsaday, inta maleeyey waxa uu
waraabuhu u danleeyahay. Qaaryare daayeerkii buu ka dabo-orday, markaas
bay iyaga oo iseryoonaya ku yimaadeen bohoshii Qawdheer ee qarandidii
iyo faranfarkii ku dhaceen oo ku dhinteen markii hore. Daayeerkii boho-
shii buu ka dul boodey, waraabuhuse uma booddo-dheerayn sida daayeerka
oo bohoshii buu ku dhex dhacay oo ku dhintay, isaga oo ku cataabaya:

- Hilbo waa nin gaari waayey
iyo nin dabada ku warwartay!

Markii dhagarrow sidaas u wada laayey saaxiibbadiis waxaa xoolihii u
soo haray isagii, libaaxii, dawacadii iyo daayeerkii.

- Saaxiibkeen libaaxu habeenkii inta aynu hurudno buu inoo illaali-
yaaye daayeerow iyo qalamiyey (daayeer) idinna dharaartii inoo raaca
xoolaha

- buu yiri dhagarrow, iyagiina waa yeeleen. Libaaxii barqadii buu geed
harac leh hoostiis iska seexday sidiisii. Intii libaaxii hurdey buu
dhagarrow ku yiri dawacadii iyo daayeerkii:

- War libaaxu nafteennuu halis u yahaye aynu iska qabanno.

- Waa tahaye talo keen, bay yiraahdeen.

- Maanta markaad ceel-dheere xoolaha ka waraabinaysaan qalamiyey
soo qaylodhaamiyoo libaaxa ku dheh: aar iyo gooshiisii qalaad baa
ceelka ku dhex jiree odayow soo kacoo ka soo saar ceelka, si xoola-
hennu uga cabbaan".

Qalamidii farriintii bay geysey, ka dibna libaaxii oo ah boqorka
habardugaag oo idil iyo afadiisii baa ceelkii yimid, si ay libaaxyada
doolka ah uga eryaan ceelka.

- Meeye libaaxyada galaadi?

- libaaxii baa weydiiyey.

- Ceelkay ku jiraanoo ka cabbayaan, boqorow

- buu dhagarrow ku jawaabey. Markaas bay libaaxii iyo gooshiisii qooraan-
sadeen ceelka gudahiisii, waxayna biyihii ku dhex arkeen labo libaax.
Iyaga hooskoodii bayse ahaayeen waxa ay biyaha ku dhex arkeen oo libaa-
xyo kale moodeen. Ka dib labadoodiiba ceelkii bay ku dhex boodeen, si
ay ula dagaallamaan waxa ay moodeen libaaxyo qalaad oo ceelka ku dhex
jira. Libaaxii iyo gooshiisii halkaas bay ku dhinteen markii ay ka soo
bixi kari waayeen ceelkii.

Qalamidii iyo dawacadii oo keli ah baa ka soo haray dugaaggii oo dhan,
dhagarrow wuxuu ku tashaday in uu iyagana laayo, si uu xoolaha oo dhan
ugu haro. Iyagu waxay ahaayeen bahallo garaad badan oo waxay ogaadeen
debinta ninku u dhilgayo iyaga.

- Waxaan ku talinayaa in aynu marka la heshiinno dadkii aynu ka soo
dhacnay xoolaha; waynu ka daalley banjoognimo iyo dadkacararidde

- buu dhagarrow ku yiri saaxiibbadiis.

- Anigu yeeli mayo taladaas, waxaan doortay inaan madax-bannaanaan
ugu noolaado kaymaha iyo qararka dhexdooda, oo iska gurto xiddiddada
iyo miraha dhirta, intii aan dadka la noolaan lahaa, ee hala iga
raalli ahaado

- buu yiri daayeerkii oo iska tegey.

- Eyadu dadku adoonsadayoo waa hore nala tol ahaa iyo reer-dawaco
colaad baa naga dhexaysa. Sida eyada bay dadku ii addoonsanayaanoo
lama aan noolaan karo; waxaan doortay inaan keligey iskaga noolaado
cidla', oo maqasha ariga meelahaas kala cararee iga raalli ahaada
saaxiibbayaalow

- bay tiri dawacadii, oo iyadiina iska dhaqaaqday.

Dhagarrow sidaas buu xoolihii oo dhan ugu haray keligiis, markii uu
saaxiibbadiis qaarna laayey, qaarna iskood uga tageen. Wuuse noolaan
kari waayey keligiis oo cid ilaalinta xoolaha ku kaalmaysa buu u baahday.
Ugudambaystii wuxuu ogaadey in aan qofna keligiis noolaan karin, oo u
baahaan yahay kaalmo iyo wehelka dadka kale. Markaas buu dhagarrow
xoolihii u celiyey dadkii uu ka soo dhacay kolkii hore, oo weydiistey
in gefkiisa laga saamaxo, isaga oo xusuustay halhayskii soomaaliyeed
ee ahaa:

Abkiis diidaa u noqdee
bur dundumo carradi waa u dhacaa
wuxuu ka dheer yahayba!

Sheeko 27: Indholaawe Isfaaniyey

Waa baa waxaa jirey oday aragtida ka liita. Isagu weligiis ma guursan,
wuxuuna ku tashaday in uu naag guursado, xannaanaysa isaga iyo xooli-
hiisaba, mar haddii uu duqoobey.

Ka dib gabar toban iyo toddobajir ah oo uu dhali karo buu guursadey
odaygii. Isagu nin isla weyn buu ahaa, xoolihiisa badan awgeed, mana
rabin in naagtiisu ogaato indhala'-aantiisa.

Berigii dambe buu damcay in uu afadiisa tuso in uu si fiican wax u arko.
Markaas buu qodax yar ku mudey geed jirriddiis, oo inta istaagey meel
ka durugsan geedkii, u yeeray naagtiisii oo ku yiri:

- Naa ma aragtaa qodaxda geedkaas ku mudan?

- Geed ku yaal halkaad tilmaamaysid waan arkaa, qodaxse ma arko, bay
tiri.

- Sidee u arki kari weydey qodaxdaas, miyaad indhala'-dahay? Buu
weydiiyey.

- Malaha way yar tahay qodaxduyoo sidaas bayan iigu muuqan, bay tiri.

- Haddaba, anaa soo qaadaya qodaxdoo sankaaga hortiisa soo dhigaya,
si aad u aragtid

- buu yiri oo u tallaabsaday geedka xaggiisii.

Ka dib hal geel ah baa isa soo taagtey ninkii iyo geedkii dhexdooda
oo isku gudubtey jidkii. Ninkii hasha lugteedii dambe buu wejiga ku
dhuftay, isagoo aan arkayn. Hashii way didday oo beerka haraati kaga
dhuftatay odaygii. Markaas buu dhulka du dhacay oo suuxay.

- Islaweynidaadii baa kuu keentay guul-darradaas, odayow!

- bay tiri naagtiisii, inta u kaalmaysay oo soo istaajisey.

Sheeko 28: Haween la Furay

Waxaa la yiri afar naagood baa raggoodii furay. Midda naagaha ugu horra-
ysa waxaa ninkeedii ku furay hungurixumo. Midda labaad waxaa lagu furay
gogoldhaafid, ama rag kale oo ay la seexato. Naagta saddexaad waxaa
lagu furay xoolo-hunninnimo, ama xoolonacayb. Midda afraadna waxaa nin-
keedii ku furay dhega-adayg, ama talodiid.

Afartii naagood baa ka dib isa soo raacay, iyaga oo doonaya rag kale oo
guursada. Waxay u yimaadeen nin aan naag lahayn oo xoolo badan.

- Guurdoon baannu nahaye cid na rabta ma aragtay?

- bay haweenkii weydiiyeen ninkii.

- Aniguba guurdoon baan ahayoo mid iyo afar naagoodba waan rabaa.
Marka horese bal ii sheega haddii la idin soo furay iyo mid walba
waxii lagu furay

- buu yiri ninkii. Naagihii saddex ka mid ah buu ninkii guursadey, mid
kastana waa la taliyey markii uu ogaadey dabeecaddoodii. Naagtii hungu-
riga xumayd wuxuu ku yiri:

- Naa hoo cun soortaan nooc kasta lehoo ka dhereg, wax kalena ha ii
qaban, waxcurrid mooyee.

Middii gogol-dhaafidda lagu soo furay ninkii wuxuu ku yiri:

- Naa hawlaha culusee reerkaaga oo dhan, sida raridda iyo furidda
aqalka marka la guuro, ilaalinta iyo aroorinta xoolahaaga, iyo
dhaqaalaynta carruurta iyo anigaba, adigaa qabanaya. Hawlo kalena
waan kuugu sii dari intaas.

Naagtii xoolo-hunniga ahayd wuxuu ku yiri:

- Naa riyaha iyo idahaas adaan ku siiyee xannanayso, haddaad dhaqaa-
laysan weydo xoolo dambe ku siin mayoo gaajo baadna u dhiman doon-
taaye ogow.

Haweenedii dhegaha-adkaydna wuxuu ku yiri:

- Naa adiga meel kuuma hayee iska tag.

Naagtii hunguriga xumayd waxay cuntay oo ka dheregtey soortii nooc kasta
lahayd, ilaa ay nacdo oo ka qanacdo waxcunid dambe. Naagtii gogol-dhaa-
fidda tiqiin waqti ay rag kula kulanto bay weydey, middii xoolo-hunnida
ahaydna lexejeclo baa ku dhalatay oo xoolihii la siiyey bay si fiican u
xannaanaysatay. Middii dhegaha-adkaydna way iska tagtay.

Sheeko 29: Baridhabar

Waa baa waxaa jirey labo nin oo hunguri weyn, dadkuna ma jeclayn in
ay martiqaadaan, saa cunto deeqda looma heli karine.

Berigii dambe bay labadii nin ku soo hoydeen reer xoogaa geel iyo ari
ah xoolo ka haysta. Ninkii reerka laha waa soo dhoweeyey martidii oo
ardaa buu u gogley, sidii soomaalida u xeer ahayd.

Intii ninkii reerka lahaa sooryo ugu maqnaa bay nimankii ku tashadeen
sidii ay cunto fiican oo deeqda uga heli lahaayeen reerka.

   - War anigu waxaan falankeed qaban sidii ninku inoogu qalo neefka
   ugu buuran arigiisa iyo in, uu ina siiyo cadadka ugu fiican hilbaha

- buu yiri ninkii kowaad.

   - Anna si labada halaadoo reerka u irmaan la inoogu soo liso baan
   falankeed qaban, buu yiri kii labaad.

Ninkii reerka lahaa wan buuran buu u loogey martidii oo caweysinkii u
keenay cadadkii ugu fiicnaa hilbaha, intii aan ahayn cadka baridhabar.
Markii uu hilbahii u soo dhigay martidii buu ka tegey si ay u cunaan.

Intii ayan cunin bay hilbahii tiriyeen oo arkeen in baridhabartii ka
maqan tahay meesha.

   - War aniga igu hallee siduu inoogu keeni lahaa baridhabartii

- buu yiri kii ku qaybsanaa arrinta hilbaha. Qori dab ah oo ololaya buu
inta qaatay reerka duleedkiisii ku ifiyey. Dadkii baa yaabay markii ay
arkeen ninka holoca la gudaya.

   - War waa kuma, waa sidee?

Ninkii reerka lahaa baa weydiiyey.

   - War waa martidiiyoo doon-doonaysa cad hiliba oo idinkana idin ka
   yimid annagana na soo gaarinoo baridhabar la yiraahdo

- buu yiri ninkii qoriga dabka ah sitey. Ninkii reerka lahaa inta la
yaabay hunguri-xumada martida buu yiri:

   - Cadkaas waannu idin ka illowneye raalli naga ahaada, haddana waa
   kane hooya.

Ninkii reerka lahaa wuxuu ogaadey in martidiisu hungurixun yihiin, wanka
hilbahiisii oo dhanna ayan ku qancin. Markaas buu labadii halaad oo u
irmaanaa ee uu carruurta u maali jirey tii madida ahaydna u soo lisay.
Ninku wuxuu sidaas u yeelay si uu ceeb uga dhawrsado, xeerka martisoorka
ee soomaalida u yaalna uusan jebin.

   - War hasha labaad baa ka caano badan midda horee adigu dhan caanaha,
   anigu tan dambaan sugayaaye

- buu yiri labada ninkii sii hunguriga weynaa.

Markii ninkii reerka lahaa goor dambe u yimid martidii, si uu weelkii ay
wax ku cuneen uga soo qaado, buu ogaadey in midkood uusan weli caano
dhamin. Markaas buu hashii labaad ee baaqimada ahayd u soo lisay ninkii

qatanaa. Kabbadii yarayd ee caanaha ahayd ee hashu dhiiqday buu siiyey ninkii martida ahaa, carruurtii reerkuna qadoodi bay ku seexdeen cawa-daas.

- Kabbadaan caanaha ah bay dhiiqday hashii labaade hooya

- buu ninkii reerka lahaa ku yiri martidii. Markaas buu ninkii inta caanaha yaraantooda saluugey yare qoslay oo yiri:

- Wax kororso
waxla'aan bay dhashaa, baa la yiri!

Isaga oo isku ciil-kaambiyaya bal maad hashii hore ee madida ahayd caaneheedii dhantid adigu, intii aad saaxiibkaa siinaysid.

Sheeko 30: Beeni Raad ma Leh

Waxaa la yiri nin baa beri arkay xoon shinni ah oo malab ku guraysa geed dheer dushiis, markaas buu ku tashaday in uu gurto malabka. Qori dab ah, caws iyo masaar buu soo qaatay ninkii oo geedkii malabku ku jirey la koray[1], si uu u soo gurto.

- War maxaad ka samaynaysaa geedka dushiisa?

Ninkii malabka lahaa baa weydiiyey markii uu arkay tuuggii.

- War inaan geedka dushiisa ku yare layrsadaan rabaa

- buu ku jawaabey ninkii geedka fuushanaa.

- Oo maxaad masaarta ku falaysaa?

- Laamaha naqa lehee saraan ariga ugu soo jaranayaa.

- Cawskana maxaad ku falaysaa?

- Waan ku dul fariisanayaa, si maradu ayan iiga wasakhoobin.

- Oo dabkana maxaad ku falaysaa?

- Taas jawaab looma hayo

- buu yiri ninkii geedka fuushanaa.

Beeni raad ma leh, bay Soomaalidu ku maah-maahdaa.

Sheeko 31: Haradii Garaadka

Soomaalidu waxay tiraahdaa eebbe wuxuu abuuray garaad oo ku dhex ridey balli biyo ka buuxaan. Ka dib wuxuu eebbe abuuray dad iyo duunyo oo ku yiri:

- Garaadkaan idin siin lahaa waxaan ku ridey balligaas biyuhu ku jiraane ka wada cabba, si aad garaad u yeelataan.

---

1) Malab-beeriddu ma aha sanco Soomaaliya dhab uga hirgashay; dadku kaymaha iyo gebiyada uun bay ka soo gurtaan malabka. Qaac baa lagu shidaa godka shinnida inta aan la soo gurin malabka, si shinnidu uga cararto. Dadku marmar sanduukh maran bay geed dushiis saaraan oo shinn-idu ku ururisaa malabka. Sanduukhyadaas waa la kala leeyahay.

Dugaaggii iyo xoolihii kama cabbin balligii ee dhinacii urta ama sniifta neefka hore u dhacaysey bay ka wada mareen biyihii. Sidaas bayna haatan xooluhu garaad u lahayn, oo weligood u raacaan dhinaca urtoodu u dhacayso, una ursadaan wax kasta marka hore, si ay ku aqoonsadaan shayga.

Haweenkii inta ka cabbeen bay durba ka tageen balligii biyuhu ku jireen. Sidaas bay haweenku ku yeesheen garaad, hayeeshee talo kasta uga boodaan iyaga oo aan dhab ugu fiirsan. Raggii inta fariisteen bay ka cabbeen balligii, sidaas bay arrin kasta ugu fariistaan oo dhab ugu fiirsadaan inta ayan talada goyn.

Sheeko 32: Saddexdii Maanlaawe

Nin doob ah baa beri damcay in uu guursado inan qurxoon oo uu jeclaaday, markaas buu ka doonay waalidkeed[1].

- Gabadhayda waan ku siiyey, hayeeshee yaradkii xeerka ahaa ii keen; toban halaadoo geela wax ka yarna kaa qaadan mayo

- buu yiri gabadha adoogeed.

- War toban halaad baan xoolaba ka haystaa, haddaan kulligood yarad kuu siiyo maxaannu ku noolaanaynaa aniga iyo gabadhaadu?

- buu yiri ninkii guurdoonka ahaa.

- Toban halaad ii keen, hadii kale heli maysid inantayda, buu yiri aabbehii.

Ninkii tobankii halaad buu yarad u wada bixiyey, gabadhiina waa guursadey. Dhawr sannadood ka dib baa aabbehii xoolo kale u soo doontay ninkii inanta ka qabey, sida dhaqanka u ah soomaalida. Hayeeshee ninku xoolo ma haysan oo cunno uu soddoggiis ku sooroba waa u heli waayey.

- Adoogay baa caawa nagu soo hoydey cunno aannu siinnana ma haynee bal wax lagu sooro na sii.

Gabadhii baa nin deriskeed oo dabato ahaa ku tiri.

- Maanta waan guuleystoo sagaaraa[2] debinkii ii gashay; sagaarada sakaarkeeda aan ku siiyee, naa haddee ... waxii haween looga baahnaa baan kaa rabaa

- buu yiri dabadkii. Afadii diiddey sharuuddii dabadka, gacmo maran bayna kula noqotay gurigeedii, adoogeedna waa dibjirey habeenkaas.

Subaxii dambe bay naagtii u timid ninkeedii, deriskii iyo adoogeed oo wada jooga oo ku tiri:

- War saddex maanlaaweyaal baad tihiin. Ninkayguu waa maanlaawe, maxaa yeelay tobankii halaadee uu xoolo ka lahaa aniguu yarad iiga

---

1) Xeer soomaaligii hore wuxuu ahaa in ninku adoogeed ama qaraabadeed da doono gabadha uu rabo in uu guursado.

2) Sagaaro - waa nafley ugaar ah oo yar, deeradana u eeg, waxay ku tirsan tahay xaaska Modoqua rhynchotragus.

bixiyey. Adoogay waa maanlaawe, maxaa yeelay tobankii halaadee nin-kaygu xoolo ka qabey buu yarad u qaatay; haatanna xoolo kaluu naga doonayaa, isagoo og in aannaan haysan wax aannu cunno kulay ku tahayba. Deriskayagu waa maanlaawe, maxaa yeelay wuxuu donnayaa inuu sakaar sagaaro ku helo wax toban geela laga bixiyey!

Sheeko 33: Sagaal Iimood ee Afo

Waxaa la yiri nin baa ka cawday afadiisii oo sagaal iimood oo ay leed-ahay dartood buu ku tashaday in uu iska furo. Wuxuu yiri ninkii:

- Saddex dhibaato anaa ku qaba naagta, kuwaas oo ah:
gur wax la iigu dhiibo[1]
gurrac la ii eego
gurxan habeennimo

Saddex dhibaato iyadaa isku qabta, kuwaas oo ah:

- Geel ka gelgelin jecel (ma hufna)
takar[2] ka dufan neceb (ma dhaashato)
kitaab ka biyo neceb (ma mayrato)

Saddex dhibaato dhasheedaa ku qabta, kuwaas oo ah:

- Dheefoo laga dhawro
dhedo la seexiyo
teeddoo lagu dilo (teed=gardarro)

Iimahaas awgood baan kula noolaan waayey naagtoo madaxeeda u siiyey

- buu yiri ninkii afadiisa ka soo cawday.

Sheeko 34: Cigaal Shiidaad iyo Col

Cigaal Shiidaad caan buu ku yahay suugaanta aan qorrayn ee dadweynaha soomaaliyeed, sheeko-xariirooyin badan oo yaab lehna waa laga weriyey. Lama oga waagii Cigaal noolaa iyo in uu yahay qof jiri jireyba. Sheekoo-yinka Cigaal laga weriyey waxay muujinayaan in uu ahaa fuley, dhagarrow, maadlow iwm.

Waxaa la yiri Cigaal iyo afadiisii, Ceebla', baa beri gurigoodii wada joogey.

- Niman col ahaa meelahaan lagu sheegaye eebbow ha inaka duwo

- bay tiri afadii.

1) Xeerkii soomaalidii hore ceeb bay ahayd in aad qof kaa filweyn gurta ama bidix wax ugu dhiibto. Bulshooyin kuma reer-bari ka mid yihiin xagga nadaafadda jirka, sida iskamayridda saxarada, bay gacanta bidix u adeegsadaan.

2) Takar - waa cayayaan dhiigkunoole ah oo duusha oo ku dul nool geela, lo'da iyo nafley kale; takartu aalaba way ka fogaataa waxii dufan ama subag leh. Sidaas darteed baa loo simay naagta basarida ah ee aan dhaashan iyo takarta.

- Naa weligaa belaad saraadisaaye naga aamus, buu yiri Cigaal.

- War waxii aan haweenka deriska ka maqlay uun baan kuu sheegay, iyaguna raggooday ka maqleen warka; ragguna kolley waa ogyihiin wixii jira, bay tiri Ceebla'.

- Bellaayo uun baad reerkaan u soo jiidi doontaa beriga dambee ogow!

- buu Cigaal ku yiri afadiisii.

- Waa wareey! Hayaay!

- baa nin dareen sidaa ku soo dhawaaqay oo ku soo orday xaggii gurigii Cigaal.

- War ka kac! War ka kac Cigaalow, war dhaqso!

- bay Ceebla' ku dhawaaqday.

- Naa iga aamus! Waan ogaa inaad bellaayo u soo jiidi doontid reerkaan

- buu yiri Cigaal oo baqdin durba la qarqaraya.

- War ka carar meesha intaan lagu qaban oo lagu dilin, bay tiri afadii.

- Naa waa layna hayaa, orodna meel ku gaari mayee kaalayoo igu duuduub hararkaanoo igu qari, iguna dul barooro, sidii anoo dhintay

- buu Cigaal ku amray afadiisii.

- Hoogey oo ba'ayey! Gablamayey, Cigaalow go'ayey! Yaa noo miciin ahey!

- bay afadii ku barooratay.

- Naa kor u qaad baroorta, kor, hala maqlee!

- cigaal baa yiri isaga oo ka soo hadlaya raarka hoostiisii.

Colkii la filayey baa u yimid reerkii Cigaal oo arkay Ceebal' oo baroo-raynaysa.

- Naa goormuu go'ay ninku?

Nimankii colka ahaa midkood baa weydiiyey afadii.

- Naa shaluu go'ay dheh, shalay.

- cigaal baa ka soo hadlay hararka hoostiisii intii ayan Ceebla jawaabin. Nimankii colka ahaa waa ogaadeen in ay naagtu ninkeeda fuleyga ah meesha ku qarinayso.

- War inaka keena kan allaa diley mar horee

- buu yiri ammaan-duulihii colku, wayna ka dareereen meeshii.

QAYB C 2: SHEEKO-MURTIYEED KU SAABSAN NAFLEYDA HOOSE (DUUNYADA)

Dadkii qadiinka ahaa ee hore waxay ogaadeen xiriirka ka dhexeeya iyaga iyo nafleyda hoose, iyo in ay nafleydu awoodi karto in ay hadlaan, danqadaan oo fakaraan, sida qofka. Dadkii hore waxay samaysteen sawirro iyo malluugyo ay durraantaan ama ka haybadeystaan oo u eg nafleyda qofku yaqaan, maxaa yeelay qofku wuxuu garanayey in neefka uu sawirkiisa ka haybadeysanayo uu yahay mid qofka ka xoogweyn oo ka celin kara cadowgiisa oo dhan.

Tusaale ahaan, eebbeyaalkii reer-Masartii qadiinka ahaa durraaman jireen waxay lahaayeen jirka qofka oo kale, waxayse lahaayeen madaxyada libaaxa, bisadda, shimbirta iwm.

Nafleyda ku Jirta Sheeko-Xariirooyinka Soomaaliyeed

Soomaalida inteeda badani, 70 boqolkiiba qiyaasta, waa xoolodhaqato, noloshooda dhaqaalena waxay ku salaysan tahay xoolaha ay dhaqdaan, sida geela, riyaha, idaha, lo'da iwm. Xoolaha waxaa laga helaa anfaco, sida hilib, caano, subag iwm. ee ah cunnada saldhigga ah ee dadka. Qarniyaal badan bay soomaalidu xoolodhaqato soo ahaayeen, taariikh-bulsheeddooduna ku salaysnayd habkaas.

Karti iyo adkaysi weyn bay u baahan tahay xoolo-dhaqashadu haddii la eego xilliyada carrada soomaaliyeed. Hawlaha joogtada u ah xoolodhaqatada soomaaliyeed waxaa ka mid ah raacidda, waraabinta iyo dugaagga iyo dadka kale oo qofku ka ilaashado xoolahiisa.

Dugaagga iyo xoolodhaqatadu isku degaan bay ku wada nool yihiin. Sidaas darteed, dugaagga waaweyn, sida libaaxa, shabeelka, dhurwaaga, dawacada iwm., iyaguna xoolaha qofku dhaqdo bay cunaan oo ku nool yihiin. Xoolodhaqatada soomaaliyeed waxay yaqaaniin oo waayo-arag ku yihiin abburta iyo dabeecadda dugaaggaas, iyo weliba kuwa daaqcunka ah, sida geriga, deerada, goroyada iwm., ee iyaguna dadka kula nool isla degaankaas. Dugaaggu keli iyo kooxba waa u weeraan xoolaha, maalintii ama habeenkii marka dadku hurdo. Xoolodhaqatadu waa in ay mar kasta feeyignaadaan, si ay dugaagga uga ilaaliyaan xoolahooda.

Dugaagga xoolaha laaya waxaa ugu daran libaaxa, shabeelka, haramcadka, dhurwaaga iyo dawacada. Sano kasta bahalladaasi waxay laayaan boqollaal neef oo xoolo ah oo nooc kasta leh. Sidaas darteed dugaagga iyo xoolodhaqatada soomaaliyeed halgan joogto ah baa ka dhexeeya. Bahalladaasi, dawacada oo taagdaran mooyee, waa dadqaad, aalaabana haweenka iyo carruurta bay weeraraan.

Kuman-guurooyinkii teqey dadweynaha soomaaliyeed sheekoxariirooyin yaab iyo irkig leh bay ka alooseen nafleyda hoose ee la degaan ah dadka. Sheeko-xarriirooyinkaasi waxay gundhig u yihiin suugaanta aan qornayn ee soomaaliyeed. Sheekooyinku waxay ku kala duwan yihiin habka loo weriyo, kaas oo ay ugu wacan tahay kaladuwanaanta degaannada dalka ee sheekoxariirooyinkaasi ka soo jeedeen asalkoodii. Bahal kasta dabeec-

addiisa, sida habka ugaarsigiisa, sida uu godkiisa u qoto, u koriyo oo
ugaarsiga uga tababaro ubadkiisa iwm. - arrimahaas oo dhan waxaa muuji-
naya sheekada laga weriyey.

Dugaaggaas qaarkood dad baa lagu masley oo garaad baa loo yeelay. Ba-
hallada ay ka mid yihiin maroodiga, libaaxa, wiyisha iwm., sheekooyinku
waxay tusayaan in ay yihiin kuwo xoog weyn oo laga baqo, sidaas awgeedna
nafleyda yaryari u hoggaansamaan. Bahallada kale, sida dawacada, bakay-
laha, dabagaallaha iwm., sheekooyinku waxay ku tilmaamaan in ay yihiin
kuwo liita oo tabarxun, dhagarse badan. Sheekoxariirooyin badani waxay
dhurwaaga ku sheegaan nacasnimo iyo sixirroolennimo, oo wuxuu awoodaa
in uu qof isubeddelo. Dawacada waxaa la yiraahdaa waa tan ugu dhagar
iyo garaadka badan dugaagga ku jira sheekoxariirooyinka oo dhan.

Nafleyda ku nool degaanka soomaaliyeed intooda badan sheekooyin baa
laga weriyey. Guud ahaan nafleydaas waxaa loo kala qaybin karaa sida
soo socota:

   b - dugaagga hilibcunka ah

   t - nafleyda daaqeenka ah

   j - xoolaha dadlanoolka ah

   x - halaqa iyo cayayaanka

Magac Dahsoon

Soomaalida xoolodhaqatada ahi magacyo dahsoon bay u bixiyaan dugaagga
qaarkood, si aan loo sheegin bahalka magiciisa runta ah. Dadku waxay
yiraahdaan dugaaggu garaad bay leeyihiin sida qofka, afka dadkana waa
yaqaannaan. Sidaas darteed, waa in aan dadku xaman bahallada oo xumaan
laga sheegin, haddii kale way ka aargudanayaan qofka xanta. Magacyada
dahsoon ee loo bixiyo dugaagga qaarkood waxaa ku dheehan kalgacalo,
kuwo kalena waxay muujinayaan nacayb iyo colaad xoololeydu u qabaan
bahalka magacaas leh. Tusaale, libaaxa waxaa loo bixiyey magacyada ah:

   1. libaax

   2. cagabaruur

   3. jeenicalaf

   4. garweyne iwm.

Magaca labaad iyo kan saddexaad ee tiradaan ku jira dhaliil baa ku
dheehan, magaca afraadse tixgelin iyo qadderin loo qabo boqorka dugaagga
baa ku dheehan. Heesta hoos ku qorani waxay tusaysaa tixgelintaas,
dadkuna ka codsanayaan in libaaxu badbaadiyo iyaga iyo xoolahooda:

   Gumburiyow oday garweynow
   carrada gumasoor[1] ma joogoy

---

1) Gumasoor - waa tol ka tirsan xoolodhaqatada soomaaliyeed oo dega
woqooyibari Soomaaliya. Ma cadda xiriirka ka dhexeeya tolkaas iyo lib-
xa sida heestu tusayso. Dadku waxay rumaysan yihiin, in kastaba, in du-
gaaggu saaxiib la yihiin tolalka qaarkood. Tusaale, heesaagu wuxuu
libaaxa u sheegayaa in ayan ciddiisu gumasoor ahayn, tolkaas oo la moodo
in colaadi ka dhexayso iyaga iyo bahalkaas.

galbeed[1]) baa guri qabow ...

Markii xoolodhaqatadu arkaan libaax ama raadkiis raggu way dilaan
bahalka ama way ka eryaan degaankooda. Warmo iyo fallaaro bay qaataan
raggu ay kula diriraan libaaxa. Waxay kale oo qaataan tenegyo maran
oo garacaan, si ay bahalka uga soo saaraan kaymaha uu ku dhuunto,
uguna soo baxo banka. Markii raggu sidaas samaynayaan waxay qaadaan
heeso qeesinnimo ku saabsan, si libaaxu uga baqo, ama xoolohooda u bad-
baadiyo. Heesaha noocaas ah waxaa ka mid ah midda kor lagu soo sheegay
ee ragga soomaaliyeed ee xoolodhaqatada ahi ugu heesaan boqorka
dugaagga.

Dhurwaaga isagana waxaa loo bixiyey dhawr naanaysood, sida:

1. Dhurwaa, oo ah kii ubad waayey

2. Waraabe, oo ah hunguri-xume, weligiis baahan

3. Qaaryare, oo ah kii qaarka dambe u yaraa

4. Durruqsey, oo ah dhutiye iwm.

Dawacaduna waxay leedahay naanaysyaha ay ka mid yihiin:

1. Dawaco, oo ah tii liidatey, dhagarrey

2. Dayo, oo ah magaca hore oo la soo koobay (da(wac)yo), sirbadan.

Shabeelka waxaa loo yaqaan "sharaxle", ama barabaraale, sida lagu
sheegay heestan xoolodhaqatadu ku heesaan:

Sharaxlow shabeelkuba
shanso kuma dhego ridee
shalow buu ku tuuraa[2]) ...

Qalabka ku jira sheekoxariirooyinka, sida kursiyada, miisaska, dheriyada,
dhirta iwm., qof nool baa lagala mid dhigaa, sida nafleyda hoose, wayna
hadlaan oo u dhaqmaan sida dadka. Suugaanta soomaaliyeed ee aan qorrayn
waxaa ku jira sheekoxariirooyin tiro badan oo ku saabsan bahalaha hoose
ee ku nool degaanka soomaaliyeed, kuwaas oo guud ahaan loo qaybin karo
labo qaybood oo ah:

b) sheekoxariirooyin (fables) ku saabsan nafleyda hoose

t) sheekoxariirooyin ku saabsan nafleyda hoose iyo dadka.

---

1) Galbeed - dhinaca qorraxdhac, gabayaaga heestan tiriyey in uu bariga
Soomaaliya degganaa baa loo maleeyaa, gumasoorna ma uu ahayn isagu.

2) Bahal kasta tab uu u ugaarsado buu leeyahay; tusaale, shabeelku orod
buu ku qabsadaa neefka uu dilayo haddii dhulku bannaan yahay. Haddiise uu
joogo meel buuroley ah neefka (idaha, riyaha, deerada iwm.) inta gaatin
ku qabsado buu boholaha hoose ku tuuraa. Neefku waa isbuurtaa oo burburaa
inta uu qarka ka sii dilindilloonayo. Shabeelku inta ka dabatago buu
dhibla'aan ku cunaa neefkii oo dhintay. Sidaasi waa tabta shabeelku ku
ugaarsado ee lagu tilmaamay heesta kor lagu soo sheegay.

Qayb C 2a: Sheeko-Xariirooyinka ku Saabsan Nafleyda Hoose

Sheeko 1: Shinni iyo Kobojaa

Waxaa la yiri waa baa waxaa deris ahaan jirey shinni iyo kobojaa, wax-
ayna degganaayeen meel barwaaqo ah oo caws, dhir caleen iyo ubax ka
buuxo ku yaalliin. Waxay ahayd goor roob badani da'ay oo biyo iyo
baadna ka buuxaan meel kasta, cayayaanka oo dhanna ku filan.

- War bal iska warran kobojaayow?

Shinnidii baa weydiisey inta beri u timid.

- Waan ladnahay, goortii ugu fiicnayd noloshaydaan ku jiraa. Bal eeg,
caws baan ka boodaayoo mid kale ku boodaa, si aan uga rudo caleenta,
malabkana uga fuuqsado ubaxaas iyo keerba. Markaan dhergana dhacadiid
baan u seexdaayoo dhalcada isu dhigaa, si ay ii diirisoo diihaal iiga
keento. Habeenkii laamaha geedka ugu dheer baan fuulaa oo layrta
macaan baa i lushoo i seexisa. Subaxii waxaan ku quraacdaa miidda
ubaxa ee gabadanada arooryaad qaboojisey. Sidaasaan gargaar iyo gall-
ad ugu jiraayoo wax iga maqani ma jiraan

- buu ku faanay kobojaagii.

- Adiguna sideed ku nooshahay, shinniyey?

Kobojaagii baa weydiiyey.

- Noloshaydu way ka duwan tahay taada; reer-shinni haddaannu nahay
har iyo habeen waannu tacbannaayoo waxaannu soo gurannaa miidda
ubaxa aannu ka samayno malabka, si aannu kayd u dhiganno aayaha
dambe. Annagu bulsho kumanyaal ah oo isku meel wada deggan baannu
nahaye sida reer-kobojaa oo kale kelikeli uma noolin. Xooggayaga
baannu isku biirsannaa, tacabkaygana sinnaan baannu u qaybannaa.
Boqraddayada oo keli ah baan wax tacbin, iyadu ubadkay dhashaayoo
xoojiya markay koraan. Annaga oo dhan baa u tacabna oo u daryeelna
boqraddayoo siinna waxii ay u baahan tahay; maxaa yeelay kulligayo
waa hooyadayo iyadu. Bulshadayadu waa ka wada gaashaamannaa cadow-
gayaga doonaya inuu naga gurto malabkayaga. Aniga bulshadaas baa
laygu dhex dhalayoo la igu soo koriyey, sidaas darteed waa igu waa-
jib inaan u tacboo u gargaaro bulshadayda intaan noolahayoo tacbi
karo, qaybna ku darsado kordhinta hantida bulshada. Waayeelka iyo
bukaanka waannu daryeellaa sida xeerkayaga iskaashigu na farayo.
Sidaasaan u nool ahay, kobojaayow, bay tiri shinnidii.

- Oo goormaad nasataa, ama cayaartaa, noloshaadu ma nolol baa?

- buu weydiiyey kobojaagii.

- Aniguna maanla'aantaadaan ku yaabbanaa; war goormaad wax tacbanoo
cunno kayd ah dhigan doontaa, sowse ma ogid in xilliga barwaaqadu
dhammaanayo, jiilaalna ku xigi doono?

Shinnidii baa weydiisey.

- Haddaan nasteexo ku noolahay maanta maxaa iga galay berri waxii
dhici doona

-buu ku jawaabey kobojaagii, isaga oo islaweyn, ka dibna halkaas bay ku
kala tageen isaga iyo shinnidii.

Ka dib abaar xun baa dhacday, cawskii, caleemihii iyo ubaxii oo dhanna
waa engegeen; cayayaankii ku noolaa dooggana waa le'deen badidood,
maxaa yeelay cunno iyo biyo ay ku sugaan roobka dambe bay waayeen.

   - War yaa ii kaalmeeya, waxaan cuno iigu yabooha!

- baa ka soo yeertay gurigii shinnida hortiisa berigii dambe. Shinnidii
baa dibadda u soo baxday oo aragtay kobojaagii oo gaajo iyo macaluuli
wiiqday, geerina ku dhow. Shinnidii way ka naxday oo cunno siisay kobo-
jaagii ilaa uu ka dhergo.

   - Shinniyey adaa iga toosnaa berigii aynu ka hadleyney nolosheenna;
   haddaan ogaadey inaan nacas calooshi-lacayaara ahay!

- buu yiri kobojaagii garaadka xumaa.

Sheeko 2: Carrabkii Yaxaaska

Sheekomurtiyeedyada soomaaliyeed waxay weriyeen in dawacadu tahay bahal
dhagar badan, in kasta oo ay fil iyo tabar yar tahay.

Waxaa la yiri dawacadu carrab ma lahayn waagii la abuuray, cunnadana
iyada oo aan dhadhansan bay liqi jirtey. Dawacadii waxay ku tashatay
sidii ay ku heli lahayd carrab ay ku dhadhansato soorta oo ku ogaato
macaankeeda.

Berigii dambe bay dawacadii u timid yaxaas ay deris iyo saaxiib ahaa-
yeen oo ku tiri:

   - Gacaliyow yaxaasow, inaad abaal ii gashaan kaa rabaa.

   - Gacaliso maxaad iga doonaysaa?

- buu weydiiyey yaxaaskii.

   - Gacaliyow, waad ogtahay in walaashay iga yar la aroosayo maanta;
   sidaas darteed waxaan kaa codsanayaa inaad i amaahisid carrabkaaga,
   si aan ugu mashxarado[1] arooska, ka dibna waan kuu soo celin doonaa
   carrabkaaga, bay tiri dawacadii.

   - Waxba kuuma diidi karoo saaxiibtay baad tahaye hooyoo dhaqso iigu
   soo celi carrabkayga, buu yiri yaxaaskii.

Dawacadii waxay ogaatey waxtarka carrabka markii ay dhadhansatay cunna-
da, waxayna ku tashatay in ayan yaxaaska u celin carrabkiisa. Beryo
badan buu yaxaaskii sugayey in dawacadu u soo celiso carrabkiisa, wuuse
waayey muuqeediiba.

   - Dawacow dhagarrey, adiguna dhibic biyo ah kama cabbi doontid
   webiyaalka dunida ku yaaloo dhan

---

1) Mashxarad - waa qaylada farxadda ee ay sameeyaan haweenka reer Asiya
iyo Afrika, iyaga oo carrabkooda ku ruxaya afka dhexdiisa, dibnaha oo
urursan, sida: Loo..loo..loo!

- buu yiri yaxaaskii inta carroday. Waagaas ka dib yaxaasku carrab ma
yeelan, dawacaduna biyo kama cabto webiyada cabsida ay yaxaaska ka
qabto darteed, baa la yiri.

Sheeko 3: Bisadda

Waagii hore bisaddu banjoog bay ahayd oo duurka cidla'da ah bay ku
noolayd. Berigii dambe bay bisaddu u timid maroodi oo ugu xoog weyn
habardugaag oo dhan oo ku tiri:

- War gacaliyow maroodi, waxaas tabarta yar baan ahaye iga dhici
bahallada kalee iga weyn.

- Yarey gacalisoy, waxba haka biqin; cid kastoo ku gardarraysata
anaa burburinaya

- buu ugu jawaabey maroodigii.

- Mahadsanid, gacaliye tiirriyow

- bay bisaddii tiri, sanooyin badan bayna magan u ahayd oo la noolayd
maroodigii.

Nin ugaarsade ah baa berigii dambe diley maroodigii inta waran wadnaha
kaga dhuftay, oo kala baxay foolashii waaweynaa, hilibkiina dugaagga
u waray. Markaas bay bisaddii ogaatey in, inkasta oo maroodigu intaas
oo jeer ka weyn yahay ninka diley, ninku ka garaad badan yahay dugaagga
oo dhan. Bisaddii ninkii maroodiga diley bay u timid oo ku tiri:

- War gacaliyow ninow, waxaas tabarta yar baan ahaye iga dhici
bahallada kalee iga weyn.

- Waa yahay, aniga ila joogoo guriga iiga dhici jiirka iyo baran-
barada

- buu yiri ninkii. Bisaddii waa yeeshay in ay hawshaas u qabato ninka
isaguna magangelyo siiyo.

Berigii dambe bisaddii waxay aragtay ninkii oo afadiisii si kulul ugu
qaylinayso oo caayayso, isaguna uusan uba jawaabayn oo iska aamusan
yahay. Bisaddii way la yaabtay ninkii, waxayna ogaatey in naagtu ka
adagtahay ninka, inkasta oo uu ka xoog badan yahay iyada. Markaas bay
bisaddii danteed-taqaanka ahayd iskaga tagtay ninkii oo u tagtay afa-
diisii si ay ula noolaato iyada. Waagaas ka dib bisaddu haweenka bay
la joogtaa oo ku agnooshahay, baa la yiri.

Sheeko 4: Jiirkii Dahabka

Waa baa waxaa deris ahaa bisado iyo jiirar colaad baana ka dhexaysey.
Bisadaha curre baa boqor u ahaa jiirarkuna boqor bay lahaayeen. Bisa-
duhu waab qurxoon bay ku jireen, waxaana u dhex yiil baaquli biyo
dahab ahi ku jiraan oo guriga u qurxiya, ayna ku faanaan bisaduhu
bilicdaas.

Maalintii dambe baa bisadihii oo ugaarsi ku maqan waxaa gurigoodii soo
galay jiirarkii, si ay cunno uga xadaan. Jiirarkii midkood baa arkay
baaquligii biyaha dahabku ku jireen oo dhayal ugu dhex boodey oo ku

dabaashay. Ka dib wuu ka soo baxay oo biladaye isku eegay, wuxuuna
isarkay isaga oo oogadiisu wada dahab noqotay. Wuu u qaadan waayey oo
isu bogey sida quruxda badan ee uu noqday, wuxuuna ka agdhaqaaqi
waayey biladayehii uu isku daawanayey.

- War hoy, bisadihii waa soo socdaane inaka keen aynu ka cararnee!

Mid saaxiibkiis ah baa u digey jiirkii dahabka ahaa, isaguse waaba iska
dhegatiray digniintaas.

- Anigu dahab baan ahay, waan qurxoon ahay, cidna ka cabsoon mayo!

- buu ku faanay jiirkii, saaxiibbadiisna way ka tageen isaga oo biladay-
ehii isku daawanaya oo iscajabiyey.

- Bisadihii gurigoodii bay ku soo noqdeen oo inta qabsadeen jiirkii
doqonka ahaa habeenkaas ku casheeyeen, baa la yiri.

Sheeko 5: Gaajo Bogaanimo

Nin baa waa wuxuu lahaa labo dameer oo uu rarto oo alaabo culus ku
qaato, in ay nastaanna wuu u diidey dameerihiisa. Dibindaabyadaas ninku
ku hayo dameeruhu way nebcaaysteen, waxayna ku tashadeen in ay baxsadaan
oo madaxbannaani ugu noolaadaan duurkooda. Habeenkii dambe ninkii oo
hurda bay dameerihii baxsadeen oo duurka galeen. Subaxii buu ninkii
doonay dameerihii markii uu waayena waa ka samray.

Muddo dheer bay dameerihii kayntooda ku noolaayeen, naqooda daaqayeen,
galalka xareedda ahna ka cabbayeen, barwaaqadaas oo kaymaha ka buux-
deyna ku nasteexaysteen. Durba waxay illaaween oo ka raysteen dacdarr-
adii ninku ku hayey.

Ka dib abaar xun baa dhacday oo naq iyo biyaba dameerihii waayeen oo
macaluul baa soo foodsaartay.

- War saaxiibow, waxaan ku talinayaa inaynu ku noqonno ninkeennii;
cunno uun wayna siinayaa si kasta ha inoogu darraatee. Haddii kale
macaluul baynu u dhiman.

Dameerihii midkood baa hiri.

- Gaajo gobannimo baan ka doortay dhereg addoonnimo leh

- buu kii kale ku jawaabey, halkaas bayna ku kala tageen oo midna ku
noqday ninkii lahaa, midna duurkiisa ku haray.

Markii dameerkii soo noqday silsilad baa lagu xiray, waa la diley, sidii
hore si ka daran baana loo raray oo loogu shaqeeyey. Fiidkii waxaa la
siin jirey xoogaa caws iyo baaquli biyo ah.

- Edebtaadaan ku barayaa, sidee u haweysatey inaad iga baxsatid!

↳ buu ninkii naxariis-laawaha ahaa ku yiri dameerkii.

Berigii dambe baa ninkii wuxuu dameerkii soo noqday ku amray in uu tuso
meesha dameerkii kale joogey, si uu u soo qabsado isagana. Dameerkii
waa yeelay sidaas oo wuxuu u geeyey dameerkii kale oo roob u da'y oo
naq iyo biyo haysta oo barwaaqo ku jira. Ninku waa yaabay markii uu

arkay dameerkii banjoogga ahaa oo labo geesood oo warmo ahi u soo
baxeen. Geesahaas buu dameerkii la soo aadey ninkii oo iskaga dhici-
yey; suu naftiisii buu ninkii la carary oo ka samray in uu soo qabsado
dameerkaas oo mar dambe adeegsado oo rarto. Sidaas buu dameerkii
banjoogga ahaa isu beddeley oo u noqday biciidka geesaha dheer ee
haatan duurka ku nool, baa la yiri.

Sheeko 6: Dawaco iyo Deero

Waa baa waxaa jirey deero keligeed ku nool kaymo cidla' ah, barwaaqo
iyo bashbash bayna ku jirtey. Maalintii dambe bay deeradii oontay
markii qorraxdu gubtey waxayna u baahatay biyo ay cabto. Ceel dheer
oo biyo ku jiraan bay tagtay oo inta ku booddey ka dheregtey biyahii
qaboobaa. Deeradii wayse ka soo bixi kari weydey ceelkii oo way cus-
laatay markii ay caloosha biyo ka buuxisey. Mar kasta oo ay holliso
in ay ka baxdo ceelka dib bay ugu dhacday ceelka salkiisa. Ugudambay-
stii deeradii way quusatay oo ceelkii bay iska dhex fariisatay oo
geerideedii ku sugtey.

Dawoco baa ceelkii u soo aroortay oo aragtay dhibaatada haysata dee-
rada.

  - Gacaliso, gef weyn baad samaysay; intaadan ku boodin ceelka inaad
  ka tashatid baa la rabey sidaad uga soo bixi lahayd!

- bay tiri dawacadii oo iska tagtay.

Sheeko 7: Kaneeco iyo Rah

Waa baa waxaa dhacday abaar xun oo wada laysay cayayaankii yaryaraa ee
waqtiga barwaaqada ah tarmidda iyo cayaarta ku jirey, markii naqii ay
cuni jireen qallalay. Markii dhibaatadaasi timid baa berigii dambe rah
u tegey deriskiis kaneeco oo ku yiri:

  - Walaaley, i amaahi wax aan cuno oo abaarta kaga baxo.

  - Waa hagaag, derisow; hayeesheese ii soo celi amaahda markii roob
  da'aad barwaaqaysato

- bay kaneecadii ugu jawaabtey.

Roob badan baa da'ay abaartii ka dib dhulkiina doog buu noqday oo caws
iyo caleen baa ka soo baxay. Cayayaankii baa soo dhashay mar kale oo
inta cunno ka dhergeen iska wada cayaaray dharaartii oo dhan. Nafleydii
oo dhan waa barwaaqaysteen oo dhibaatadii abaarta waa laga baxay oo la
illaawey.

Berigii dambe baa kaneecadii u timid rahii oo ladnaan ku jira, habeen
iyo dharaarna jidhaamaha biyaha ah ka dhex waac-waac leh, oo ku tiri:

  - Maalin wanaagsan, rahow, ma i garanaysaa?

  - Mayee tumaad tahay?

- buu ku jawaabey rahii.

- War ma kaa dhab baa! War miyaanan cunno ku amaahin aad abaartii
kaga soo baxdid? Waa inaad ii guddo amaahdaas mar haddaad haatan
barwaaqaysatay

- bay tiri kaneecadii.

- Bal eeg, waqti kuu ma hayoo rayrayn iyo damaashaad baa lala hee-
sayaa; reer-rahoo dhan wax miyir qaba kuma jiraanoo midna midka kale
dhegeysan mayo. Gacaliso ii soo noqo markaan miyirsado

- buu yiri rahii inta saaxiibbadiis la qabsaday heestoodii waak-waak!

- Abaal dad badan baa gala, in yar baase gudda

- bay tiri kaneecadii inta xusuusatay maahmaahdii soomaaliyeed oo iska
tagtay.

Sheeko 8: Dhagar Dawaco

Libaax oo ah boqorkii habardugaag baa beri bukooday oo awoodi kari
waayey in uu ugaarsado. Beryo badan buu ku jirey godkiisa oo ku gaajoo-
day. Libaaxii wuxuu ku tashaday sidii uu cunno ku heli lahaa oo uusan
gaajo ugu bakhtiyin.

Libaaxii wuxuu u yeeray dugaaggii kale si ay u soo booqdaan isaga.
Bahalkii godkiisa ugu soo galaba libaaxii waa qabsaday oo cunay. Sidaas
buu libaaxii ku wada cunay bahalladii kale oo dhan, dawacadii oo garaad
badan ma ahee.

Libaaxii wuxuu sugayey in dawacadu soo booqato isaga, ma ayse iman.
Libaaxii aad buu uga carooday maqnaanta dawacada, oo in uu abaalkeeda
mariyo buu jeclaystay, waase bukey oo ma uu doonan karin iyada.

- Boqorow, bal iska warran?

- bay weydiisey dawacadii inta berigii dambe u timid libaaxii, iyada oo
dibedda ka taagan godkiisa.

- Haa! ma adigii baa dawacoy? Muddo dheer baan ku sugayeye bal soo
gal gudaha aynu iswaraysanne

- buu ku jawaabey libaaxii.

- Iga raalli ahaw boqorow; cid godkaaga kuu soo gashay oo nolol kaga
soo baxday la waa!

- bay tiri dawacadii garaadka badnayd oo iska tagtay.

Sheeko 9: Bakayle iyo Digiiran

Waa baa colaad kululi dhexmartay reer-bakayle iyo reer-digiiran oo dhul
ku diriray, qolo walbana waxay ku tashadeen in ay ku duulaan oo baabi'-
iyaan qolada kale oo dhulka u haraan. Digiiranku waa ka tiro yaraayeen
bakayleyaalka waxayna ku tashadeen in ay dhagraan oo ka adkaadaan
cadowgooda.

Labada dhinac waxay ku heshiiyeen in ay dagaal isugu yimaadaan goobta
oo qolo la jebiyo. Bakayleyaalkii goobtii bay gees isa soo safeen iyaga

oo guutooyin badan ah. Digiirankii kooxo yaryar bay isuqaybiyeen, oo
soo kor duuleen bakayleyaalkii, iyada oo koox kasta bakayleyaalka
weydiineysa: "Bakayleyaalow, digiiran duullaan ah ma aragteen?".
Koox kasta dhawr goorood bay soo kor duulleen bakayleyaalkii goobta
dagaalka tubnaa, iyaga oo la moodo in colka digiiranku aad u tiro
badan yahay.

Xeeladda digiiranku cabsi iyo welwel weyn bay gelisey bakayleyaalkii
oo in laga tiro badan yahay bay moodeen. Markii boqorkoodii arkay in
ciidankiisii niyadjabay oo ayan diriri karin buu yiri:

   - Bakaylow, waa nin iyo burki!

Ilaa waagaas bakayleyaalku baqdin ay ka qabaan reer-digiiran bay u
kala maqan yihiin oo burka ugu jiraan, baa la yiri.

Sheeko 10: Shabeel iyo Weer

Beri baa shabeel iyo weer[1]) ku kulmeen duurka iyaga oo ugaarsanaya.

   - War weerow, maxaad xoolaha oo dhan u laysaa[2]) adiga oo neef keli
   ahi kugu filan yahay?

Shabeelkii baa weydiiyey.

   - Anigu xoolaha xeradooda uma dhaco habeenkii sida libaaxa iyo dhur-
   waayadiinna oo sidii fuley lama cararo neef. Sidaada oo kalena ma
   cuno neef bakhtiyeye dharaartii baan weeraraa oo qabsadaa xoolaha.
   Halhayskayguna waa:

   Eebbe waa la sugaa
   wuxuu ku siiyana
   waa la sugaa ...

Sheeko 11: Maroodi, Libaax iyo Atoor Sagaaro

Waa baa ceel biyo yari ku jiraan waxaa isugu yimid maroodi, libaax iyo
atoor sagaaro si ay uga wada cabbaan.

   - Anigu maroodi baan ahay, waad taqaanniin xoogweynideyda; haddana
   waan oggolahay inaan idin la qaybsado biyaha yar. Buu yiri maroodigii.

   - Anigu libaax baan ahay, waad taqaanniin xoogweynideyda; haddana
   waan oggol-ahay inaan idin la qaybsado biyaha yar. Buu yiri libaa-
   xiina.

   - Anigu atoor sagaaraan ahay, waad taqaaniin tabaryaridayda; hadda-
   na ma oggoli inaan cid la qaybsado biyahee anaa wada cabbaya. Buu
   yiri atoorkii sagaaro.

   - War bal i maqal, waxyohow xumi!

---

1) Weerku dhurwaaga buu la tol yahay; weerka oo dusha giirgiir madow
ku leh kana weyn dhurwaaga bay ku kala duwan yihiin.

2) Weerku dharaartii buu qabsadaa idaha iyo riyaha oo waa wada laayaa
ee neef keli ah kuma ekaado, sida badan.

- buu yiri maroodigii inta il kulul ku eegay atoorkii. Markii uu atoorkii
sagaaro arkay in maroodigii u carooday buu isna isxanaajiyey oo cawskii
nagaarkii gesihiisii yaryaraa ku rifrifay, isaga oo isleh iska guul oo
baji maroodiga. Laakin geed baa geesihii ka qabsaday atoorkii oo uu
kala bixikari waayey, intii uu rafanayeyna hal gees baaba ka jabay.
Markii dambe buu atoorkii madaxii kala baxay geedkii, isaga oo hal gees
oo keli ahi u haray.

   - War haddaadan tabar lahayn maxaad u diiddey inaad nala qaybsato
   biyaha?

- Libaaxii baa weydiiyey.

   - Waano abuur baa ka horreysey[1]

- buu atoorkii ku jawaabey.

Sheeko 12: Libaax iyo Sagaal Dhurwaa

Beri baa waxaa ugaarsi wada tegey libaax iyo sagaal dhurwaa, waxayna
heleen toban sac oo meel daaqaya.

   - War aynu lo'da qaybsanno, buu yiri libaaxii.

   - Waa yahaye, boqorow inoo qaybi xoolaha. Buu yiri dhurwaayadii
   midkood.

   - Idinku sagaal baad tihiine qaata hal sac oo toban idin ku noqda;
   anna sagaal sac aan qaato toban aan ku noqdee

- buu ku guddoomiyey boqorkii dugaaggu.

   - Yeellay. Buu yiri dhurwaayadii midkood.

   - War libaaxu buro dheeraaduu qaatay

- buu yiri dhurwaayadii midkood kale.

   - Waa runtaa, maxaynuse ka yeeli karnaa arrintaas hadda? Mid kale baa
   weydiiyey.

   - War aynu libaaxa u tagnoo ku niraahno: boqorow, waxqaybintaadii
   nama qancin. Buu yiri dhurwaagii kowaad.

   - Yeellay, hayeeshee midkeenba hal eray ha ku yiraahdo libaaxa. Buu
   yiri midkood kale.

   - Anigu waxaan libaaxa ku oranayaa: war boqorow...!

- buu yiri dhurwaagii kowaad, kuwii kalena midkoodba eraygii uu libaaxa
ku oranlahaa buu doortay. Ka dib dhurwaayadii waxay u tageen libaaxii
oo nasanaya inta casheeyey.

   - War boqorow...! Buu yiri dhurwaagii kowaad.

   - Maxaa jira? Buu yiri libaaxii oo caraysani.

   - Waxqaybintaadii! Buu yiri dhurwaagii labaad oo baqaya.

1) Waa maahmaah soomaaliyeed oo oranaysa waano ma dooriso dabeecadda
qofka.

- Nama qancin. Buu ku daray kii saddexaad.

- Wax nooga soo celi xoolaha. Buu yiri kii afraad.

- U yeera dawacada xoolaha ha inoo qaybisee. Buu yiri kii shanaad.

- Waa yahaye u yeera dawacada

- buu yiri libaaxii, oo dhurwaagii kowaad gooni ula faqay oo ku yiri:

- War dawacadii ku dheh: libaaxa iyo aniga na sii lo'da inteeda
badan.

Intii dhurwaayadii ku maqnaayeen buu libaaxii wada cunay sagaalkii sac
ee uu qaybta u qaatay markii hore. Waa soo noqdeen dhurwaayadii iyaga
oo wada dawacadii, waxayna arkeen waxii libaaxu falay intii ay maqnaa-
yeen.

- U tag libaaxoo weydii: meeye sagaalkii sac ood ka qaadday dhur-
waayada?

Dhurwaayadii baa ku yiri dawacadii, maxaa wacay iyagu waa ka baqayeen
libaaxa.

- Boqorow, ma ii yeertay? Dawacadii baa weydiisey.

- Sagaal sac calooshood iyo manjahood baan kuu dhigay meele waraa-
beyaalka waxaad ku tiraahdaa: saca haray hilbahiisa inoo qaybiya.

Ka dib dawacadii dhurwaayadii bay u tagtay oo ku tiri:

- War libaaxii waa kaasoo sagaalkii sac waa cunay midka, harayna
qayb buu ka doonayaa.

- Nala tali, bay yiraahdeen dhurwaayadii.

- Waa libaaxoo saca barkiis hadduu qaato waxba u tarimayee iska
wada siiya

- bay dawacadii kula talisay dhurwaayadii. Ka dib libaaxii bay u tageen
oo ku yiraahdeen:

- Boqorow, nin bari[1]) baa socod ku roon.

Oo inta sacii wada siiyeen iska tageen.

- Sagaalkii cal"alooood iyo majahaad ii dhigtay meeye, boqorow? Da-
wacaddi baa weydiisey.

- Sagaalkii waraabe hilbahaan wax ka siin waayey miyaan dawaco
siinayaa! Naa orodoo ka tag wejigeyga intaad fayow dahay

---

1) Nin bari - waa orah cabasho iyo caro loola jeedo; dhurwaaga oo la
yiraahdo waa samir badan yahay wuxuu halakan ka cabanayaa libaaxa oo
u xoogsheegtay oo ka qadiyey lo'dii ka dhexaysey. Xagga degaanka orahda
"nin bari" waxay noqon kartaa Soomaalida degta gobollada woqooyi-bari
ee Soomaaliya, sida Nugaal, Sanaag, Bari, kuwaas oo u tusmaysan goboll-
ada woqooyi-galbeed ee dalka. Reer-barigu ka samir badan reer-galbeedka,
baa la yiraahdaa.

- buu yiri libaaxii, markaas bay dawacadii ku carartay kaynteeda.

Sheeko 13: Habar-dugaag Hal Qalatay

Waxaa la yiri beri baa libaax oo ah boqorka habar-dugaag wuxuu diley
hal geel ah oo u yeeray habar-dugaag oo dhan, si ay u qaybsadaan hasha
hilibkeeda.

- War dhurwaayow, inoo qaybi hilibka, buu yiri libaaxii.

- Hilibka ma bar mase bar, bar libaaxaa leh, barka kalena intayada
kalaa leh, buu ku taliyey dhurwaagii.

Libaaxii kuma qancin qaybintii dhurwaaga⊢ oo wuxuu rabey in la siiyo
wax intaas ka badan. Libaaxii dhurwaagii buu u carooday oo inta dhar-
baaxo ku dhuftay il ka soo ridey. Dhurwaagii oo ili ka laalaaddo baa
meeshii ka cararay.

- Naa dawacoy, inoo qaybi hilibka, buu yiri libaaxii.

- Hilibka ma bar mase bar, bar libaaxaa leh, ma waax mase waax, waax
libaaxaa leh, ma fallar mase tallar, fallar libaaxaa leh, ma tumun
mase tumun, tumun libaaxaa leh; ugu-dambaystiina boqorow iska wada
qaado hilibkoo dhan, bay ku talisay dawacadii.

- Naa dawacoy, yaa ku baray gaybintaas wacan?

- buu weydiiyey libaaxii inta u bogey.

- Isha qaaryare ka lulataa i bartay, boqorow! Bay dawacadii ku
jawaabtey[1]).

Sheeko 14: Qaaryare iyo Dayo

Waa baa dhurwaa wuxuu damcay in uu guursado dawaco ay deris ahaayeen.

---

1) Tani waa sheeko caan ku ah Soomaalida dhexdeeda oo loo yaqaan magaca
kale oo ah "qayb libaax". Waxaa la sheegay in Xuseen-dhiqle oo ka mid
ahaa raggii gacanta midig u ahaa Sayid Maxamed Cabdille Xasan, garwa-
deenkii ciidankii Daraawiishta ee ka hanoqaaday woqooyiga Soomaaliya
bilowgii qarnigii 19-d, uu tiriyey gabay caan noqday, isaga oo ku hal-
qabsanaya sheekadan. Sanooyinkii 1920 kii markii ciiddannadii Sayidka
Ingiriisku jebiyey baa Sayidka iyo koox ciidankiisii ahi magangelyo ugu
galeen tolka Oromada ee degganaa koofurta Itoobiya. Xussen-dhiqle iyo
afadiisa oo aad u qurux badnayd baa ka mid ahaa kooxda Sayidka la faka-
tay. Duqowdii tolka Oromo midkood baa la dhacay haybadda haweeneyda
Xuseen-dhiqle oo weydiistey in loo furo oo uu guursado. Sayidkii bay
arrintu gaartey wuxuuna ku taliyey, sida la weriyey, in duqa Oromadu
siduu rabo loo yeelo, mar haddii magan loo ahaa isaga. Xuseen waa ka
xumaaday taladaas Sayidka in kasta oo uu ogaa in dani ku dirqisay
taladaas. Xuseen-dhiqle waa furay afadiisii, wuxuuna tiriyey gabay
caan noqday isaga oo ku halqabsanaya sheekadii "qayb Libaax".

- Naa dayow, waxaan beryahaanba la dhacsanaa quruxdaadee ma isguur-
sannaa?[1]

- buu dhurwaagii ku yiri dawacadii berigii dambe. Dayo way oggolaatay oo
u qushuucday codsigii qaaryare, waxayna ku heestay:

Dayoo baraar laysiyo
Qaaryaroo[2] duud carro leh[3]
waysla-doonasha eebbe!

Guurkoodii ka dib nolol cusub bay bilaabeen dayo iyo qaaryare, isaguna
waa jeclaa afadiisa dhallinta yar. Nasiib-darradiisa taasi waxay ahayd
riyadiisa, maxaa wacay iyadu waxay mar kasta ku tashaneysey sidii ay u
baabi'in lahayd isaga oo hantidiisa ula wareegi lahayd.

Libaax oo ah boqorkii bahallada oo degganaa meel u dhow dayo reerkeeda
baa berigii dambe u yimid iyada oo ku yiri:

- Naa dayoy, maanta waa kalkaagiiye ii raac xoolahoo ha dayacin.

- Boqorow, weligey diyaar baan u ahay inaan kuu adeegee isku kay
hallee

- bay ku jawaabtey dawacadii, boqorkii dugaagguna waa u bogey tixgelin-
teeda.

Markii ay xoolihii kaynta geysey bay dawacadii cuntay wankii ugu
buurraa. Ka dib cad baruur ah bay ka goysey wanka baridiisii oo nin-
keedii dhurwaa oo aqalkoodii iska hurda afka u marmarisay dufankii
barida. Galabtii bay xoolihii soo hoyisey dawacadii oo u keentay libaa-
xii.

- Naa mee wankii buurraa?

- buu libaaxii weydiiyey markii uu xoolihii tiriyey oo ka waayey wankii.

- Boqorow, dhurwaa baa cunay wankii, wuu iga xoog badan yahayoo xoo-
laha kama dhicin karin, bay ku jawaabtey.

- Xaggee joogaa dhurwaagii haatan?

- Gurigiisuu iska seexday, boqorow, markuu wankaagii buurnaa cunayoo

---

1) Dugaagga waaweyn sida libaaxa iyo dhurwaaga magac lab baa loogu yee-
raa, kuwa yaryar, sida dawacada, waxaa loogu yeeraa magacyo dhedig. Dayo
ama dawaco waa magacyada soomaalidu ugu yeerto dawacada; dhagar iyo xee-
lad bad tusaysaan magacyadaasi.

2) Qaaryare - waa naanays guud ee dhurwaaga loogu yeero, macnuhuna waa
kii qaarka dambe ee ogadiisu gaabnayd. Dhurwaayada Soomaaliya joogana
waa leeyihiin tilmaantaas. Sidaas baana loogu bixiyey naanaystaas, eeg
qaybta Magacyada Dahsoon, bog 76

3) Dugaagga waaweyn sida libaaxa, shabeelka, way qaataan oo la cararaan
neefka ay diloodaan, sida riyaha, idaha iwm. Dugaagga yaryarise, sida
dawacada, guduudanaha iwm., ma laha xoog ay ku qaataan xoolaha waaweyn,
ee waxay ugaarsadaan nafleyda yaryar, sida waxaraha.

ka dhergey baruurtii.

Libaaxii run buu moodey hadalkii dawacada oo inta carooday dhurwaagii oo aan dhiillo qabin cadcad u kala googooyey, markuu dufan ku arkay afkiisa.

Sidaas bay dawaco-dhagarley u baabi'isay dhurwaagii nacaska ahaa ee iyada jeclaa, oo xoolihiisii oo dhan u hartay, baa la yiri.

Sheeko 15: Hal, Maroodi iyo Dabagaalle

Waxaa la yiri waa baa waxaa meel wada degganaa hal geel ah iyo qalanjo maroodi. Berigii dambe bay middoodba foolatay oo ilmo dhashay. Ubadkii way koreen, ka dibna iyaga oo beri wada laacdamaya baa nirigtii si xun u haraatiday ilmahii maroodiga, hooyooyinkii oo daaq ku maqan. Markii hashii aragtay waxii nirigteedu fashay bay meeshii kala carartay ka hor intii ayan qalanjadii soo noqon. Hashu qalanjada oo ka xoogbadan bay ka baqaysey.

Hashi oday geel la jooga bay meel ku aragtay oo hees ku tiri:

Odayow ma i maashaa
ma i maraqdaa[1)]
ma iga reebtaa
maroodi cadhoole?

- Waa yahaye soo raac geeleyga

- buu odaygii ku yiri hashii.

Kolkii qalanjadii soo noqotay bay aragtay ilmaheedii oo si xun loo diley oo inta aad u carootay raadraacday hashii, si ay uga aargoosato. Daba-gaalle meel jooga bay aragtay qalanjadii oo weydiisey:

- War dabagaallow, hal iyo nirigteed halkan ma mareen?

- Haahoo dooxadaasay ku degeen

- buu ku jawaabey, qalanjadiina halkaas bay ku sii orodday.

- War maroodi-xoogweynow, waan kugu cayaarayeye hashii xaggay jirtaa

- buu dabagaallehii ku yiri maroodigii, inta ka dabategey.

- Xaggee?

- buu yiri maroodigii, inta ku soo noqday dabagaallehii oo qaarkiisa dambe ku taagan.

- Wax geelaba maan arag, maroodiyow.

- buu ku jawaabey dabagaallehii. Waa carooday maroodigii oo damcay in uu qabsado oo cagta hoosteeda ku burburiyo dabagaallaha ku dheeldheelaya. Dabagaallehii maroodigii buu ka cararay oo inta ka dabowarwareegey ku heesay:

---

1) Soomaalida geeljireha ahi mayrax, maraq, bay ku duubaan hasha irmaan naasaheeda, si aan ubadku u nuugin. Marka la maalayo hasha in caano ah baa candhada loogu reebaa ubadka.

Maroodi cadhoole
haddii col la sheego
carruurta cayaarshe[1]
cadaadda[2] kumeere
hashii Cosob[3] waa tan ...!

Maroodigii orodkii buu ka daaley oo meel istaagey.

- War maroodiyow, shilinta dabada kaaga taal maad iska goysid intaad i cayrsanaysid?

Dabagaallehii baa weydiiyey.

- Wax weyn baan ahoo ma gaaro dabadaydee boowow dabagaallow kaalayoo iga goo shilinta; aniguna wax dambe kuu raacan mayoo waan iska kaa deyn, inkastood igu cayaartay

- buu yiri maroodigii oo raba in uu la heshiiyo dabagaallaha.

- Yeelay

- buu yiri dabagaallehii oo ku boodey maroodiga dhabarkiisii, wuxuu ka galay futadii oo calooshii u dhaadhacay, wuxuuna jarjaray xiidmahii maroodiga, isaga oo ku heesaya:

Xiidan go' ... xiidan go' ...!

Maroodigii ka dib dhulkii buu ku dhacay oo dhintay, dabagaallehii yaraa baana diley. Hashii iyo nirigteediina sidaas bay kaga badbaadeen maroodigii, si ay hilib iyo caano u siiyaan dadka, baa la yiri.

---

1) Fuleynimadiisa darteed baa carruurtu ugu cayaartaa maroodiga, baa la yiraahdaa.

2) Cadaad - geed ka baxa dhulka bannaanka ah ee soomaaliyeed.

3) Cosob - hal geel ah magaceed.

Qayb C 2b: Sheekoxariirooyin Dadka iyo Dugaaggu ku Wada Jiraan

Sheeko 1: Wacadfur

Waxaa la yiri beri baa nin u socdaalay cid meel fog degganayd. Maalmo iyo cawooyin badan buu sii socdey oo dhul omos ah oo aan biyo iyo baad toona lahayn sii maray. Intii uu sii socdey buu dhammaystay waxii sahay ahaa ee uu sitey. Ka dib gaajo iyo harraad xun baa qabtay ninkii, aad buuna u daaley oo socodkii buu kari waayey.

Maalin isaga oo geed hooskiis ku nasanaya baa waraabe u yimid ninkii, si uu isna u harsado geedka. Ninkii waraabihii buu ka baqay in uu cuno, tabar uu iskaga celiyana ma hayn gaajo iyo oon dartood. Geeri buu isu diyaariyey ninkii. Waraabuhu in uu ninka cuno buu damcay, markiise uu arkay sida uu u dhibban yahay buu ka naxay oo iska daayey. Ninkii wuu yaabay kolkii uu arkay waraabihii oo hooskii iskala soo farristay oo aan waxba yeelayn isaga.

Kaasi ma ahayn waraabe uun ee wuxuu ahaa qori-ismaris!

   - War kaalmo ma u baahan tahay?

Qori-ismariskii baa weydiiyey. Ninkii waa sii yaabay markii waraabuhu u hadlay sidii dad.

   - Haayoo nin naftu ka sii baxaysaan ahay

- buu ku jawaabey ninkii.

   - Ushaan qaadoo dhulka ku dhifo saddex jeer

- buu yiri qori-ismariskii, ninkiina sidii buu yeelay. Saa, waa yaabe, isagiina qori-ismaris buu noqday!

   - Waxaan haatan kuu furayaa sirta tolkay reer-waraabe, afkayagana waan ku barayaa; wacadse ii mar inaadan sirtayada u sheegin ina-ragoo ah cadowgayaga ugu weyn

- buu qori-ismariskii yiri.

   - Kuu maray wacad

- buu yiri ninkii, ka dibna way israaceen iyaga oo waraabeyaal ah.

   - Hadda nin isu beddeloo reerkaas tolkaa ah u tagoo cunno iyo biyo weydiiso; xusuusnowse wacadkaagii

- buu yiri qori-ismariskii. Markaas baa ninkii dhulka ku dhuftay ushii oo nin noqday, ka dibna reerihii buu u tegey oo cunno iyo hoyaad baa la siiyey.

Habeenkii dambe baa ciddii ninku ku soo hoydey oo iska hurudda dhurwaayo aad u baahani u yimaadeen oo ku tashadeen in ay neef kala cararaan cidda. Waxay ilaalaysteen meel sahlan oo ay xerada ariga uga dhacaan.

Ninkii qori-ismariska ahaa waa yiqiin afka dhurwaayada, markii uu
maqlay waxa ay ku tashadeen buu raggii reerka joogey u sheegay. Raggii
hubkoodii bay soo qaateen oo waxay dileen dhurwaayada kii madaxda u
ahaa, kuwii kalena way carareen. Raggii waxay ninkii martida ahaa
weydiiyeen sida uu u bartay afka waraabeyaalka, markaas buu uga warra-
may sidii uu ula kulmay qori-ismariskii, kaas oo uu ka bartay afka iyo
sirta tolka dhurwaayada.

Ninkii qori-ismariska ahaa wuxuu markaas xusuustay in uu ku wacadfuray
waraabehii qori-ismariska ahaa ee u kaalmeeyey markii uu harraadka iyo
gaajada u go'ayey. Inkastaba, ninku kama tiiraanyoon waxa uu falay.
Muddo ka dib ninkii socdaalkiisii buu sii watay oo degmadii uu u socdey
buu u kacay. Isaga oo meel socda buu ku joogsadey laf waraabe waa hore
dhintay, taas oo cagta ka muddey oo uu la socon kari waayey. Lugtii
oo dhan baa barartay ninkiina waaba istaagi kari waayey oo meel cidla'
ah buu maalmo badan iska fadhiyey. Sahaydii yarayd ee uu sitey waa ka
idlaatay, cid u gargaartana lama joogin ninka. Wuxuu damcay in uu
ushii sixirka lahayd ku dhaqmo oo qori-ismaris isurogo, wayse u socon
weydey oo ka xiran tay. Meeshii buuna ku dhintay ninkii. Wacad ha
gelin, haddaad gashana ha furin, baa la yiri.

Sheeko 2: Faay iyo Qori-ismaris

Waxaa la yiri waa baa nin iyo naagtiisii Faay Geedi waxay la degganaa-
yeen ninka seedigiis iyo soddohdiis. Berigii dambe buu ninkii dhaan u
waday ceel fog. Markii uu ceelkii tegey buu ku arkay nin keligiis jooga
halkaas.

   - War aynu legdannoo keennii la legdo hal addin halaga gooyo markii
   la legdaba. Haddii kalese biyo ka cabbimaysid ceelka

- buu yiri ninkii ceelka joogey. Ninkii dhaanka wadey waa oggolaaday
taladii ninku soo jeediyey, suu geesi buu ahaaye.

Ninka ceelka joogey qori-ismaris buu illey ahaa, oo waa ka adkaaday
ninkii dhaanka wadey oo inta diley buu cunay hilibkiisii. Ka dib wuxuu
isuyeelay muuqaalkii ninka uu diley, dharkiisiina qaatay oo inta haam-
ihii biyeeyey dhaankii u soo waday reerkii lahaa.

   - War dhaanka ila fura

- buu ninkii ku dhawaaqay markii uu reerkii yimid. Dadkii oo Faay ku
jirto baa soo baxay oo dhaankii furay. Ka dib Faay qori-ismariskii bay
geysey aqalkeedii iyada oo u qabta in uu yahay ninkeedii dhaanka ku
maqnaa. Raar qurxoon bay u soo gogoshey, cunno wanaagsanna way u soo
dhigtay.

   - Naa orodoo dab inooga keen deriskoo aqalka kulayli waan dhaxamoo-
   nayaaye

- buu yiri qori-ismariskii. Intii Faay maqnayd buu cunnadii ay u keentay
dibedda ku xooray, suu waraabe buu ahaa aan soorta dadka cunine. Faay
weli ma dareemin basarxumadiisa.

Subaxii dambe buu qori-ismariskii u tegey soddoggiis oo ku yiri:

- Soddogow, iga oggolow inaan wato afadaydoo ciddaydii u geeyo,
si ay isu bartaan.

Faay adoogeed waa ka yeelay codsigii seedigiis. Aqalkii oo dhan reerka
waxaa lagu raray rati Bacadle la yiraahdo ka dibna Faay iyo ninkeedii
waa ambabaxeen.

Markii in door ah la sii socdey buu qori-ismariskii Faay ku yiri:

- Naa waan daalaye ratigaan fuulee igu wad.

- War ma carruur baad tahay, miyaadan xishoonayn, sidee u tiraahdaa
ratigaan fuulo

- bay Faay ku jawaabtey.

- Naa sidaan ku iri yeel

- buu yiri qori-ismariskii oo ratigii iska fuulay. Faay ratigii bay gar-
qaadday. Ninkii waraabe buu isu rogey oo ratiga kuruskiisii cunid ku
bilaabay, ratigiina waa cabaaday markii kuruska laga qaniinaba.
Faay waxa ratiga ka cabaadinaya bay la yaabtay oo weydiisey:

- Bacadlow biyaqaboobe[1]
maxaa ku helay?

- Naa shabax-shabaxda dugaagadahaaguu ratigu ka didayaaye iska
xoor

- buu yiri qori-ismariskii, isaga oo qarinaya waxa uu falayo. Faay dugaa-
gadihii bay iska bixisay oo ratigii wadday. Mark kale buu qori-isma-
riskii ratiggi kuruska ka ruday, Faayna waxay weydiisey:

- Bacadkow biyoqaboobe
maxaa ku helay?

- Naa jaqaf-jaqafta kabahaaguu ka didayaa ratiguye iska bixi. Faay
kabihii bay iska bixisay oo wadday ratigii. Qori-ismariskii mar
kale buu qaniiney ratiga kuruskiisii, Faayna waxay weydiisey:

- Bacadlow biyoqaboobe
maxaa ku helay?

- Naa huruf-hurufta maradaaduu ka didayaa ratiguye iska fur

- buu yiri qori-ismariskii. Faay way ka yaabtay, sidee buu ninku u oran
karaa marada iska fur oo isqaawi iyada oo soconaysa, wayna diiddey in
ay sidaas yeesho.

- War soo degoo markaaga igu wad ratiga anna waan daalaye, bay tiri.

- Yeelaye kebedda hoosteeda marna ha dhugan

- buu yiri oo dahoolay godkii uu ka dalooliyey ratiga qaaxadiisa.

- Ha yeh

1) Markii jiilaalkii la waayo biyo reer-miyiga soomaaliyeed awrta bay
dhaansadaan oo biyo qabow kaga keenaan ceelasha oo lagu oon baxaa.
Biyahaas bay tilmaamaysaa arrintu.

- bay tiri oo fuushay ratigii, isagiina ku waday. Faay waa yaabbanayd
oo kebedda hoosteedii bay dayday, waxayna aragtay dhaawacii biyaqa-
boobe qaaxadiisa u dalooley. Waxay kolkaas ogaatey ninku in uusan
ahayn dad ee waraabe yahay. Waxay ku tashatay sidii ay ugala badbaadi
lahayd nafteeda bahalkaas ninkeedii iska dhigay. Iyadu qof garaad
badan bay ahayd oo waxay ku tiri:

   - War beri aan xoolo la joogey baan bardehaas[1) hoostiisa alaabo
   ku illaaweye ina mari hoostiisa, balaan eego inay weli taal iyo in
   kalee.

Qori-ismariskii sidii buu yeelay. Markii ratigii is-hoostaagey geedkii
bay Faay qaadatay qumbe subag ka buuxo oo ratiga u saarraa oo geedkii
la fuushay.

   - Naa soo deg, maxaad leedahay?

- buu yiri qori-ismariskii.

   - Soo degi mayo, bahal dhurwaa ah baad tahaye nin iima tihid!

- bay tiri Faay inta laantii ugu dheerayd geedka fuushay.

Inta aad u carooday buu ninkii waraabe isu rogey oo u habarwacday tol-
kiis reer-waraabe oo dhan, si ay ugu kaalmeeyaan sidii Faay looga soo
dejin lahaa geedka. Iyaduna waxay u habarwacatay shimbirihii iyo
haadda duusha oo dhan si ay uga dhiciyaan dhurwaayada.

   - War tukow, gacaliye, aan baalashaada subag kuugu qurxiyee orodoo
   hooyo iyo aabbehay iiga wargee, bay Faay tiri.

   - Yeelaye horta subagga iigu qurxi baalasha

- buu yiri tukehii, markii subaggii la siiyeyna wuu iska duulay oo ka
abaalka-dhacay Faay. Ka dib xuunsho bay Faay weydiisatey in ay hooyo
iyo aabbe uga wargeyso, inta in subag ah siisay. Xuunshadiina sidii
tukehii bay ka abaalka-dhacday Faay. Ka dib shimbir yar bay Faay wey-
diisatey in ay hooyo iyo aabbe uga wargeyso. Shimbirtii way yeeshay,
iyada oo aan abaalgud weydiisan Faay.

Shimbirtii Faay walaalkeed oo geel la jooga bay u tagtay oo ugu heestay:

   Geel baas jirow
   gabadhii Faay
   Faay Geedi
   kabo faygooda
   dhiisha farqeeda
   geedkii barde[2) ballaarane
   baa belo hoos joogtey
   bay fuushanayd
   waraabaa kala boodey ...

---

1) Barde - geed caleemo weyn oo ka baxa deexda iyo webiyada jiinkooda
ee Soomaaliya; xaaska Fig buu ka tirsan yahay barduhu.

2) Barde - eeg tusmo 1).

Wiilkii shimbirtii waa u carooday oo inta dhagax ku tuuray buu garab ka jebiyey.

Baalkii u haray bay shimbirtii ku duushay oo Faay hooyadeed oo dhiil culaysa[1] u timid oo ugu heestay:

Dhiil baas culatoy
gabadhii Faay
.......(sidii hore)

Hooyadiina way u carootay shimbirtii oo inta qori dab ah ku tuurtay bay iska eridey.

Markaas bay shimbirtii u timid Faay abtigeed oo ugu heestay heestii hore. Ka dib abtigii wuxuu soo waday Faay aabbeheed, hooyadeed iyo walaalkeed oo shimbirtii u soo raaceen geedkii gabadhu ku dul joogtey. Intii ay soo socdeen shimbirti waxay ku heestay:

Shimbir garabli'i
wax ma garatee
bal xagga u bayr ...

Markii dadkii yimaadeen geedkii Faay ku joogtey bay dhurwaayadii wada carareen.

- Maandhaay gacalisoy soo deg, buu aabbeheed yiri.

· - Soo degi mayoo aabbe bahal baad ii loogtey, bay tiri Faay.

- Maandhaay gacalisoy soo deg, bay tiri hooyadeed.

- Soo degi mayoo hooyo bahal baad ii loogtey, bay tiri Faay.

- Walaaley gacalisoy soo deg, buu yiri walaalkeed.

- Soo degi mayoo walaal bahal baad ii loogtey, bay tiri Faay.

Markii gabadhii diiddey in ay soo degto buu abtigii yiri:

- Laamanlooyo jab
gabadhana faryaro![2]

Ka dib laantii Faay fuushanayd baa soo jabtay, iyana dhulkii bay ku soo dhacday oo faryaro keli ah ka jabtay. Gabadhii waa la qaaday oo inta reerkoodii la geeyey baa wan buuran loo qalay oo subag iyo hilibkiisii lagu baan tahay. Sidaas bay gabadhii Faay oo garaadka badnayd kaga badbaaddey qori-ismariskii belada ahaa, baa la yiri.

Sheeko 3: Shancaloolle iyo Suulle'eg

Waxaa la yiri labo gabdhood baa labo reer oo deris ah aryohooda raaci jirey, waxayna ku heeshiiyeen in ay isku meel wada daajiyaan, fiidkiina soo wada hoyiyaan aryaha.

---

1) Haweenka miyigu waa culaan weelka caanaha si uusan u qurmin oo caanuhu u qayirmin.

2) Waa dhaqan soomaali in waalidka ka dib abtigu mudan yahay qaddarin.

Berigii dambe bay gabdhihii middood meel kale u foofisey arigoodii oo
ku wacadfurtay saaxiibteed. Markii qorraxdii soo kululaatay bay gabadh-
ii fariisatay geed hoostiis, way hurdootay oo seexatay, xoolihiina
waa iska baxsadeen oo meel fog bay u daaqdoonteen. Goor dambe bay
gabadhii ka toostay hurdadii oo raacday ariga raadkiisii.

Wax qof iyo bahal isku jira ah oo Shancaloolle la yiraahdo bay aragtay
gabadhii oo weydiisey:

  – Shancaloollow ari baadiya maaragtay?

  – Haahoo anaa arigaagii wada cunay, buu yiri.

  – Shancaloollow, hooyaday baa i dileysee arigii ii soo celi, bay
  tiri.

  – Bal meeshan ka day

– buu yiri, inta shantiisii caloolood oo waaweynaa middood u furay. Saa
arigii qaarkiis baa ka soo dareeray calooshiisii!

  – Shancaloollow ridii madida ahayd oon maali jirey baa maqan

– bay tiri gabadhii, suu ridiina wuu u soo saaray.

  – Arigii ma kuu dhan yahay? Buu weydiiyey.

  – Haa, bay tiri.

  – Haddaba, arigaaga kaxaysoo iga ballanqaad inaadan cidna ii shee-
  gin, buu shancaloolle ku yiri gabadhii.

  – Kaa ballanqaaday, bay tiri.

Goortii ay habeenkii soo hoyisey arigii bay gabadhii hooyadeed u sheeg-
tay shancaloolle iyo arrintiisii oo dhan. Subaxii dambe ayaa gabadhii
xanuun qabtay oo habarteed raacday arigii maalintaas.

Gabadhii oo aqalkoodii dhexjiifta baa shancaloolle u yimid oo cunay
kulligeed. Gabadha suulkeedii gacanta midig baa haantii biyaha laga
cabbi jirey kaga dhexdhacay goortii shancaloolle cunayey iyada.

Fidkii markii hooyadii soo hoyisey arigii bay kalax darsatay haantii
biyaha, kolkaas bay suulkii gabadheeda ku liqday biyihii iyada oo aan
ogey. Ka dib habartii uur bay yeelatay oo wiil qof suulkiis le'eg bay
dheshay, saa "suulle'eg" baa wiilkii loo bixiyey.

Suulle'eg markii uu dhashay buu durba hadlay oo yiri:

  – Anigu waxaan ka dhashay gabadhii ku ballanfurtay saaxiibteede
  ariga doc kale u foofsatay, shancaloollena ku ballanfurtay goortuu
  arigeedii u soo celiyey, suulkeedii haanta ku dhexdhacay, habartu
  liqday, uurkii habarta suulkii ka dhashay.

  – Maandhow, gabadhii shancaloolle iga cunay jagadeedii baad joogtaaye
  reerka inoo xannaanee, bay hooyadiis ku tiri suulle'eg.

  – Yeellay, hooyo, buu yiri suulle'eg.

Berigii dambe suulle'eg lo'doodii buu raacay, saa niman col ah baa u
yimid oo yiri:

- War yaa lo'da la jooga?

- Anigaa la joogee maxaad doonaysaan? Buu yiri suulle'eg.

- Oo kuma aragnee ku mee, xaggaad joogtaa?

- Saca dhiinka dhegtiisaan ku jiraa

- buu yiri suulle'eg. Sacii bay dhegoha jareen nimankii, say waxba way
ka waayeen.

- War ku mee?

- Saca dhalay dhaligiisaan ku jiraa

- buu yiri suulle'eg, say sacii bay dhaliga ka soo rideen oo waxba ka
waayeen.

- War ku mee? Bay yiraahdeen.

- Dibiga weyn geeskiisaan ku jiraa

- buu yiri, say dibigii bay geeska ka jebiyeen tuugadii oo waxba ka
waayeen.

- War ku mee?

- Geedka weyn guntiisaan ku jiraa

- buu yiri, say dhirtii oo dhan bay jareen nimankii oo waxba ka waayeen.
Sidaas bay lo'dii ku laayeen, dhirtiina ku wada jareen nimankii colka
ahaa, suulle'egse way soo qaban kari waayeen oo ka samreen, suu waa
wax yar oo aan la arki karine, baa la yiri.

Sheeko 4: Nin iyo Mas

Waxaa la yiri nin iyo wiilkiisii madiga ahaa baa socdaalay. Iyaga oo
meel maraya baa mas lugta ka qaniiney wiilkii suu waa dhintay. Ninkii
wuxuu damcay inuu dilo maskii, hayeesheese godkiisii dheeraa buu ku
cararay. Ninkii wiilkii buu aasay oo inta seef af badan soo qaatay
agfariistay maska godkiisii, isaga oo doonaya in uu dilo markii uu ka
soo baxo godka.

Muddo ka dib baa maskii madaxa kala soo baxay godkii oo eegay bal in
ninkii tegey iyo in kale. Markaas buu ninkii inta seeftii galka kala
soo baxay madaxa kaga qaaday bahalkii, suu waa la heli waayey, maskiina
durba godkii buu ku ceshadey madaxiisii. Seeftii waxay ku dhacday geed
ku yiil godka maska korkiisa, ninkiina kama qaadin ee meeshii buu u
daayey seeftii oo ku dhaaban. Maskii wuxuu ogaadey sida uu geeri ugu
sigtay oo yiri:

- Ninyohow, inta madigaagii mootan yahay colaadi kaa bixi mayso,
anna intaan seefta geedkaas ku dhaaban arkayo haka yaabin inaan
godkayga ka soo baxo.

Sheeko 5: Saddex Nin iyo Saddex Libaax

Waxaa la yiri saddex nin baa beri wada socdaalay, midkood fuley buu
ahaa, midna geesi buu ahaa, midka saddexaadna aftahan buu ahaa. Nimankii

waxay arkeen saddex libaax oo jidka fadhiya, mid weyn iyo labo yaryar
bay ahaayeen.

- War aynu ka cararno libaaxyada

- buu yiri ninkii fuleyga ahaa.

- War libaaxu nin waa ka dheereeyaayoo cago lagagama baxsan karee
aynu iska celinno bahallada

- buu yiri ninkii geesiga ahaa.

- War libaaxyow, i maqla: labada ninee ila socda midkood waa weydoo
waa lafo iyo harag isasuran, midka kalena kama roona. Saddexdayada
anaa ugu buuran. Haddaba, bal saddexdiinna libaax ku heshiiya mid-
kiinnii cuni lahaa ninka caatada ah iyo midkiinnii aniga i cuni
lahaa

- buu libaaxyadii ku jiri ninkii aftahanka ahaa.

Libaaxyadii waa ku heshiin waayeen midkoodii cuni lahaa ninka caatada
ah iyo midkoodii cuni lahaa ninka buuran. Markaas buu libaaxii weynaa
diley labadii libaax ee yaryaraa. Ka dib saddexdii nin baa warmo ku
diley libaaxii soo haray, baa la yiri.

Sheeko 6: Geenyo Xariiro

Waxaa la yiri waa baa nin reerkiisii degganaa meel cidla' ah, ninkuna
waxuu lahaa naag, labo wiil iyo labo gabdhood. Gabadhii weyneyd waa
kortay oo guurdoon bay noqotay. Nin guursada gabadha ma jirin oo
reerku keligood bay meel degganaayeen. Ninka afadiisii waxay ku talisay
in ay u guuraan meel cid kale deggan tahay, isaguse kama yeelin tala-
daas oo ma uu rabin in uu ka guuro rugtooda oo waalidkiis baa ku duug-
naa meesha. Gabadhii waxay adoogeed weydiisatey in uu u doono nin guur-
sada, maalin walbana toban goorood bay adoogeed ku oran jirtey:

- Aabbe, goormaad nin ii dooni?

Adoogii waa dhibsaday codsigaas badan ee gabadhiisa.

Berigii dambe baa reerkii waxaa u yimid niman qori-ismaris ah[1], ninkii
reerka lahaa baana soo dhoweeyey. Qori-ismarisyada waxaa madax u ahaa
mid dhar qurxoon qaba, oo waa yaabe af-soomaaliga yaqaan! Ninkii reerka
lahaa sidii martidii mudnayd buu u soo dhoweeyey qori-ismarisyadii,
say dad bay u ekaayeene, wuxuuna weydiiyey ujeeddada booqashadooda.

Kii madaxda u ahaa dhurwaayada wuxuu odaygii u sheegay in uu doonayo
in uu guursado gabadhiisa weyn ee guurdoonka ah! Odaygii arrintaasi
yaab iyo naxdin weyn bay ku riddey, sidee buu inantiisa uu jeclaa,
Geenyo Xariiro, ugu guuriyaa waraabe! Isla markaas odaygii wuxuu xusuu-
stay codsigeedii: aabbe, goormaad nin ii dooni?, erayadaas oo uu u
adkaysan kari waayey. Ninkii reerka lahaa maalintii dambe buu la
ballamay qori-ismarisyadii, si uu jawaab uga siiyo codsigooda. Iyagiina
waa iska tageen, kii madaxda u ahaana wuxuu ku rayreeyey sida wacan ee

---

1) eeg Sheeko 2.

ninka reerka lihi u soo dhoweeyey, wuxuuna ku rajo weynaa in gabar dad
ah loo dhisi doono, isaga oo dugaag ah!

Ninkii afadiisii buu u sheegay codsigii qori-ismariska oo berri u iman
doona jawaab in la siiyo. Geenyo Xariiro oohin bay la suuxday markii
ay maqashay arrintii. Waalidkeed waxay u sheegeen iyada in qori-ismar-
isku af-soomaaliga yaqaan, dadna u egyahay, sidaas awgeedna waa in ay
guursato! Gabadhii waxay ilmo qubtaba ugudambaystii waa oggolaatay
taladii waalidkeed, adoogeedna wuxuu ka ballanqaaday in uu ka furo
haddii qori-ismarisku ku xumaado.

Dharaarti dambe bay qori-ismarisyadii ku soo noqdeen reerkii, odaygii
baana soo dhoweeyey oo wuxuu u sheegay in isaga iyo afadiisu isku
raaceen in ay Duruqsey[1] iyo gabadhooda Geenyo Xariiro isu dhisaan.
Waxaa lagu heshiiyey in dabbaaldegii arooskana la sameeyo isla maalin-
taas.

Duruqsey iyo saaxiibbayaalkiis aad bay ugu riyaaqeen qaddarinta weyn
ee ninka reerka lihi siiyey. Duruqsey faankii iyo xarragadii buu iska
badiyey rayrayn awgeed, ilaa uuba illaawey qaarkiisii dambe ee gaabnaa
iyo dhutintiisii loogu bixiyey naanaystaas!

Xoolihii yaradka ahaa buu duruqsey bixiyey ka dibna Geenyo baa loo
dhisay oo damaashaad yaab iyo irkig leh baa loo dhigqy. Duruqsey iyo
saaxiibbadiis way diidi kari waayeen soortii dadka ee loo keenay,
sidaas bay ku waayeen soortii dhurwaayada ee ahayd hilib ceeriin iyo
lafo. In uu duruqsey inanlayaal noqdo oo gabadha reerkooda la degganaado
baa lagu heshiiyey, saaxiibbadiisna kaymahoodii bay ku noqdeen. Aqal
qurxoon oo dugsoon baa loo dhisay arooskii.

Markii ay aqalkoodii wada galeen cawadaas baa geenyo sariirtii sida
fiican loo gogley ku soo dhoweysey ninkeedii duruqsey.

   - Gogoshu gogoshay maaha! Buu yiri.

Geenyo waa yaabtay oo ku soo dhoweysey kursi.

   - Kursigu kursigay maaha! Buu yiri.

Markaas bay dermo u fidisay oo ku soo dhoweysey.

   - Dermadu dermaday maaha! Buu yiri.

Geenyo way la sii yaabtay dabeecadda ninkeeda oo markii dambe ku soo
dhoweysey qobtol ama abjed duruf ah oo aqalka irriddiisa lagu xooray.

   - Haddaan hooyaa!

- buu yiri duruqsey oo inta rayreeyey dul fariistay qobtolkii durufka
ahaa. Geenyo gabar garaad badan bay ahayd oo waxay ku tashatay in ayan
durba ka caroon ee bal sii barato ninkeeda abuurtiisa. Waxay istiri
maxaa cunno ah oo raali yelin kara dhurwaa. Waxay soo qaadday cad hilib
ah oo ceeriin, dhoobo qoyan, habaas, ciid iyo dambas oo isku wada
qooshtay waxaas oo dhan oo soo hordhigtay duruqsey. Qosol iyo rayrayn

---

1) Duruqsey - waa magac dhurwaaga lagu waco, eeg qaybta Magacyada
Dahsoon, bog 76.

buu la dhacay oo cunid ku boobay qooshkii loo keenay.

- Haddaan hooyaa! Buu yiri.

Geenyo waxay markaas rumaysatay in ninkeedu yahay waraabe banjoog ah ooaan abuur dad innaba lahayn, afka uu yaqaan mooyee, waxayna ku tashatay in ay iska erido bahalka. Aqalkii bay ka carartay cawadiiba oo adoogeed iyo habarteed u sheegtay waxii ka dhexdhacay iyada iyo duruqsey.

Ninkii reerka lahaa duruqsey buu u yeeray oo weydiiyey waxa isaga iyo afadiisu isku afgaran waayeen.

- Seediyow, wax jacayl ka macaani ma jiraan dunida korkeeda, siiba jacayl dhallinyar; mararka qaarkoodse colaad iyo qoys burbura buu jacaylku ku dhammaadaa. Waanigii kuu dhisay inantaydii berigii dhowaa ee maxaad isku weydeen durba, bal ii warran

- buu ku sii daray odaygii hadalkiisii.

- Soddogow, marna laygama yaabo inaan ka tallaabsado xeerkii iyo dhaqankii awooweyaalkay u dejiyeen tolkay reer-waraabe oo qaato dabeecadda dadkii niyo oontiinna, oo iska beddelo nolosha iyo dhaqan-kaygoo qaato abuurta qalaadee dadeed

- buu ku jawaabey duruqsey. Odaygii reerku wuxuu ahaa nin waxgarad ah, wuxuuna yiri:

- Xeer kastoo la eego gar baad leedahay markaad hadalkaas tiri, waxaadse haatan kala doorataa inaad Geenyo madaxeeda siisid, ama xeerka iyo dhaqankaaga beddeshidoo kaayaga soo raacdid.

Markii duruqsey maqlay hadalkii soddoggiis buu sara kacay isaga oo waraabe runa ah oo islaweyni iyo kibir ka buuxo, wuxuuna yiri:

- Soddogow, ceeb iyo dhegxumo ka weyni ma jiraan xeerkiyo dhaqan-kaagoo laga tago, aniguna intaan ku dayan lahaa dhaqanka dadkoo magacxumo u soo jiidi lahaa tolka reer-waraabe oo dhan, waxaan doortay inaan huro Geenyo iyo qiimahay iigu fadhideyoo dhan.

Markaas duruqsey intaas yiri buu istaagey oo cagaha wax ka deyey oo duurkiisii galay. In laga soo daba-ordo oo la soo caro-celiyo oo madax-bannaanidiisa iyo haybadiisa waraabe laga qaado, weligiisna dadku addoonsadaan buu duruqsey ka welweley.

Ilaa waagaas dhurwaagu dadka wuxuu uga cararaa si aan xornimadiisa looga qaadin. Sidaas bay reer-waraabe banjoog u yihiin oo ugu nool yihiin duurkooda cidla'da ah. Iyagu guryo dhagax ah oo ciriiri ah kuma xeraysna sida dadka oo kale, cidina ma addoonsato. Xornimo wax la qiime ahi ma jiraan, dad iyo dugaagna way u wada baahan yihiin oo la'aanteed nololi ma jirteen, sida sheekadani ina tusayso.

- d h a m m a a d -

FOLKTALES FROM
SOMALIA

Contents

INTRODUCTION

All over the world people have always liked to tell stories and to sing songs about their lives. Even before the art of writing became popular story-tellers made up tales and composed songs. Their friends listened to and sometimes tried to learn these tales and songs by heart, so that they could go away and give them to others to enjoy listening to them. As people repeated the original tales and songs they often changed them both in form and content, to make them sound better than the original to the new hearers. The new listeners went away, looking for friends to hear their version of the tales and songs, and these new listeners in turn tried to make them sound still better.

After the songs and stories had thus been changed many times the first singer or teller had been forgotten. It could not, therefore, be said that any of the stories and songs had come from the mind of any one person. Nearly all the people who lived in the neighbourhood from which the stories and songs came had contributed a part. These tales, songs and sayings came to be known as folklore.

All peoples have always enjoyed in creating tales, songs, painting pictures, carving statues, etc., from the ideas they have received from their grandfathers and grandmothers and these older people have in their turn got these ideas as children from their fathers and mothers.

Folklore never stops, in fact, flourishing from the springs of human fancy. It also never stops changing its form and content as it flows from generation to generation. Whenever people choose to entertain themselves, or wish to record their historical experience, they go back to the sources of their folkloric wealth and draw inspiration there-from. Hence, the folklore of a given people must be thoroughly studied to gain an understanding of their philosophy of life, their world out-look.

No one knows exactly when folktales began to appear. Long before there was a written language, people gathered to praise their heroes, to ex-change their sorrows and joys, and to wonder about things they did not understand. Out of this folk-talk, or fancy, grew stories which were kept alive by poet story-tellers who wove them into songs and chants.

Somalia is extraordinarily rich in folklore literature, which is stored in the memory of the older generation, especially among the rural com-munities. Only in recent years, after an orthographic system had been adopted for writing the Somali language, was a serious attempt made to collect and record the vast folklore literature existing in the country. In our present, modest work we shall concentrate on the classification and translation into English of some of the more popular folktales that have been handed down from generation to generation.

An important point to note is that these tales are mostly created by a pastoral community whose world outlook, social ideals, rules of conduct, etc., are reflected in these fables. They are the product of the human mind in its pristine state of evolution.

The economic life of this rural Somali society is, for instance, based upon livestock - camels, goats and sheep - by which a person's material wealth is measured. The camel is idealized so much that it is almost deified not only in the oral literature, but also in the whole psychological makeup of the Somali nomads who form the majority of the population.

Similarly, the animal kingdom that exists side by side with man is also the subject of many Somali folktales. For man is not alone on earth and he tells us in his simple stories about what he sees around him.

Somali folktales could generally be classified into the following three main categories:

A. tales concerning the origin of the universe and man's relation to it;

B. adventure tales in which supernatural beings, such as fairies, giants, fearful cannibals, etc., act as agents of good or evil towards man; and

C. tales with moral-teaching in which both humans and the lower animals are the actors; some performing positive and others negative roles.

There might be other kinds of tales, but these are considered to be the principal categories of Somali folktales. The fact should be borne in mind, however, that each of these main categories contains within itself almost a limitless number of tales, which, although they might be dealing with different aspects of life, have the same content - they all tell us about man and the material world surrounding him. The folktales contained in the present work, which is limited to this particular field of Somali folklore, would be divided into the three chief categories stated above.

The original titles of some of the Somali stories listed in our present work may not correspond literally to their English translation. We did this intentionally, so as to give a more suitable English title to the Somali text. The original titles of most of the Somali stories are, however, retained, in parenthesis, as they were given in the literary sources from which we obtained them (see the Bibliography), or as they were narrated to us by our informants whose names we have shown in the Bibliography.

In transcribing personal and common Somali names, such as, for instance, Dhegheer, Catir-caano-kunuuge, Xargaga, etc., we conformed to the phonetic rules of the Somali language as laid down in the new system of Somali alphabet, which is listed immediately after the introduction.

The stories we have included in the present work belong mostly to the nomadic society living in the north-eastern regions of Somalia. This

is a pristine society which lives close to Nature, where ancient cust-
oms and traditions are still preserved in their purity. For the last
ten years or so the present author has been collecting stories mainly
from this part of Somalia, where he grew up.

As the tropical sun goes down behind the horizon the Somali nomad
drives his livestock into the animal pen for the night. His little
children do not go to bed until late in the evening when the animals
are milked and the children are given the warm, nourishing cup of milk,
their chief diet. During these long nights a professional story-teller
narrates colourful tales to the children who usually gather around the
bonfire and listen spell-bound to the wise story-teller. These children
will grow up to be the leaders of their people, but before then they
need to be educated in the traditional way and be equipped with practi-
cal knowledge of the vast oral culture of their people. Story-telling
is, thus, the Somali nomads' school of life where man's character is
moulded at an early stage of his life.

Mogadiscio, Somalia, 11 August 1983

Ahmed Artan Hanghe

THE SOMALI ALPHABET

Vowel Sounds

There are twenty basic vowel sounds in the new Somali alphabet, of which ten are back and ten are fronted vowels.

They are:

Vowel Sound			Standard Word
short, back vowel	1	a	bar, teach
	2	e	dheh, say
	3	i	dir, send
	4	o	tol, sew
	5	u	lug, leg
short, front vowel	6	a	cab, drink
	7	e	deg, alight
	8	i	rid, put in
	9	o	rog, turn
	10	u	gub, burn
long, back vowel	11	aa	baal, side
	12	ee	beer, garden
	13	ii	liin, lime
	14	oo	soor, food
	15	uu	tuur, throw
long, front vowel	16	aa	raad, footprint
	17	ee	geel, camels
	18	ii	wiil, boy
	19	oo	doog, green grass
	20	uu	guud, top

Consonant Sounds

A minimum of twenty consonant sounds are distinguished in the common Somali dialect, which are as follows:

Symbol		Standard Word	Phonetic Description
1	b	beer, garden	voiced labial plosive
2	t	tus, show	unvoiced dental plosive
3	j	jiid, pull	voiced palato-alveolar affricate
4	x	xig, dwarf sisal	(Arabic ح), unvoiced pharyngal fricative
5	kh	khalaas, finish	(Arabic ﺥ), unvoiced velar fricative
6	d	dab, fire	voiced dental plosive
7	r	roob, rain	alveolar rolled lingual

8	s	sug, wait	unvoiced laveolar fricative
9	dh	dheer, tall	voiced post-alveolar plosive
10	sh	shid, light	unvoiced palato-alveolar
11	c	caano, milk	(Arabic ع), voiced pharyngal fricative
12	g	gee, take	voiced velar plosive
13	f	fur, open	unvoiced labio-dental fricative
14	1	qaad, take	(Arabic ق), uvular plosive
15	k	keen, bring	unvoiced velar plosive
16	l	lug, leg	alveolar lateral
17	m	mid, one	labio-nasal
18	n	san, nose	alveolar nasal
19	w	kuwan, these	bi-labial glide
20	y	yeel, do	palatal glide

The Glottal Stop (hamza - Arabic) /'/

The "hamza" does not stand alone as an independent phonetic sound, but it is placed over a vowel to show the glottalization or sudden escape of air in the human glottis, when pronouncing Somali vowels, e.g. la', without.

CATEGORY A: COSMOLOGICAL TALES

Mythology began in Man's desire to explain this universe. He created stories about the sun and the moon, etc., in order to understand why they appeared in the sky and then disappeared.

There are numerous Somali folktales describing how, for example, the universe came into being, what the planets are made of, etc. As an illustration we shall record here a few of this kind of cosmological Somali tales.

Tale 1: The Sky and the Women (Daldaloole)

In the beginning of time the sky hung so low over the earth that a person standing on the ground could touch it with his fingers. Then the sky protected the people and animals on the earth from the cold winds and the heat of the sun, giving them shelter and warmth.

Then one day two house-wives started pounding millet with a mortar and pestle in the courtyard of their huts, so as to prepare meals for their husbands. Every time the women lifted up the long wooden shafts they inadvertently hit the low sky-roof, piercing so many holes through it. Then the sky became very angry with the careless women and shouted to them: "Hey! women, stop hitting and holing me through; don't you know I give you protection from the cold winds and the heat of the sun?". But the women paid no attention to the protest of the sky and continued grinding their millet.

The sky could no longer stand the pain caused to it by the women and receded further and further away from the earth to where it is now.

What people call stars are those gaping holes the women had pierced through the sky with their pestles when it hung close over the earth. The sun shines above these holes, sending its light-beams through them, and that is what makes them twinkle and look bright to people on the earth far below. And because of these star-holes the sky is called "daldaloole", the holed-thing.

Similarly, what people know as clouds is but a beautiful girl who carries home a bucket full of water which she draws from a water-well. As she walks the bucket rocks and sways about her legs and the water in the bucket spills over and drains through the star-holes in the daldaloole. It is this water which people on earth call rain.

As the water drains through the star-holes and pours onto the earth below, the beautiful girl, the cloud-maiden, shouts desperately to the daldaloole, thus:

    - Daldaloolow!
    waar biyaha celi (Oh! daldaloole, hold up the water for me)

And daldaloole, the holed-thing, replied:

- Maxaan celiyaa
uunka hoosaa
war biyoy lehe (How could I hold it, when creatures on earth below
for water cry!)

If the two careless women had not pierced holes through the sky, and if
the cloud-maiden did not unwittingly rock her water-bucket to splash
the water in it, then the people and animals on earth would have had no
water; and without water there would be no life. A women is a source
of life, as well as the instrument of its destruction, says the story.

Tale 2: The Heavenly Camel (Awrka Cir)

The story of the Heavenly Camel which generations of Somalis handed
over to one another until it has come to us, amply illustrates the
richness of the simple people's intellectual imagination. In dark trop-
ical nights one might observe in the southern skies along the path of
the constellation of the Great Southern Cross some strange contours
marked out by tiny symmetrically positioned stars, not unlike the out-
lines of a camel. Ancient Somalis have woven an extremely colourful
legend about this "heavenly camel" which they attempted to bring down
to earth to put it into useful service to man. How did the people go
about this veritably Herculean task?

Legend has it that the people scaled up a high mountain[1], standing one
on top of the other, thus constructing a giant human pyramid reaching
up to the sky.

Then the topmost man got hold of the camel's tail and wanted to rope up
the animal and pull it down to earth. But it so happened that he forgot
to take the rope as he was put up the human pyramid. He then asked for
the rope and the urgent message was passed to the fellow standing at
the bottom of the living ladder, who stooped abruptly in order to pick
up the necessary rope from the ground. His action put everybody off
balance and so the living structure toppled over, like a house of cards.
The camel's tail came off, an unwanted memento of a brave undertaking.

As one of these hapless climbers tumbled down towards the earth he
cried lamentably:

- Dhul iima dhowa,
dheefna ma helin! (Far is the earth from me to fall back to, and so
painful is the failure of my mission!)

Thus ended a great human drama, typifying man's venturesome spirit that
is ever trying to conquer nature herself. In our own age that initial
assault into outer space continues; for we watch modern man reach out
for the stars and beyond.

---

1) Tradition holds that this was the "calmiskeed", on of the highest
peaks of the Golis range in north-East Somalia, in the Sanag province.

CATEGORY B 1: THE ADVENTURE TALES OF DHEGDHEER

In Somali oral literature there are many stories about cannibalism, "dadqalato", which are intended mainly for an audience of children; especially those of the nomadic community. Stories of this kind tell of fearful cannibals of both sexes, such as "Dhegdheer", "Duula", "Miidaan" (females) and "Buraale", "Raane" (males) etc. In view of the fact that this genre of Somali oral literature is almost limitless, we shall relate here only some selected stories concerned with Dhegdheer, one of the most popular cannibal-characters in Somalian folktales.

The stories of Dhegdheer are told in many regions of Somalia in different versions; yet they all have a central theme, the fantastic adventures of this cannibal-woman.

1. Dhegdheer, or Xaynwada

In her maidenhood, Dhegdheer was a beautiful young lady, patient and obedient to her parents. She was sociable and popular with the youngsters of her age, boys and girls alike. The girls tried to imitate her exemplary character and the boys endeavoured to win her maiden favours. The young people used to come to her in the evening after the herds were safely put into the pen and when they had nothing to do, to listen to her clever and entertaining conversation. She was then called Xaynwada, a team-leader. In other stories about her youthful days Dhegdheer is called Dhudi, the slim, shapely girl.

Xaynwada was born into a poor family and she was the only child of her nomadic parents. As she grew to be a charming young woman many suitors came to her father to ask for her hand in marriage. In the end she was married to a young man who paid her parents many livestock as dowry. The bridegroom was a man of strong character, hot tempered and hard to please. He grew a long beard and because of it he was called Gardheere. Xaynwada did not like marrying such a man; but because he paid a handsome dowry which alleviated her parents' poverty she agreed to becoming Gardheere's wife. After the marriage, however, Xaynwada tried to be good and obedient to her husband, to win his goodwill and confidence.

After a period Xaynwada gave birth to a baby-girl and then another followed suit. The third child was also a girl. The husband was, as often is the case with Somali nomadic men, very unhappy about his wife not bearing him sons, who would help him in the severe nomad's life and to look after the family affairs when the father gets old, or passes away. These were the father's cherished hopes which ended in despair as his wife bore him no sons.

2. Xaynwada Turns to Cannibalism

A long, severe drought took place in the land as no rains came for many years and then all the livestock, including Gardheere's, had perished, because there were no more pastures nor water to sustain the animals. As a result many people were starved to death and the survivors abandoned their homes to look for a better place to live in far away parts of the land.

Strange changes took place in Xaynwada's habits, and she lost the taste for taking clean, human food. She used to go and roam about in the forest all day long and came home only late in the evenings. Her husband could not understand the cause of his wife's strange behaviour and in one evening as she came home from her wanderings in the bush he asked her:

- What is wrong with you, wife? You don't look after the home anymore; why do you have to go alone into the forest, what are you doing there?

She did not reply to his questions and knew that he was suspicious of her strange ways and wanted explanations from her.

In that night while the husband slept peacefully on his grass-mat Xaynwada slit his throat with her terrible, long knife and ate some of his flesh; hiding the rest of it for future use! The woman had turned to cannibalism[1].

3. Dhegdheer's Descriptions

In many popular stories Dhegdheer is described as a tall, fat and strong woman and that she used to run so fast that not even the fastest horse could overtake her. A roaring noise like that of a storm was created by her great speed when Dhegdheer ran after her victims[2]. But because of her great speed and enormous body-weight she could not, it is said, easily turn about or change direction. People knew this defect of hers and suddenly changed direction when she chased them, causing her to overshoot her victim, as one may do to avoid the frontal charge of a rhinoceros. She had shaggy hair on her head which the wind swept back, like the tail of a racing horse, when she ran after a victim.

Dhegdheer also had blood-red eyes with which she could see her victims from a great distance, like a leopard. She had tremendous smelling and hearing powers, too. With her long, asinine ear she could hear the slightest footsteps on soft sands and the crack of a twig swayed by the wind from a distance of a night's journey!

The habit of eating human flesh transformed the cannibal-woman into a wild animal with the fangs of a wolf and the claws of an eagle. These

1) Other popular tales say that Dhegdheer was married again after she became a cannibal, see also Tale 6.

2) Dhegdheer's roaring speed, and even her ability to fly, are mentioned in verse, see Tale 4.

fearful characteristics, together with a long, sharp knife, were the terrible weapons with which the cannibal cut up a person's body in no time.

One of her ears was much longer than the other and protruded from the head, and by means of this ultra-sensitive ear she could monitor people's movements from a great distance. That is why the nickname "Dhegdheer", long-eared, was given to her by the people, who deserted a large part of the land because of fear of this cannibal-woman. When she slept her long ear stuck up alert and it fell down only when she was sound asleep.

4. Dhegdheer's Hunting Tactics

When hunting people Dhegdheer used to look for footprints in soft grounds, which she followed until she caught her victim in surprise, or chased and overtook the person.

> - Never follow the footprints of a man travelling in late evenings, for you won't catch him before he reached his destination. But never give up pursuing a woman's footprints travelling at noonday, for she soon gets tired. Never follow the footprints of a woman travelling in the early morning, for you won't catch her before she arrived at her destination. But never give up pursuing a man's footprints travelling in the early morning, for as the noon sun gets hotter he would rest in the shade, where he is caught easily.

the cannibal used to say, as the story tells us.

Dhegdheer's fearful story spread across the land, that she caught and slaughtered many people and that nobody could escape from her. The people deserted a large part of the country where they grazed their livestock and the water-wells were situated, so as to escape from the terrible cannibal, and nobody ever dared to utilize the rich pasture and water resources available in Dhegdheer territory during the dry seasons when these amenities are most needed by the nomads. The following dialogue in verse form between a husband and wife expresses this great terror the people had of the cannibal-woman:

husband: Dhankaynu u guuri Dhooley
             abaaro dhacee? (Dhool, dear mine
             whereto shall we move
             water and pastures in search
             droughts severe to escape this season?)

wife (Dhool): Dhegdheer iyo Gardheeroo
             labo gabdhood dhalay
             ayaa dhul barwaaqo lihi
             dhinacooda yahay. (Pastures
             rich exist in Dhegdheer and Gardheere's land
             daughters two theirs, too[1] alas!
             to that land dare we not go, dear mine!)

---

1) Other stories say Dhegdheer had only one daughter, see also Tale 6.

Tale 1: Dhegdheer and Farido (Dhegdheer iyo Fariido)

The story is told that four young children, two brothers and their two sisters, were sent one day by their parents into the forest to collect wild fruits and roots; and while the children were away their parents moved their homestead to another far away place. In the evening the brothers and sisters returned to find that their home was not there any more.

Farido was the eldest of the children and was a clever girl; they called her Farido, the wise. She led the children to look for their parents, but as they went deeper into the forest they got lost. After walking for many days they saw some huts and went towards them to ask the owners for some food and water, as they were very hungry and thirsty.

The huts belonged to the cannibal-woman Dhegdheer, who was at the time in one of the huts, and she caught the unlucky children. Dhegdheer saw that the children were thirsty and hungry as they had had no food for many days; and she gave them food and water to drink and then decided to slaughter and eat them after some days, when they became fat and healthy. Dhegdheer showed no kindness to the children and they began to be afraid of her, especially at night when they went to sleep in one of the dark huts.

One day Dhegdheer told Farido:

- Go to the forest and fetch some firewood for me to prepare your meals.

- Alright, but, please, aunt, let my elder brother go with me to help me collect the firewood, asked Farido.

- Alright, but don't go far and return soon.

When Farido and her elder brother went away Dhegdheer slaughtered the young brother, cooked his liver and forced the younger sister to eat a piece of it; consuming the rest of it herself. The girl tasted her brother's liver and cried:

- Ba'aye beer walaal xaraaraa! (Oh! How bitter tastes a brother's liver!)

After a while Dhegdheer slaughtered the younger sister and ate her flesh, too.

Meanwhile, Farido and her brother ran away from Dhegdheer as fast as they could for many days. They separated and took different directions, so that the cannibal-woman should not catch both of them if she pursued them. The brother and his sister thus lost each other.

When Farido was running in the bush she suddenly came across a big, man-eating lion, sitting in her way. She was a wise girl and ran to a tall tree and climbed up to the highest branch where the lion could not reach her. For many days and nights Farido stayed in the tree and the hungry lion sat beneath it, waiting for the girl to come down and then to seize and devour her.

Now Farido's brother looked for her everywhere in the great forest. At last he found her footprints in the soft, sandy ground and followed them until he came to the tall tree upon which Farido was perched. He had no weapon with which to fight off the big lion, so he kindled a great fire and threw flaming torches at the beast, which then ran away.

Farido was thus saved from the lion by her brave brother and they were very happy to be reunited again. Every morning the brother used to go into the forest to hunt, while his sister collected wild fruits and roots and in the evening she cooked the meat brought in by her brother. Thus the brother and sister lived happily in the land of the great mountains and forests, says the story.

Tale 2: Dhegdheer and the Priest (Dhegdheer iyo Wadaadkii)

Dhegdheer used to build several huts in the places she settled, so that people should think that there was a peaceful hamlet and may come to it and then get caught and eaten by her. This was one of the many tricks by which the cannibal caught her helpless victims.

One day a priest on a journey saw Dhegdheer's huts from afar and on coming to the huts he found Dhegdheer herself sitting in one of the huts. He was surprised by her terrifying ugliness and the bad smell emitted by her unwashed body.

- What did you smell of me? Or are you afraid of my eyes? Worry not, stranger; I am suffering from "mashiikh" (trachoma) and just applied salt and myrrh into my eyes. Or are you scared of my fangs? Worry not; they didn't remove the jackal's (baby's) tooth from me in my childhood. Or perhaps you are afraid of my long finger-nails? Worry not; I grew up in orphanhood. Said Dhegdheer.

- I am a traveller, hungry and thirsty; would you give me some food and water, please?

- From the tenth water container in the tenth hut go and draw some water, using the ladle lying near the Adar[1] pitcher; then wait for me while I bring some firewood from the forest nearby. Dhegdheer told the traveller.

Instead of the tenth container in the tenth hut the priest opened by mistake the ninth container in the ninth hut, and he found in it a human hand with five fingers on it. He was frightened and ran away as fast as he could, realizing that the woman was a cannibal, the dreadful Dhegdheer.

The container the priest opened was called "bowdheer" (See text in connection with footnotes 2 on pages 120 and 127) the great pitcher in which Dhegdheer stored human flesh, and it boomed when opened, so that its noise

---

1) A large pitcher used for cooking, or as water container, made some centuries back in the city of Adari, or Harar in eastern Ethiopia, see also Tale 4.

was heard by people at the end of the world (carro-edeg)[1].

Dhegdheer raced back home when she heard the booming of bowdheer and she found that the secret vessel was open and that the priest was gone.

She traced his footprints in the ground and ran after him so swiftly that she overtook and caught him.

   - Wedkiisaa wadey wadaadka,
  maxaa waddadayda keenay!
  (His fate lured the priest to my way)

Said Dhegdheer as she dined on the remains of the poor priest that night.

Tale 3: Dhegdheer and the Hargaga Rifts (Dhegdheer iyo Boholaha Xargaga)

Once upon a time a man had a beautiful young wife who bore him a son. They had enough livestock which they managed together and lived happily. Then the man married a second wife, for he wanted to have more sons to manage the family affairs when he grew old and infirm. He gave half of the livestock to the new wife and she built a new hut for herself beside the senior wife's hut.

The senior wife became furiously jealous of the young, beautiful woman who came to share the livestock, as well as her husband's love. One night when the husband was with the junior wife, the senior wife carried away her little son and left her home for good. The husband noticed in the morning that his senior wife was missing with their son, but there was nothing he could do about it, nor did he know where to look for her.

The runaway wife walked several days in the desolate plains of the Nugal valley, going towards the place where her relatives were encamped last time. Then suddenly she saw from afar someone running towards her, kicking up huge dust-clouds behind. The woman soon realized that the Nugal valley was the domain of the terrible cannibal-woman, Dhegdheer and, no doubt, it was she who now sped towards her to seize and devour both herself and the child. After such thoughts she ran away with her child on her back as fast as she could and Dhegdheer raced after them.

The mother and her child were healthy and plump and this enticed Dhegdheer's appetite very much. The cannibal ran towards the mother to overtake and seize her, but she could run almost as fast as Dhegdheer who nevertheless was closing in all the time. Then suddenly the mother came to the deep Hargaga Rifts[2] and, holding her child firmly against

---

1) Carro-edeg means the globe, or beyond the horizon; it is an archaic term used centuries back by the Somali nomads. (See also text in connection with footnotes 2 on pages 120 and 127.)

2) In eastern Somalia, running from the Golis Mountains in the northwest to south-east, the southern end of the Nugal Valley is formed by the rivulet that drains into the Indian Ocean at the town of Ayl. These rifts are deep cracks in the ground caused by subsidence of the earth's crest and are found in the Nugal Valley, near the historic town of Taleh.

her breasts, she jumped over the yawning abyss and, safely landing on the far side, she continued her flight from danger.

Now Dhegdheer could not jump over the abyss for she was too fat and heavy. Stopping at this side of the rifts she gave up the chase, lamenting sorrowfully in the following verse:

- Bal naagtaas barida daya
bal balaq-balagdeeda daya
bal bocoolkay sidato daya
cakuye Boholaha Xargaga
qof xiimaayay xiraan
qof duulaayay dabraan!
(Oh! What hefty buttocks that woman has
how plump and fat is she
cute little one she carries, too,
Hargaga rifts accursed are
one's flight shackle they...)

This was the only occasion a victim succeded in outracing Dhegdheer to escape her merciless clutches, says the story.

Tale 4: Dhegdheer, White Buttocks and Falad (Dhegdheer, Baricade iyo Falaad)

It is said that there lived a man and his wife, together with their two children, a son named Baricade, White Buttocks, and a daughter called Falaad, the beautiful.

One day the mother sent her children to fetch fire from the hut of their grand-parents nearby, so that she may cook their meal.

- Grand-mother and grand-father give us fire, so that mother may cook meals for us, said Falaad, standing just outside the grand-parents' hut.

- Come in and take it, a voice said from inside the hut.

- Grand-mother and grand-father give us fire, repeated Baricade who got the same answer.

The children were surprised to hear such unusual replies, because their grand-parents were always hospitable and happy to see their grand-children come and they never talked to them in this manner. Besides, the fire-place used to be in the courtyard and was never kept inside the hut. The children returned home without the fire and told their parents of what happened.

Then the mother herself went to her parents' hut to fetch fire. She entered straight into the hut and she was seized by strong hands, clubbed to death and eaten up!

As his wife failed to return home her husband went to look for her, but his in-laws told him that they did not see her. He started to look for her and called out in the forest, thinking that, perhaps, she might have lost her way in the darkness of the night. In vain he looked for her.

Next day the man went to his in-laws and asked them to send him some female to help him look after his children and the home in the absence of his wife. The in-laws agreed to this request and sent a woman-relative to go and help their son-in-law in looking after his children and the home.

One night while he was asleep the new woman slit the man's throat and ate som of his flesh; hiding the rest of it in a container in the hut. This woman was, in fact, the terrible cannibal, Dhegdheer[1], who struck terror in all the people in the land.

- Your father has gone on a long journey to visit his relatives.

Dhegdheer told Baricade and Falaad next morning as they did not see their father about, and they believed what their guardian told them.

One evening the children drove home the herds of goats and sheep they grazed all day long in the forest and said to their aunt (they so addressed Degdheer):

- Aunt, give us some food, we are very hungry.

- Haanta qabadheer dhaafa
haanta qabadhuubo dhaafa
haanta burayar dhaafa ee
haanta buradhagaf hilibka
gadowgeeda suran soo qaata oo cuna
aaburkana haka qaadina
(Touch not the tall qabo[2]-container
nor the thin qabo-container
nor the lesser buro[3]-container,
take the meat hanging on the small buro-container
and eat it,
but remove not the lid), Dhegdheer told the children.

The children accidentally took the lid off the forbidden container and found in it human limbs cut up, which they recognized as those of their father. Baricade and Falaad were now very much afraid of their aunt and hid in the forest, saying to themselves:

- If she comes to look for us and says 'where are my beloved children who looked after my herds?' then we shall come out of hiding and reply 'here we are, dear aunt, we just went out to collect some firewood for you to cook our dinner', but if she says 'where are the naughty children whom I used to pamper so as to slaughter and eat them one after the other?' then we shall run away from her.

---

1) Another version of this story says this was not Dhegdheer, but another cannibal-woman. Many Somali folktales often get mixed up due to their being modified through repetition by many generations of Somalis.

2) Qabo is a kind of plant fibre from which Somali nomads make water-containers of about 30-litre capacity.

3) Haan buro is a water vessel made from the root-fibre of the Argeeg plant; more durable than ones made of qabo.

The Children Escape

When the children opened the forbidden container, bowdheer, it boomed so loud that Dhegdheer, who was away hunting people, heard the great noise made by the secret container and raced back home, so as to seize and slaughter the person who thus uncovered her secrets. As Dhegdheer raced back she lamented thus:

- Ma Bowdheer baa la bujey?
ma xayntii baa baxsatay?
ma xaynkaygaa[1] bilig leh[2]
(Has Bowdheer been opened up?
has the flock fled away?
have secrets mine revealed?
woe enormous upon me befell!)

Dhegdheer looked for the children in the forest and said to herself:

- Oh! where are the children whom I used to pamper so as to slaughter and eat them one after the other?

As the children heard these terrifying words they ran away as fast as they could and did not rest for many days and nights. After a while the cannibal-woman found the children's footprints on sandy grounds and she ran after them, so as to seize, slaughter and eat them one after the other.

Qaydar Thorns

As the cannibal-woman ran after the children she cursed them in the following verse:

- Qodar qaydarey juq dheh
mas qooqanow qab dheh
kabotole jinnow juq dheh...
(Let Qaydar[3] thorns their feet pierce through
let snake in heat[4] bite them
let shoe-maker's needle
in Jini's hands their feet pierce through!)

---

1) Xayn - waa tafta ama darafka marada saddex-qaydda ah ee haweenka soomaaliyeed qaataan (Xayn is an archaic term, meaning the seams of the traditional skirt worn by Somali nomad women).

2) Xayn bilig leh - waa cawrada qofka oo aan asturrayn; waa sir qarsoo-nayd oo la ogaadey (the phrase means literally: the revelation of the private parts of a person's body. Here it denotes a secret that has come into the open).

3) Qaydar is a tall, thorny tree common in the Somali forest; it belongs to the acacia species.

4) The poison of a snake when in heat, or mating season, is more dead-lier than other periods in its life; Somali popular belief holds this theory, but which has not been proved by modern science.

And then Falaad's foot was pierced through by qaydar thorns and she
was unable to run any more; the cannibal-woman caught the girl then,
saying:

- You shall not escape from me again; I'll feast on your young,
tender flesh!

- Oh! Aunt dear, I was only trying to catch for you my brother,
Baricade, who's disobedient to you, and to bring him back to you so
that you could feast on his tender flesh. He hasn't gone far yet and
if you just remove the thorns in my foot I'll run after him and
catch and bring him to you, so that you can do with him what you
like.

- Oh! Really? That is a good girl, said the cannibal-woman believ-
ing Falaad's words and removed the qaydar thorns in the girl's foot.

Falaad thus tricked Dhegdheer and ran after her brother, catching up
with him in no time, for she was a fast runner. She told her brother
how she tricked the cannibal-woman and he was glad that she was safe
and with him again. The children continued their escape together.

A Snake in Heat

But then suddenly a snake in heat had bitten Baricade in the foot and
he could run no more, and the cannibal-woman, who was still running
after the children, overtook and caught the boy.

- You, naughty boy, shall not escape from me again. I'll feast to-
night on your young, tender flesh! Said Dhegdheer.

- Oh! Aunt, I was trying to catch for you Falaad who tricked you
when you helped her and removed the thorns in her foot and then
escaped from you. She hasn't gone far yet and if you just suck out
the poison of the snake from my foot, I'll run quickly after her and
catch and bring her to you, so that you could do with her what you
like, said Baricade in a voice trembling with fear.

- Oh! Really? That is a nice boy. Said the cannibal-woman and believ-
ing the boy's words sucked out the poison of the snake in his foot;
and he was able to run away after his sister.

Baricade too, thus tricked the foolish cannibal-woman and he and his
sister ran away together faster and faster, so that the man-eating
woman, who was still chasing them, may not catch them again.

The Great Sea

After running many days the children came to a great sea and asked it:

- Badey meel noo bannee
belaa na waddee!
(Oh! great sea
make way, please
for fearsome cannibal
pursues us to seize and devour).

The sea took pity on the children and made way for them on its bottom and said:

- Follow up that path, but mind you, I'll swallow you up if you should dirty my bottom.

The children followed up the path and crossed over to the great land beyond the sea, and they did not dirty the great sea which helped them.

The cannibal-woman who was still pursuing Falaad and Baricade also came up against the great sea and said to it:

- Badey meel ii bannee
beerkaygii baa iga baxsadaye
(Oh! great sea
make way, please
children mine beloved
from me ran away).

- Follow up that path, but mind you, touch no part of me, or I'll swallow you up, said the great sea.

Dhegdheer followed up the path, but she was careless and touched the sea which got annoyed and drowned Dhegdheer[1].

Now Baricade with his sister rested in the great land beyond the sea, where there were no more cannibals to be afraid of.

The Gazelles

But the children were very hungry and tired after the long flight from Dhegdheer and Baricade went into the forest to look for food. He saw many gazelles grazing in the forest nearby. The boy walked stealthily behind the animals and drove them towards the place where his sister was, shouting to her:

- Baayey
deeroy jab dheh! (Sister mine
say: 'May gazelles collide;
their bones to break!')

The girl said these words and two of the gazelles collided in the stampede and one of them broke its legs and could not run away. Baricade caught and slaughtered the gazelle and Falaad cooked the meat which they ate and were satisfied.

Every morning Baricade used to go into the forest for hunting and his sister used to collect fruits and roots and in the evening she cooked the meat brought in by her brother; thus they lived happily in the great land beyond the sea.

------

1) This is another version of Dhegdheer's death, see also Tale 6.

Falaad and Fiqifarey

One day while her brother was away hunting Falaad saw a big lion coming towards her and she ran to a tall tree and climbed up to the highest branch to escape from the lion. As the lion could not climb up the tree to seize the girl it just sat in the shade below, waiting for the girl to come down.

The two men on a journey came to the tree to rest in its shade for a while and the lion on seeing them ran away. One of the men was a priest and he spread out his prayer rug and said to the girl in the top of the tree:

- Jump down onto my prayer rug, I'll marry you.

The other man also spread out his upper cloth and said to the girl:

- Jump down onto my cloth, I'll marry you.

The men agreed that the one onto whose property the girl jumped would have her. The girl jumped down onto the priest's prayer rug; but the little finger of her left-hand had touched the other man's cloth and he demanded that the finger be cut off for him and he would do what he pleased with it. The priest then cut off his own finger, instead of the girl's, and gave it to the man, who took it and went on his way.

Then the priest married Falaad and took her to a faraway land, and he was given the nick-name "Fiqifarey", the priest with the missing finger. Falaad and Fiqifarey together had many children and they lived happily in that faraway land.

When Baricade came back from hunting he could not find his sister in the usual place and he looked for her in the forest and saw on the soft ground her footprints following those of a man. Baricade followed the footprints but Falaad and Fiqifarey were a day and a night ahead of him and he could not overtake them sooner.

Baricade Turns into a Hawk

Baricade wished and prayed that he become a hawk, so that he could fly swiftly all over the land to look for his beloved sister. And his wish was granted and he became a strong hawk and swiftly flew all over the land in search of Falaad.

One day the hawk saw little children eating pieces of meat and it alighted on a nearby tree. The children took pity on the poor, hungry bird and threw some meat to it. Next day the bird came and perched on the same tree and the good children again gave it some meat and they did the same thing for many days afterwards. The children told their mother, Falaad, about the strange hawk and she said:

- Catch the bird and bring it to me.

And the children did so. Falaad put the hawk in a container full of clarified ghee, saying:

> - If you are my brother Baricade make me a sign when you have fin-
> ished eating the ghee and I'll let you out; otherwise you shall die
> in the ghee-container.

The hawk ate the ghee and was transformed into Falaad's brother,
Baricade, and he made a sign that his sister soon recognized, and she
then let him out of the container. Falaad and Baricade embraced each
other warmly and they were very glad to be together after many years.
Falaad asked her brother to live with her family and he agreed to do so.

Baricade's Death

Baricade used to teach Falaad's elder son how to ride horses and many
other useful things, and the boy loved his uncle very much. Because of
this Fiqifarey disliked Baricade and decided to get rid of him.

One day Fiqifarey, his elder son and Baricade drove the family's live-
stock to a watering point. The animals drank their fill of water and
only Fiqifarey's horse, on which he rode, refused to drink the water
and a magician told Fiqifarey:

> - Unless the horse is first fed with a human liver it won't drink
> any water!

Now Fiqifarey decided to kill Baricade, his brother-in-law, and to
feed the horse with his liver. He struck his deadly, warrior's spear
into the ground as a sign of challenge and said to his elder son and
Baricade:

> - Now, let me see; which of you two could jump and clear the height
> of that spear?

> - We'll try, said they.

> - Alright, I'll hold the shaft of the spear firm onto the ground,
> so that you may not carry it off with your feet, or the wind may
> not blow it off, said Fiqifarey.

His son jumped first and easily cleared the spear, because his father
secretly lowered the height for him. Then Baricade jumped and as he was
over the spear-point Fiqifarey stabbed him with it in the stomach and
killed him. Fiqifarey fed his horse with Baricade's liver after which
as foretold by the magician, it drank much water.

Falaad Avenges her Brother's Death

Falaad was told by her son how her husband treacherously killed her
brother and she vowed to avenge his death. She collected a handful of
parasites known as "takar", ticks, that live on Somali camels and put
them into a boiling pot to cook. In the same pot Falaad put a large
placenta (mandheer - in Somali) from a woman who had just given birth
to a baby, and she then used this stuff as sauce to her husband's meal.

Fiqifarey had eaten his meal with the takar and placenta sauce unknow-
ingly and soon his stomach had swollen up bigger and bigger and he was
in great pain. He thought he was pregnant like a woman. Fiqifarey was

then very unhappy, for he thought he was no longer a man and started
to sing sorrowfully:

- Takaro faw-faw
sidee naago u dhalaan!
(Out of my belly, you takars
oh! how do women
babies bring forth!)

Fiqifarey died in great agony and Falaad and her children lived happily
ever after, says the story.

Tale 5: Atirana-Kunuge (Catircaana-Kunuuge)

The story was told that once upon a time there lived a man, his wife
and two daughters. The family owned only a goat and a ewe and each of
them produced a mouthful of milk. The girls shared between them the
ewe's milk and their parents shared in the goat's milk. The girls made
their share of the milk into cream which they used as a skin lotion
with which they sweetened their faces, fore-arms, etc. They decided this
was better use for the little milk they had, rather than drinking it.

The girls used to gather wild fruits and roots from the forest for food,
and applying their faces with the milk cream the girls always looked
fresh and healthy.

The wife gave the mouthful of milk produced by the goat to her husband
to drink; leaving nothing for herself. She had to swallow her own
saliva.

When his wife brought to him the mouthful of milk in a small container,
Atirana-Kunuge used to take a piece of cloth, "catir" (used by the
Somali nomadic women for rinsing out milk containers after fumigating
the vessels with burning shrubs or grass), and dipping it into the milk
he sucked the milk out of the catir; as a baby does to its mother's
breasts. Atirana-Kunuge did so in order to make the milk last longer,
and because of this strange habit of his was nicknamed "catircaana-
kunuuge", milk-sucker through the catir.

Atirana-Kunuge Abandons his Daughters

Then after a period the wife died and Atirana-Kunuge married a new wife,
bringing her into the hut of his former wife. But the new wife did not
like the two daughters of the former wife, because whe was jealous of
their youthful and good looks. She decided to set the father against
his daughters, so that he may chase them away from home.

One night the wife drank all the goat's milk herself, leaving nothing
for her husband.

- Wife, go and milk the goat for me; what is the matter, you want
me to go to bed hungry tonight? Said he.

- Your daughters sucked out all the milk for the goat; see how their
faces are shining and healthy, and you, their father, are thin and

lifeless. The ewe produces more milk than they could drink, and yet, because of their avariciousness, they won't let you have even the mouthful of milk the goat produced. Ask me no more milk to suck through cloth. Said the new wife angrily.

The old man then decided to chase away his daughters from home, so that he may live alone with his new wife and to have all the milk of both the goat and the ewe for themselves.

One day the father said to his daughters:

- Today I'll go with you to help in gathering the fruits and roots and we'll go to a fertile ground I know, where these are plentiful.

- Alright, father, said the girls.

After walking for three days and having gone far away from home, the father said:

- There are many fruits here, start gathering them and take a rest when you are tired; and wait for me while I also gather some fruits from those trees on the other side of the field. You listen to the chimes of the bell hanging from the neck of the pack-camel, which will be grazing around. I'll also hang my upper cloth onto that tall tree and seeing it you'd know I am still there.

- Very well, father, said the daughters, not suspecting their father's tricks on them.

The old man hung the camel-bell on a nearby tree and left with the camel itself. The wind swayed the camel-bell and the girls, hearing its chimes, thought that their father was still there and they stayed in their places, continuing the gathering of fruits and roots. Night came and the girls slept in the lonely forest and in the next morning they started looking for their father. They went towards the place from where the chimes of the camel-bell came and found it hanging from a lonely tree, swayed about by the wind. They searched everywhere and called out for their father, but could not lay eyes on him.

Atirana-Kunuge's Daughters Meet Dhegdheer's Daughters

Atirana-Kunuge's daughters lost their way in the great forest and walked for many days and nights; giving up any hope of finding either their father or the way home. They decided to go towards the west, following the noon-sun.

After walking for another five days and nights they at last came by chance to three huts standing in a lonely place. They entered in one of the huts and to their surprise found a young girl of about their age, tied up to the main pillar of one of the huts, and untied her. They told her of how their father abandoned them in the deep forest and how they lost their way; and they all cried together and they shed many tears in their sorrow.

The girl tied to the pillar was Dhegdheer's youngest daughter, and she recounted her story to Atirana-Kunuge's daughters, saying that her mother tied her up, so that she may not escape, like her two elder sisters[1] while the mother was away, hunting down people. The daughters hated their mother for her cannibalistic habits which made her a wild animal. Unlike their mother, the girls took clean, human food and avoided even touching the utensils used by their mother. The two elder sisters escaped from their cannibal-mother and were happily married. The youngest daughter also tried several times to escape but was unsuccessful.

– My mother is called Dhegdheer, I have no father and never saw him, said she through tears.

When the girls heard Dhegdheer's name they were striken with fear so great that the earth could not hold them! Their mother used to recount for them the fearful stories of Dhegdheer; that she was a terrible cannibal and that all the people had fled from the land because of the fear of her.

–Woe to us! We fell into the clutches of the terrible Dhegdheer; we must run away from here at once. Cried Atirana-Kunuge's daughters.

– Nothing on earth nor the heavens could escape from Dhegdheer; and you have no chance of doing so; listen to my advice: we are three persons, let us together kill this terrible cannibal-woman and save ourselves and the people from constant threat and death. She's away now, hunting people; if she sees you here she'd kill and eat each of you one at a time! Dhegdheer's daugther told the frightened girls.

– Oh! kind sister, please hide us from her; we agree to do anything you say.

– Alright, I'll hide you behind this hut and cover you up with a grass-mat; but you must not move nor make any noise. If my mother notices you're here she'd make a feast of you and I'd be unable to help you, said Dhegdheer's daughter.

The girls agreed to this arrangement with Dhegdheer's daughter who gave them food and water for they were very thirsty and hungry, and hid them.

– Now you should retie me to the pillar; my mother will untie me when she comes back and will retie me to her waist as she goes to sleep. When her long ear falls down, you know that she's sound asleep; then you should come out and untie me, and then we shall carry out our plan, said Dhegdheer's daughter.

Bowdheer and Adar - Dhegdheer's Secret Containers

Dhegdheer had always three or more separate huts and in the first hut she kept the great secret container, bowdheer[2], big boom, so-called

---

1) Other tales have it that Dhegdheer had only one daughter, see also Tale 6, footnote 1 on page 113 and first section on page 112.

2) See footnote 1 on page 117 and footnote 2 on page 120.

for the loud noise it made when opened. When the lid was taken off bowdheer its boom could be heard from far and wide. The daughter used to plug her ears with her fingers whenever her mother opened bowdheer, so as to avoid her ear-drums breaking because of the great force of the boom.

In the first hut there were ten vessels in all, nine of them containing water, and all standing in line with bowdheer, which stood in the ninth position.

- Touch not the ninth vessel!

Dhegdheer used to command her daughter whenever the girl wanted to draw drinking water from these containers.

In Dhegdheer's second hut stood the great cooking pot, called Adar[1] which no one but she could lift its lid off. In this pot the cannibal used to cook human flesh on which she fed. In this hut, too, there were ten vessels in all, the tenth in the line being the Adar, which Dhegdheer also forbade her daughter to touch.

Dhegdheer used to dump the bones in a large open pit outside the huts after eating the flesh off them. Thus, there were so many bones scattered about, which from afar looked like herds of goats grazing in a field.

Dhegdheer and her daughter lived in the third hut where the girl ate her meals and kept clean food and water. Her mother never allowed her to enter into the other two huts, except when drawing water from the containers in them, other than bowdheer and adar. The girl never knew what was in those two great vessels. In the evening when Dhegdheer returned from hunting she always brought something large and heavy in her huge bags, and her daughter never knew what these contents were, which her mother put into adar and bowdheer, the secret pots. Dhegdheer used to bring in also a live goat, a sheep or the carcase of a wild game for her daughter's food; but the cannibal-woman ate no clean, human food since turning to cannibalism. Only after Dhegdheer's death did her daughter come to know that her mother stored human flesh in those secret containers.

Tale 6: Dhegdheer's Death

Atirana-Kunuge's and Dhegdheer's daughters decided to kill Dhegdheer now that they were three persons and the cannibal-woman was alone. Dhegdheer's daughter hid the two girls behind one of the huts, so that her mother would not see and kill them for food.

In the evening Dhegdheer returned from hunting, carrying the body of a young boy, and putting all of it to boil into Adar, the great cooking pot, said:

- Listen, daughter, I am too tired and would lie down for a while

---

1) See footnote 1, page 116.

to rest; come and massage for me my feet. Watch also and wake me up when the pot boils up, as the late moon rises tonight.

- Alright, mother.

- Strange, do I sense the smell of a virgin's breasts! Said Dhegdheer, sniffing about.

- They're mine, mother, said her daughter.

- Do I sense the smell of fat, female's buttocks!

- They're mine, mother.

- Do I sense the smell of a girl's warm abdomen!

- It's mine, mother.

Dhegdheer lay down near the boiling pot and she was very tired for she had been chasing people all day long. She started snoring wildly: brr.. buuuf...grrr...buuuf! The daughter massaged her mother's feet softly, removed her mother's kerchief and untied the long, shaggy hair. She did all this so as to make Dhegdheer feel comfortable and go to sleep quickly.

When sleeping Dhegdheer used to keep her long knife in her right hand, keeping it underneath her head. She also used to tie up her daughter's hands at night with a strong rope and then wound the other end of the rope around her waist; so that she could not escape while the mother slept. Whenever the rope moved a little she at once woke up, thinking that her daughter was trying to untie herself and escape. And when in the morning Dhegdheer went out hunting she tied up the girl to the main pillar of the hut, so that she could not run away in her mother's absence.

After a while Dhegdheer's long ear had fallen down that night, which meant that she was sound asleep. This was a signal for the hidden girls who then came out and first untied Dhegdheer's daughter. At the same time they tied Dhegdheer's hands and feet together with the same strong rope with which she used to tie up her daughter. They then collected heaps of cowrie shells and poured them into the Adar in which Dhegdheer's dinner was being cooked that night. When the shells became red-hot the girls poured them into a large bowl; in another big bowl they poured the hot, human broth from the Adar. Then the girls, collecting all their courage, first poured the hot broth into the cannibal's long ear as she was still asleep; and when Dhegdheer opened her mouth with a cry of a great pain the girls poured into it the red-hot cowrie shells. The hot broth at once burned out Dhegdheer's brain and the shells cut her internal organs into pieces. She could not do anything to save herself because her hands and feet were tied up. She cried wildly: "Aah! ... aah! ... ooh!" The girls gave not attention to the old cannibal's cries of agony.

Qaaxoy bislow qaacow dalluun!
(Let her lungs burn out, let smoke through them bellow.)

Joyfully sang the girls as the huge body of the cannibal was caught up by consuming flames. Soon her flesh, bones and all turned into ashes. The terrible Dhegdheer was no more[1]

When the girls had made sure that Dhegdheer was dead at last they be- came so happy and started singing and dancing. They climbed onto a tall tree and proclaimed the death of the dreadful cannibal-woman:

   - Dhegdheer dhimatoo
dhulkii nabadey
soo dhowaada!
(Dhegdheer is no more
return you all
return to the land
return in peace!)

The girls then took the lid off Bowdheer and buried decently the human remains that Dhegdheer had kept in it.

After Dhegdheer's death the people returned to their land and to the water-wells they had abandoned for fear of the cannibal-woman. Then the rains came pouring, the animals regenerated themselves and the people were happy again. Three brave, young men, riding on three fast horses, came and married the three brave girls who killed Dhegdheer and saved the people. After a time each of the girls gave birth to three sons and they all lived happily ever after, says the story.

---

1) There is another version of the story about Dhegdheer's death, which says that the girls burned her alive. See also Tale 4.

CATEGORY B 2: THE ADVENTURE TALES OF ARRAWEELO

An interesting characteristic feature of Somali folktales is that most of the principal characters in them are females, rather than males. There is no male personage in these popular tales as famous as the two female heroines of *Arraweelo* and *Dhegdheer* (Tales 1 - 6). These female personages feature in many tales from the north and north-eastern Somalia where both heroines seem to have left their eternal memory in the popular lore. The Dhegdheer and Arraweelo stories, however, spread all over the Somali territories through the centuries; being handed down from generation to generation.

The predominance of female characters in Somali lore is perhaps due to the theory that in earlier centuries the matriarchal lineage was the base upon which Somali family life rested in earlier periods of the nation's history. The matriarchal lineage did not wholly lose its historical identity in modern Somalia; for there are clans still bearing the names of their ancestral mothers, such as, for instance, reer-Cambaro, reer-Mayran, etc. The "reer" stands for clan or family, and it is prefixed to the ancestral mother's name: Cambaro, Mayran, etc.

Similarly, many Somali males bear their maternal names, rather than those of the fathers. For example, ina-Geelo, son of the woman Geelo. The son here might be a grown-up man with his own male-names, say Warsame Guuleed Warfaa, which are the names of the son, the father and the grandfather, respectively. Yet, the maternal name ina-Geelo sticks to the son and he is addressed as such by everybody. The majority of the Somali men, however, object to being called by their mother's name, as in our example, and they prefer bearing that of their father. This is, of course, a manifestation of male pride, which in later ages may have resulted in the institution of the patriarchal system in the matriarchal Somali family of earlier centuries.

Because of the predominance of the Dhegdheer and Arraweelo stories in Somali oral literature, and also because of the important historico-cultural values contained in these stories, we have included in our present collection the more well-known tales concerning these popular female characters.

1. Arraweelo, the Tyrant Queen

Most of existing Somali oral literature, such as stories, songs, proverbs, etc., suggest that Arraweelo is to be considered as a mythological personage created by popular fantasy over the centuries. The Somalis existed as a distinct ethnic group with their own historico-cultural background.

There are other stories, however, which seem to indicate that Arraweelo did actually live and rule most, if not all, of the Somali territories. These semi-biographical tales, which give us many personal details of this fabulous queen, are among the well-known Arraweelo stories. For instance, Arraweelo's mother was said to have been called Haramaanyo[1]; but no mention is made in the tales about who her father was.

During the Gu'[2] and Xagaa[3] seasons Arraweelo used to move her court to a place called Hawraartiro[4]. In the Dayr[5] and Diraac[6] seasons she used to live in a place called Ceelaayo[7].

There is a place called "jeexii Arraweelo" which means Arraweelo's valley, situated also near the village of Ceelaayo[7].

2. Arraweelo's Tomb

In the Ceelaayo village there exists, it is reported, a stone-mound called "taallotiirriyaad", or "maanla" by the local Somalis. Tradition holds that this particular stone structure is Arraweelo's tomb. Whenever Somali men pass by this stone mound they throw several stones onto it with a curse upon Arraweelo's name. The mound itself might as well have been created in this way over the centuries.

In contrast, Somali women place green branches and fresh flowers onto the supposed Arraweelo's grave as a sign of respect for the greatest woman-ruler in Somalian oral literature.

Oral traditions thus indicate that Arraweelo reigned in north-eastern Somalia, in the Nugaal and Sanaag provinces. Many of the Dhegdheer adventure stories indicate that they also belong to this part of Somalia. We have recorded here, as an illustration, eight of the Arraweelo stories which are among the well-known.

1) Haramaanyo - a lake between the cities of Harar and Diredawa in eastern Ethiopia bears the name "Haramaanyo"; in the Somali language "haro" means a lake, and "maanyo" means the sea.

2) Gu' - the main rain season in Somalia which falls approx. from April to June.

3) Xagaa - the dry season before the Gu', about January to March. These seasons vary according to the different climatic regions in Somalia. In the southern coastal regions, e.g., Xagaa follows the Gu' seasons. Here we took the calendar followed by the Somalis living today in the regions of north-eastern Somalia indicated by the Arraweelo stories.

4) Hawraartiro - a place-name in the Nugal valley in north-eastern Somalia.

5) Dayr - the second rain season in most of the regions in Somalia which falls about October to December.

6) Diraac - the second dry season in most of the countryside, which comes in about July to September.

7) Ceelaayo - a village on the Red Sea coast in north-eastern Somalia.

Tale 7: Arraweelo and the Castration of the Men

The story is told that the men always ruled the land and fought against one another. The women looked after the children and the home. Everything was then in its proper place.

Then a girl was born to a man and his wife and soon she grew up to be a clever young girl. Her parents named her Arraweelo[1]. Many young men came to Arraweelo's father to ask for her hand in marriage, and at last he gave her away to one of the suitors who paid many livestock as dowry for his pretty and clever daughter.

But Arraweelo was not happy with the work of a housewife, looking after the home and the children. She wanted to take part in the work of her husband and the rest of the men; such as sitting in the council of elders' meeting where important decisions were made for the people. She also wanted to take up arms and fight like a man in the battle field.

- It's strange you behaving and thinking like a man; your place is in the home, looking after our children and the livestock, said her husband.

- A woman could also do what a man does if she really wants to; most of your councilors are old fools. Why not allow able women to take their places in the council instead of these old fools? Demanded Arraweelo.

Her husband was surprised by his wife's great ambitions, against which he could not dissuade her.

- Stop all work in your homes for three days; let the men do everything for themselves. In this way we'll keep them busy and they would have no time for anything else. We'll secretly seize all their weapons and then round up all the men in the land. We'll then rule the land instead of the wicked men. Arraweelo told the women one day.

The women did what Arraweelo told them to do and for three days the men did all the house-work in place of the women and they had no time for anything else. The clever Arraweelo carried out her plan to seize power and she became the ruler of the land.

When she became the ruler of the land Arraweelo gave orders to castrate all the men and made them eunuchs. She did this because Arraweelo was afraid that the men may over-throw her one day and reimpose their authority. All the men who resisted being castrated were put to death as Arraweelo ordered.

---

1) The feminine name "Arraweelo" is also pronounced by many Somalis as "carraweelo"; the term is composed of "carro", the earth, land; and "weel", a vessel, a container. The final vowel "o" indicates the gender of the noun "Arraweelo".

Tale 8: Arraweelo and the Eunuchs (Weyshii Ina-Feyd Fallar Dhac)

It is said that Arraweelo was so fat that she could not reach her back
with the hands, and she needed someone to help her wash that part of
the body. Arraweelo owned one thousand-head of milch-camels whose milk
she drank. This made her very fat and heavy of body. Because of the
excessive fat Arraweelo's body emitted a bad odour which people sensed
as they approached her. But nobody dared to say anything about this de-
fect of the great queen.

One day the great Arraweelo called in one of her many eunuchs[1] and
said to him:

    - Come and wash my back, for I can't reach it with my own hands; as
a reward I'll give you the calf that was born the other day to
Feyd, the cow. But on condition that you say no word about me.

    - I'll do as Your Majesty wishes me to. Replied the servant meekly.

    - Alright, said the queen.

She went into her bathroom and, undressing herself, called in the eu-
nuch to bath her back for her. But soon the poor fellow was choked by
the stinking odour given off by the corpulent queen.

    - Arraweelo
urna loo dhimey
ufna lama oran karo! (Arraweelo,
any more endure I can't
neither "uf!" could I say) cried the eunuch.

    - Ina-Feyd fallar dhac! (You've lost a quarter[2])
of Feyd's calf!) Said Arraweelo furiously, chasing away the poor
fellow.

Tale 9: A Finger is yet to be Washed (Far baa Mayrla')

The story is told that Arraweelo used to take her bath in a water-well
from which the people drew water for themselves and watered their ani-
mals. It was the only water-pond available and people and livestock
used to come to it from a great distance. When Arraweelo came to bath
she used to stay inside the well for several days.

One day many herds of camels were brought to the well from different
parts of the country to be watered. The camels were very thirsty as 90

---

1) Only castrated men, called "dhufaan" in Somali, served Arraweelo in
her court; for she distrusted normal men, it is said.

2) Uf! - an exclamation of disgust, chiefly of bad smell. You lost a
quarter - means you didn't do your work properly and deserve no reward,
or would get less than what you expected.

days had passed since the last time they had been watered[1]. But the people saw that Arraweelo was inside the well, taking a bath; and that it would take several days before she finished bathing. There was nothing to be done but to wait until she came out of the well.

- Oh great queen! Come out of the well; let us water the camels which are dying of thirst. The people asked after several days of waiting.

- A finger's yet to be washed; let the camels wait! Replied Arraweelo imperiously.

The camels had to stay and continue dying of thirst until Arraweelo finished bathing her finger. For her word was the law of the land.

Tale 10: Arraweelo and Oday-biiqe (Arraweelo iyo Oday-biiqe)

There was a wise old man named Oday-biiqe[2] who disliked Arraweelo because of her persecuting the men. The old man hid himself in the forest so as not to fall into the hands of the tyrant queen. She was, however, suspicious of his existence.

- Somewhere in this land lives an uncastrated man who is disobedient to me; go and look for him and bring him to me. Arraweelo ordered her "qubley", soldier-eunuchs.

And the qubley and the women-soldiers of the queen searched all over the land for the old man and found him at last.

- You're disobedient to our great queen, Arraweelo; come on, old man, we'll take you to the queen and you'll be punished for your mischief, said Arraweelo's soldiers.

- Take me not to the wicked, tyrant woman; she'll be asking you difficult riddles which you'll not be able to answer. You'll need my advice and guidance someday. Oday-biiqe told Arraweelo's soldiers.

They thought over the old man's words and agreed to let him live in freedom in the forest.

- We searched all over the land, mountains, forests and rivers, but couldn't find the uncastrated old man who disobeys your majesty, said the qubley as they came back to Arraweelo's court.

- You're good for nothing; you're all liars, I don't believe you; go away from my sight, cried Arraweelo angrily.

---

1) In the dry seasons Somali nomads usually water their camels after a period of about 90 days; camels could stay without drinking water for that long.

2) The term "oday" means an old man, an elder, and "biiqe" means the coward. Because of his hiding himself in the forest people gave the old man this nickname. In other popular stories this character is known as "Cisal-qubeer", the one with the crooked penis.

Tale 11: An Arch as Tall as the Rainbow (Dhigdhexo Dherer Le'eg
        Qaansoroobaad)

Arraweelo waged many wars against her enemies, it is said, and she her-
self led her armies into battle. In one of these battles she won a great
victory over the enemy and to celebrate the event Arraweelo called in
and ordered her "guurti", counselors:

- I want you build for me a triumphal arch as tall as the rainbow,
  so as to commemorate my great victory over the enemy.

Now it was impossible for the people to construct such a giant structure
and at the same time they dared not to refuse Arraweelo's orders. The
people did not know what to do.

- Let's go to the wise Oday-biiqe whom we'd allowed to live in free-
  dom in the forest and ask for his advice. Said one of the counselors
  who knew where the old man was hiding and the others agreed to do so.

- Wise Oday-biiqe! Arraweelo willed that we build for her an arch as
  tall as the rainbow and this is impossible to do; tell us what to do,
  said the guurti.

- I told you that you'd need me someday; now, go to the foolish
  tyrant-woman and tell her this: give us the measurement of the rain-
  bow and we'll build for you an arch as tall as the rainbow.

And the guurti went back and asked Arraweelo for the measurement of the
rainbow, as Oday-biiqe advised them to do.

- Strange! Who said no uncastrated men live in my land! Wondered
  Arraweelo as she realized the wise answer the counsellors gave her.

From that day the counselors-eunuchs did everything to keep Oday-biiqe
hidden from Arraweelo; because they knew that they needed his wisdom
and guidance. They built a hut in a faraway forest where Oday-biiqe
lived free and they brought to him food and clothes secretly. When by
orders from Arraweelo the people with their livestock had to be re-
moved to a new place with pastures and water, Oday-biiqe, too, had to
move with the camp secretly. For the counselors-eunuchs could not leave
behind their wise adviser. They made him ride on a he-camel, which
should be a "guumis"[1], with black fore-toes, and covered up the load
with a large camel-hide canopy, so as to conceal the rider inside.

Arraweelo used to remove also her court and followed her subjects to
the new pasture lands. During the journey she was always on the look
out for that one camel in the caravan which groaned under the heavy
load and fell to its knees. On such a camel a man's heavy bones, Oday-
biiqe's, must be loaded, Arraweelo suspected. But the guumis-camel on
which Oday-biiqe rode secretly never groaned; nor did it fall to its
knees like the other camels, for it was a very strong animal. When the

_____

1) Guumis - the first-born he-camel, reputed to have, when grown-up,
great strength and endurance; only such a camel could carry the heavy
bones of men, the people say.

other camels were tired and sat down to rest the guumis-camel went to browse around. The suspicous Arraweelo uncovered the hide-canopy and inspected the load on the sitting camels; but there she did not find Oday-biiqe. It never occurred to her to inspect the load on the guumis-camel that browsed around, and so the wise old man was saved.

Tale 12: A Skin with Furs on both Sides (Harag Labada Docoodba Dhogor ku Leh)

Arraweelo always suspected that the people were plotting against her rule and that they were assisted and guided in this by an uncastrated man hidden somewhere in the land. In order to satisfy herself on this point Arraweelo called the people one day to a big meeting and told them this:

- I want you to bring me an animal skin with fur on both sides of it; I know that there're intelligent persons among you and that you can solve this problem easily.

Now this was another difficult riddle for the people because they did not know where to find such a skin. The people thought about how to solve the riddle but found no solution to it.

- Let's go again to the wise Oday-biiqe and ask for his advice as before. They said and sent their representative to him secretly in the forest.

- Wise Oday-biiqe! Arraweelo willed again that we bring her a skin with fur on both of its sides and we do not know where to get such a skin; tell us where to get one.

- An ass's ear has fur on both sides; take it to the tyrant woman, the wise Oday-biiqe told the people, and they cut an ear from an ass and took it to Arraweelo.

- Strange! Who said no uncastrated men live in this land! Said Arraweelo when she saw how the people solved her second riddle.

Tale 13: Arraweelo and her Daughter (Arraweelo iyo Inanteedii)

Arraweelo ordered that her husband should also be killed, because most of all she feared that he would overthrow her someday and take her place as the ruler of the land. After the husband had been killed Arraweelo realized that she was pregnant and gave birth to a baby daughter when the time came. The child grew up and became a beautiful girl. She was a kind-hearted person and did not like her mother ill-treating and oppressing the people; but there was little she could do about it. For she herself was very much afraid of her mother.

Now Oday-biiqe, who was hundred years old, and the only uncastrated man in the land, decided that he should beget a son who would someday kill the tyrant Arraweelo, so as to stop her oppressing the men. And so Oday-biiqe and Arraweelo's daughter met secretly in the forest. This was the first time that the beautiful girl had seen a man as a woman. The wise Oday-biiqe told her how her mother persecuted all the men, how he hid himself in the forest, so as not to fall in the hands of the tyrant woman and that the men and the women in the land need one another, just like the two hands of a person.

- Whom did you go to bed with? Tell me quick, you ... you disgraceful girl. Cried Arraweelo as she saw that her daughter was pregnant.

- What about you, mother; whom did you see before I was born? asked the daughter quietly.

- Anyway, I'll destroy the thing in your belly should it be a male. Said Arraweelo furiously.

When the time came the daughter gave birth to a boy, and Arraweelo who was waiting for this moment said:

- Bring to me this little enemy of mine so as to destroy it at once.

Now the daughter was a clever person and she thought out a way to save her child from being killed by his own grandmother.

- Oh dear mother! Please spare the boy until he's able to sit on the ground; you may then take away his life. So beseeched the daughter.

- Alright; but remember I'll kill him as soon as he learns how to sit on the ground, said Arraweelo.

Time passed and the little boy was able to sit on the ground by himself. When Arraweelo saw this she said to the young mother:

- Bring to me that noxious creature of yours; I'll take the life out or him, for he's now able to sit on the ground by himself.

- Oh dear mother! Please spare the boy until he learns how to say 'mamma'! The young mother begged of her mother, Arraweelo.

- Alright; I'll let him live till then; but he shall not live after that. Arraweelo said grudgingly.

Then the boy grew up still bigger and was able to say the word "mamma" to his mother. Arraweelo who waited for this moment told her daughter:

- The little creature can now call you 'mamma'; I spared his life until now; no more pardon for him, bring him to me.

- Oh dearest mother! Give the boy one more chance, until he can walk, said the young mother.

- This time also I'll spare his life; but remember it's last time, I'm fed up with your begging me of his useless life, said Arraweelo.

In the meantime, the boy grew up fast and he was now able to walk about the house.

- The little enemy of mine can now walk and I'd have him alive no more; the more I see him around the more I hate him and his kind. Arraweelo said.

- Oh dear mother! The boy's now able to look after the baby-goats and keeps them safe from the jackals; he's a useful person to us. Spare his life, dear mother, until he's able to look after all the goats and sheep for us, said the young mother.

Arraweelo agreed this time also to let her grandson live longer. And the boy grew still bigger and faster and he was now able to take care of all the herds alone.

- Please, mother, yet spare the boy's life until he's able to look after the camels, too. The young mother asked.

Arraweelo agreed grudgingly to let the boy live still longer. He then became a strong young man, able to take care of their large herd of camels.

- Give the boy only one more chance, Oh dearest mother, until he's able to handle a spear and a shield with which to protect you and me from our many enemies. Requested the daughter of her mother.

- This fellow's no child any more and poses a real danger to me. He looks after the livestock alright; but the spear and shield ...! Anyway, this is the last time I pardon him; he's already dangerous, very dangerous to me. Said Arraweelo and she let the young man live yet longer.

Some years had passed and the boy became a tall, strong and brave man. He always carried two large spears and a great shield made of rhinocerus hide and no man was able to challenge him to a fight. He then left his grandmother's court to live free in the forest, because he knew that she hated him and wanted to have him killed. Arraweelo realized that her grandson posed a real danger to her rule; for he was the only uncastrated man living free in her kingdom.

- Woe is to me! How foolish I was not to have destroyed this fellow before he grew up to become such a danger to my rule and to my own life! Lamented Arraweelo.

Tale 14: Arraweelo's Death (Geeridii Arraweelo)

Arraweelo called in her counselors and soldiers-eunuchs and ordered them:

- Go and arrest immediately my grandson, whom I so foolishly allowed to live so long, because of his stupid mother's constant pleading for his life. He's now a real danger to my rule and to my personal safety. Go, bring him to me at once.

His mother, however, forewarned him of Arraweelo's intention to kill him should he be caught.

- Until now, my son, I haven't told you who your father is; I wanted to do so at the proper time, which is now. A wise old man called Oday-biiqe who lives free in the forest is your father. Go and tell him who you are and ask for his advice and guidance, so that you may

escape from your grandmother who hates and wants to kill you. The
boy's mother told him after Arraweelo ordered his arrest.

And the boy went into the forest to look for his father whom he found
and told him who he was, asking his advice and guidance so that he may
escape from Arraweelo's designs on him. Oday-biiqe thought for a long
time and then said:

- I am glad to have you, my son, by my side; we're two men now. Al-
though Arraweelo is your grandmother whom you owe filial respect ac-
cording to our ancient traditions, yet she's a tyrant and has perse-
cuted all the men in the land without good reason. Her rule should,
therefore, be ended by force and a wise man be elected as the leader
of the people. Now, go and construct a large, cosy "ardaa"[1] near
the water-well from which the livestock are watered. Then invite
Arraweelo there, saying you wanted to settle the differences between
you in a peaceful way. Now this is a trick, remember. Keep ready
your two sharp spears and the shield, and as soon as she comes invite
her to sit in the "ardaa"; always pretending that you have peaceful
intentions. Choosing the right moment thrust the first spear into
her heart so as to disable her at once. The eunuchs and the women
body-guards already hate Arraweelo and they will not offer you much
of a fight. If Arraweelo utters the words "ba'ay!"[2] as the first
spear hits her, then know that after all she is a weak woman and will
offer no resistance. But if, on the other hand, she utters the words
"way oo way!"[3] then know that she means to fight you like a man and
you should finish her off by stabbing her with the second spear.

- Alright, father; I'll do what you told me to, said the son and went
on his way.

- My blessing goes with you, son mine, said Oday-biiqe as he watched
his son disappearing into the distance.

Arraweelo got the invitation from her grandson and replied that she
agreed to come and meet him so as to make peace with him. But this was,
in fact, her plan to catch him unawares and to kill him. He on his part
wanted to do the same to her; "Rag isgurayee, baa la yiri!" - Men al-
ways lay traps for one another, - a Somali proverb.

- You take cover in the thicket nearby; I'll go alone to him and try
to beguile him into friendly conversation. Then you suddenly jump in

---

1) Ardaa - a shed or shelter built of simple poles as supports for the
frame and branches, grass, etc., to fill in the sides; Somali nomads
build such shelters for honoured male-guests.

2) Ba'ay - an exclamation uttered especially by Somali women when in
pain or misfortune befalls on them, such as the death of a member of the
the family. Traditions hold that Arraweelo pretended to be a man and
she behaved like one.

3) Way oo way! - an exclamation uttered by Somali men when in anguish,
in the thick of a fight; it is a cry for help.

and seize the scoundrel; I'll then kill him with my own hands.

So instructed Arraweelo her body-guards as they approached the meeting place.

But her grandson already saw how Arraweelo deployed her soldiers and that she was coming alone towards the reception place. As soon as Arraweelo entered with her heavy steps into the "ardaa" her grandson jumped on her from one side and stabbed her through the heart with his sharp spear.

- Hoogey oo ba'ay! (Oooo! ... aaaa! I am ruined! Woe is me!)

Cried the once proud and powerful Arraweelo as she fell down heavily on the ground. The man hit her no more; there was no need for it as the woman was already dead. He went to the women-soldiers still hidden behind the thicket nearby and said to them:

- There's no enmity between you and me; go and bury the body of the tyrant woman, Arraweelo. I killed her before she did the same to me.

And the women buried Arraweelo, the once mighty woman who ruled the whole of the Somali territories. They built a great monument over her grave[1].

Arraweelo's demise brought a great relief to the men whom she persecuted. The men now elected Arraweelo's grandson as the new ruler of the land and the wise Oday-biiqe, his father, came out of hiding, so as to advise the young ruler in governing the people. The women, on the contrary, were unhappy about Arraweelo's death and the passing of power into the hands of men. Under Arraweelo they were the dominant sex, but the roles were changed now and the supremacy of the male reimposed. It would then be a man's world where a woman would have only a subservient role. So thought the women when Arraweelo was no more[2].

Arraweelo's Advice to the Women

Arraweelo was always careful to prevent the women of her realm having close social relations with the men, whom she distrusted and condemned as traitors and mischievous creatures, who got whatever they wanted through the use of brute force. Arraweelo made standard rules for the women to observe in their relationship with the men, and any woman contravening these rules was punished severely. Some of these Arraweelo rules have been preserved in the vast oral literature concerning her and we record here a few examples:

---

1) See section 2: Arraweelo's Tomb.

2) In discussions of controversial topics in modern Somalia, such as the emancipation of women, the women often express their pride in and approval of what the legendary Arraweelo did to the men - persecuted them. For the women she is an immortal heroine, a champion for women's liberty. Such is, indeed, the force of oral traditions in the Somalia society of today.

Rule 1:   Waxii aad yeeli doontaan diida marka hore (Whatever you will accept in the end you should refuse first).

Rule 2:   Ina-rag dantiisa ha ugu quminnina hagarla'aan   (Never grant your favours to men ungrudgingly).

Rule 3:   Gardarro ogaada, boohin ku dar
garawshiinyo aad hesheene (Be the wrongdoer, but always cry so as to get sympathy).

Rule 4:   Cunno ogaada, qarsoodi ku dara
hungurisami aad hesheene (Always eat more, but hide it so as to appear temperate in eating).

Rule 5:   Gogol-dhaaf ogaada, diidmo ku dara
dannisami aad hesheene (Commit infidelity, but always deny about it, so as to pretend having a clean conscience).

Rule 6:   Cudud rag isu geeya, calafkiisana kala dhawra (Unite the strength of men, but always feed them apart[1]).

---

1) This popular Somali dictum is attributed to Arraweelo; its meaning is that men do great things when united, but their individual interests could never be reconciled. Arraweelo castrated the men so as to subjugate them and utilize their physical strength, see Tale 7.

CATEGORY B 3: THE ADVENTURE TALES ABOUT GIANTS

Tale 15: The Clash of the Giants: Adventure Tales about Giants
        (Xabbad Ina-Kamas iyo Biriir Ina-Barqo)

Many popular heroes are remembered in the folklore literature of the
Somali people where they are immortalized in the ancient oral tradi-
tions. These popular heroes fall into two categories: 1) imaginary
heroes, and 2) real personalities. The latter are well-known in the
nation's recorded history for they are men and whomen who lived and
accomplished great deeds for the good of their people in diverse fields
of life. As a sign of gratitude to these great men and women, the
people cherish and preserve the memory of these heroes in the form of
monuments built in their honour, books written on their exemplary lives
and deeds. Examples are Sayid Maxamed Cabdille Xasan, Sheekh Axmed
Gabyow, Xaawo Taako and many others.

In contrast, the imaginary popular heroes, like Dhegdheer and Arraweelo,
exist only in the wonderful tales, songs, etc., created by the fantasy
of the popular mind. Heroes of this kind are portrayed as guardians of
the ideals of the society that created them, and their image is pre-
served forever in the consciousness of the common people. As an illu-
stration we shall record here two well-known tales (Nos. 15 and 16 of
Category B) about hero-giants.

Once upon a time, long, long ago there lived in the land two mighty
giants, Uurku-baalle[2], called Xabbed ina-Kamas and Biriir ina-Barqo.
Each of them ruled his part of the land and they did not know the ex-
istence of the other.

Xabbad was so cruel that he blocked up all the water-wells in the land
with a huge rock which only he could lift off. He demanded a fat camel
for his food from anyone wanting to draw water from the wells in the
territory he ruled. The people had no choice but to meet Xabbad's de-
mands so that he could allow them to have the water.

    - Aahaa! This fat he-camel satisfies me, the giant used to say,
    seizing the fattest camel in the herd.

---

2) Uurku-baalle - literally one who has wings in the stomach; here the
term means one who knows what is to happen in the future. It also means
a giant, a powerful man.

The giant used to eat up a whole camel in one sitting and the people
could not supply him a camel every day, and so many of them fled from
the land because of the giant's cruelty.

Then there came another great giant called Biriir ina-Barqo who heard
about Xabbad's oppression of the people in this part of the land. The
giant Biriir used to wear in his forearms "birmado" or "dugaagado",
huge iron bangles as ornaments. The bangles were so heavy, that ten
of the strongest men were needed to lift up one of them from the ground.

Biriir used to live in a cave called "shimbiraale", the cave of birds,
and he used to sit in the cool shade of a leafy tree called "geed
kaatun", the tree of the ring; so named because the giant's great fing-
er-ring is said to have been discovered there many centuries later.
Biriir's ring was also so heavy that it could only be transported on
the strongest pack-camel.

Unlike Xabbad, giant Biriir was a kind man who never took anything from
the people by force. The people complained to him about Xabbad's wrong-
doings, telling him of how the latter blocked up all the water-wells
and seized their property by force.

   - Show me this dastardly fellow, I'll teach him one or two things,
   said Biriir angrily.

The people took him to Xabbad who was sitting at a water-well, waiting
for someone to bring him the usual tribute, a camel for his meal. At
the same time a man drove in a herd of camels to water at the well and
Xabbad said:

   - Aahaa! this fat he-camel satisfies me, trying to seize one of the
   fattest camels.

   - And your death satisfies me! Said Biriir, stepping aggressively
   towards Xabbad to battle with him.

The mighty giants were soon locked together in a deadly fight. The
earth swayed and rocked about and violent winds swept the four corners
of the land, caused by the sheer weight and the force of the blows the
giants delivered onto each other.

   - Ooo .. aaaa! Let me take in air, cried Xabbad as Biriir strangled
   him forcefully with his mighty hands.

   - You deserve no mercy, brute! Said Biriir, killing his adversary
   instantly.

The news of the death of the dreadful Xabbad travelled far and wide
and the people returned to their land and water-wells which Biriir had
now opened up, and they lived happily ever after.

Biriir ina-Barqo then became the guardian of all the land, and he was
respected and loved by all the people; for he was a kind giant, says
the story.

Tale 16: Gannaje - the Mighty Giant (Tiirrigii Gannaje)

Once upon a time there lived a mighty giant by the name of Gannaje who looked after his father's herd of camels. Whenever he drove the camels to the water-pond Gannaje used to slaughter the fattest camel so as to make out of the skin a dar[1] with which to draw the water from the deep well. The giant ate the whole camel's meat alone in one sitting!

- I've not many camels left to give you; take the last one in the herd and go away. I can't afford feeding you, said the father to Gannaje.

The giant then went away to the land ruled by the famous Wiil-Waal[2], where Gannaje was received with great honour and was given a bride to marry and many livestock. He settled there with his in-laws.

- I invited one hundred men to dinner today; I want you to prepare enough food for the guests, said Gannaje to his wife one day.

With the help of the wives of the neighbours the wife prepared meat and milk enough to feed a hundred men. Later in the day Gannaje came home and said to his wife:

- I'll take a nap; you wait for the arrival of the guests and wake me up when they come.

He then entered the hut and ate all the food prepared for the guests. The wife saw the strange thing her husband had done and ran away for her life; realizing that he was not an ordinary human being.

- Go back to your home, let him eat all the food he needs.

The men of the village advised the frightened wife as she told them Gannaje's strange behaviour.

Then one day it was decided that the nomadic settlement be removed to a new place where better pasture and water for the livestock were available. It was agreed that Gannaje and the women should do all the work involving the transfer of all the households and the livestock; while the rest of the men stayed behind, just to test the ability of the great man. Gannaje agreed to this arrangement and he and the women transferred the whole encampment to a new place. The mighty giant ordered the women to construct their huts in the new places he allotted to each one of them and went off to sleep in the shade of a leafy tree nearby.

---

1) Dar - a trough, a wooden or hide receptacle used by Somali nomads for watering animals; water is drawn from an artesian well with a "wadaan", a skin bucket and poured into the dar from which the animals drink.

2) Wiil-Waal - a Somali legendary hero around whose name a great many popular tales were woven. He ruled western Somali territories, say the stories about Wiil-Waal. His proper name was Garad Farah Garad Hirsi Hantun (see Iftiinka Aqoonta (Light of Education) by Shire Jama Ahmed, Mogadiscio, The National Printers Ltd., 1967, p. 5, No. 6.

> - Wake up, Gannaje; it's almost sundown, you must get up and con-
> struct the stockade for the livestock, cried the women; bringing
> him the "godin" and "hangool"[1].

> - Go away, women; let me sleep yet a while, cried he.

The women went back to their work, much worried that Gannaje might
sleep the whole night, leaving the livestock out in the open air for
the night, an easy prey for the marauding wild animals.

But, to the surprise of all, the great giant got up at last; stretched
out his mighty hands and began to pull out huge trees off the ground,
roots, branches and all. Before the sun went down Gannaje had construc-
ted a secure stockade for all the many herds the villagers had, into
which the animals were driven as it became dark. This job used to take
dozens of men to do it; Gannaje, the giant, did it alone in no time!

Late in the night the men arrived at the new encampment; but they could
not enter into the inner compound for they were unable to lift off -
all of them combined - the huge branch with which Gannaje blocked up
the entrance.

> - Gannaje, Gannaje! Cried his wife, get up; lift off the gate-branch
> and let the men in; they couldn't do it, all of them!

The great giant lifted off the huge gate-branch and let in the men, who
were amazed with the great size of the stockade Gannaje had built. They
had never seen anything like it before.

> - Cunnada uu cuno hawl u qalanta buu Gannaje qabtaa ee hala iska
> daayo (Gannaje's labour is equal to the great amount of food he
> eats; so we'll tolerate him), said the men; realizing Gannaje's
> stupendous physical strength.

But the men wanted also to test Gannaje's personal courage. His in-laws
gave the giant a milch and a pack-camel and told him:

> - Here, take these camels and go away with your wife; we can no
> longer feed you.

The mighty Gannaje took away his wife and the camels and left his in-
laws, to establish himself elsewhere.

After a while the men of the village sent a party of warriors after
Gannaje to kill him and to retrieve the camels. They found Gannaje on
the way and threw their sharp spears at him one after the other. The
mighty man stood firm on his ground, caught in the air every spear
thrown at him and broke it up into pieces. Instead, Gannaje caught and
with his great spear killed the chief and many of the warriors; seizing
all their war-horses from them.

---

1) Godin - an ax with a short wooden handle for felling trees;
hangool - a hooked, wooden pole for pulling up the thorn-bush with
which the Somali nomads construct animal pens.

- Gannaje, Gannaje! Have mercy on us; it's us, your in-laws, cried the rest of the attackers.

And Gannaje, who was kind-hearted, spared them. They explained to him their reason for attacking him and asked that he should go back to the encampment with them, having proved himself a very brave man. Gannaje agreed to this and his in-laws gave him many livestock and he lived with his wife happily ever after, concludes the story.

CATEGORY C 1: MORAL-TEACHING TALES

Tale 1: A Coded Message (1)(Farriin Dahsoon)

Raage Ugaas Xuseen[1] was born into a nomadic family in north-western Somalia. As a young boy he left his parental home to study at a Koranic school in a distant settlement under a well-known Sheikh. The boy was away from home for several years.

One day Raage met some men who were going to his father's settlement and he requested them to deliver the following verbal message to his father:

– Tell my father that I perform the five daily prayers, using ablution water but once[2].

The travellers delivered the message to Raage's father who told them:

– Pass me when you are going back to your settlement; I want you to take some gifts for my son.

After some days the travellers came back to Raage's father as he asked them to, and he handed them thirty large pieces of fried meat and a container full of clarified ghee to be delivered to his son.

– Tell my son that there are thirty days in this month and that the reservoir is full, said the father.

On the way the travellers ate most of the meat and the ghee and delivered the remainder to Raage, telling him also his father's message.

– My father had sent tó me 30 pieces of meat and a vessel full of ghee, and you here brought me only 10 of those pieces and little of the ghee. You should pay me back the missing portion of the goods. Raage told the surprised travellers, deciphering his father's message to them.

---

1) An outstanding poet who lived in or about the middle of the 19th century. Raage is considered to be the father of classical Somali poetry; a lofty throne nobody else had ever occupied.

2) Muslims should wash their hands, feet, the genital organs etc. before performing each of the five daily prayers. After urinating or going off the body one should perform these ablutionary rites; otherwise the prayers would be invalid.

Tale 2: A Coded Message (2) (Nin Socdaalay)

Once upon a time a man undertook a trip to a distant nomadic settle-
ment where he had some business to attend to. On the way the traveller
met three robbers and their leader said to the traveller:

- We're going to kill you, because you're an old enemy of ours.

The traveller begged the robbers to spare his life but when they re-
fused to do so he asked them to deliver a message to his wife who lived
in the village ahead of them, and the robbers agreed to do so.

- Should I delay in returning home slaughter the eldest of the three
he-camels we have to feed the children; the second he-camel should
be securely shackled, so that it may not go astray. The youngest he-
camel is to be left free to graze about, it wouldn't go far.

The robbers killed and robbed the innocent traveller and proceeded to
the village ahead of them where the dead man's wife lived to deliver
the message to her. The wife understood the content of the ciphered
message thus: that the first and the second robbers had killed her
husband and that they should be punished accordingly. The third and
youngest robber was innocent and should not be punished. The clever
wife welcomed the three men, giving them food and shelter as honoured
guests. At the same time she secretly sent for the men of the village,
who came and caught the robbers, as the woman related her husband's
coded message. The robber-leader was put to death, the second robber
was tied up to a tree as punishment and the third and youngest robber
was set free in accordance with the dead man's ciphered message.

Tale 3: A Man's Choice (Labo kor u Jeeda)

Once upon a time there lived a young man whose property consisted of
one she-camel only. One day he met a beautiful young girl whom he de-
cided to marry, and he gave away the only camel he owned to the girl's
father as the traditional dowry payment.

- Why did you give away the only camel you had? Asked his friends.

- He who admires the two upwards-looking ones (woman's breasts)
easily foregoes the four downwards-looking ones (camel's teats).

Replied the man, who was head-over-heels in love.

Tale 4: A Choice (Doorran)

A man, a woman, a camel and a goat were asked once to choose any two
of the things they desired most.

- I choose property and honour, said the man.

- You can't have both; choose one of them, he was told.

- I choose property; honour will come with it, said the man.

- I choose a blow and a bad word, said the woman.

- You can't have both; choose one of them, she was told.

- I choose a bad word; blows will come with it, said she.

- I choose browsing in the forest and growing a big, fat hump, said the camel.

- You can't have both; choose one.

- I choose browsing in the forest; a big fat hump will come later, the camel said.

- I choose an elderly shepherdess and a night-watchman, said the goat.

- You can't have both; choose one of them, it was told.

- I choose an elderly shepherdess; a night-watchman will come with her, said the goat.

Tale 5: A Strange Divorce (Furriin Silloon)

A man had married a young and beautiful girl, but he divorced her after spending only a night with his bride.

- What is the trouble between you and your husband? The surprised neighbours asked the girl.

- Nothing at all; I haven't said even a word to him, apart from everything else, replied the bride in amazement.

Then the man was also asked the reason for divorcing his wife so soon and he replied:

- I divorced her for she has these five serious defects:

>   she is neglectful
>   she is unlucky
>   she is thriftless
>   she is impatient
>   she is curseful.

- How did you discover all these defects in her when you lived with her for one night only? The neighbours asked the man.

- As I entered the new hut last night I purposefully left my sandles outside, but my young wife did not bring them in. Then I understood that she was a neglectful woman. The sandles were stolen during the night and I understood that she was an unlucky woman. When my young bride was kindling a fire and used more firewood than necessary I understood that she was a thriftless woman. Also when she was starting the fire she blowed violently with her own breath and did not wait for the firewood to burn gradually in their own time. I then understood that she was an impatient person. When she failed to start the fire as quickly as she wanted she got annoyed with it and said: "May floodwaters put you out, the accursed thing!" I then understood that she was a curseful woman and decided to divorce her forthwith, said the estranged husband.

Tale 6: A Father and Son (Inan iyo Adoogiis)

Once upon a time there lived a father and his son. When the boy grew
up to be a young man his father got him married to a beautiful girl and
also gave him a part of his livestock, so that the new family could
have their own property.

Some years had passed and one day the son said to his father:

   - Father, answer me three questions:
   Firstly, you're not more thrifty than me; yet, you've more livestock
   than I. Tell me why?
   Secondly, people listen to your advice, but nobody listens to mine.
   Tell me why?
   Thirdly, my wives are more beautiful than yours; but your children
   are better cared for than mine. Tell me why?

The father thought a while and then said to his son:

   - My reply to your first question is:
   That, whenever you see the rains falling in a faraway place you at
   once drive your herds to that place. Instead, I first go to explore
   the new grazing place and drive the herds to it only after I'm
   satisfied that it's a better place for the animals than where they
   are at present.
   My reply to your second question is:
   Son, you offer your advice when nobody asks you for it. Instead, I
   offer my advice only when someone asks me for it; and only after
   considering the question in hand from every possible angle do I of-
   fer my advice.
   My reply to your third question is:
   Son, you choose your wives for their physical beauty. Instead, I
   choose mine for their good, personal qualities.

Tale 7: Choosing a Bride (Guurdoon)

There lived a man with his wife and they had enough livestock which
provided them livelihood. A baby boy was born after some years to the
couple and the father was very pleased to have got a son at last.

The years passed one after the other and the little boy grew up to be
a tall, strong and brave young man, the pride and joy of his parents.

   - Father, I want to marry, now that I am a grown-up man, said the
   son one day.

   - Alright, son; but you should first let me see the girl you pro-
   pose to marry.

   - Alright, father, said the son and next day brought a tall, copper-
   coloured young girl to his father.

   - Here she is, father, said the son.

   - Very well, son; but I ask you to try and lift up that stone over
   there and bring it here, said the father.

Now the stone was too heavy for the son to lift off the ground and he had to give up after few attempts.

- Are you going to marry that fellow who couldn't lift a little stone off the ground? The father asked the girl.

- Certainly not, said she proudly and left.

The son presented four more pretty girls to his father, who set the same conditions for his son before accepting any of the girls as his daughter-in-law. In all his attempts the young man had no luck, however hard he tried to lift up the troublesome stone. The brides-to-be rejected the young man accordingly, as they thought him to be a weak and incompetent fellow.

The self-willed young man presented to his father the fifth girl of his choice, who was not as beautiful as the four previous girls. When she saw that the man could not lift up the heavy stone she gave him a hand and together they placed it at the feet of the father, who was watching the couple at work.

- That's the right girl for you, son; the other girls didn't help you lift the stone, but this girl did. Mutual assistance is the firm basis upon which family life rests, said the father, giving his blessings to the young couple.

Tale 8: Father's Advice (Wiil Adoogiis Talo Guur Weydiistey)

A man had a son who grew up and became a strong young man.

- Father, I have found a beautiful girl and I want to marry her; give me your advice, said the son to his father one day.

- What are her qualifications? Asked the father.

- She's very beautiful, has brown skin and talks sweetly; I admire her in every way. Besides, you know the saying: "beauty is half of the world". Wouldn't you advise me to marry a girl of such outstanding qualities, father?

- Son, haven't you heard another wise saying: "women adorn themselves with finery so as to dazzle the eyes of men, concealing their true personality behind the glittering veil"? My advice to you, my son, is: never choose a woman for her good looks only, but pay attention to her good qualities and family origin. Remember, the Somalis say that your son needs your help but once; and that is when you are choosing his mother, said the wise father.

Tale 9: Father's Will (Dardaaran Aabbe)

A man had three grown-up sons and owned many livestock. He also had two wives, one of them young and childless. One day before he died the father called in his three sons and said to them:

- One of you isn't my own son; go to our neighbour, the old man and he will tell you who that one is. Saying this the father died.

The three brothers went to the wise old man and said to him:

- One of us isn't our father's son; tell us who that one may be.

The wise old man made each of the boys sit in the shade of a different tree and then called in the eldest to himself and told him:

- I advise you to marry your late father's young wife, your step-mother; so that you could get her's and your share of the bequeathed livestock.

- How could I marry my own step-mother; the customs forbid it. Said the eldest son.

- Alright, you may go back to your tree and sit there till I call you, said the wise old man.

He then called in the second son and gave him the same advice as he gave to the first son. The second son also refused to take the old man's advice, for he thought it to be immoral to do so.

- Go back to your tree. The wise old man said to the second son.

He finally called in the third son, giving him the same advice as he gave to the first and second sons.

- I don't like the idea; but you're a wise man and know better than I; so I'd better take your advice, replied the third boy.

- This man agreed to do what you two rightly refused to do, that is, to marry your step-mother. Hence, he isn't your brother, said the wise old man.

- Verily he isn't, said the true brothers and left the third boy alone.

Tale 10: Feminine Wisdom (Talo Haween)

The story is told that four young girls left their parents' home to look for young men to marry them[1]. After walking in the bush for several days the girls came to a nomadic settlement where there were several young bachelors.

In accordance with the rules of Somali hospitality the girls were well received by the people of the settlement and animals were slaughtered to feed the guests. Later in the evening the meat was brought to the girls while it was still hot and steaming in the cooking pot. The first girl took a piece of the meat but she could not take a bite of it and only got her fingers burned; she cried:

- The hotter the meat the more impatient the eater!

---

1) In ancient Somali traditions this practice is known as "heerin", and was resorted to by young girls who wished to get married when they are mature, so as to avoid spinsterhood.

- Cut it up, quick; we can't wait for the thing, said the second girl.

- Better wait until it cools down, advised the third girl.

While the girls were talking thus about the hot meat the young men of the village were hiding themselves nearby, listening to the conversation of the guests. They came to know that the first girl was impatient, the second was a glutton and that the third girl was the wisest. And the wise girl was married by one of the brave young men of the village who overheard her thoughtful words; whereas her friends found no man willing to marry them, says the story.

Tale 11: Feminine Deception (Dhagar Dumar)

Once upon a time a man undertook a long journey, leaving his wife to look after the home and their livestock. The wife was unfaithful to her husband and as soon as he left she brought another man to the house.

After some days the husband came back home and entered into the hut to have a rest after the long journey. At the same time the wife saw her lover coming to her as usual, not knowing that the woman's husband had returned and that he was resting in the hut. The woman decided to forewarn her friend of the changed situation and to avoid trouble. But how to do this without raising the husband's suspicion was a difficult question for her.

When the visitor came close to her the woman began to pound some millet with a mortar and pestle, reciting at the same time the following work-song:

- Sheerku[1] sheerkii waa yahay
shalay laysu sheegay
laakin sheybkii sheedda[2] lahaa
aa shiilaqaabta[3] jiifa...!
(Right on time you came
as we yesterday agreed
beware, though, dear mine
the old man of the abode
in the recesses is resting he...!)

Through this simple work-song the cunning woman informed her lover of the presence in the house of her husband, without the knowledge of the latter, concludes the story.

---

1) "Sheer" is a mispelling of "jeerkii", time, the appointed time. The poet alters the letter "j" into "sh" in order to keep to the alliteration of the poem which is on the letter "sh).

2) "Sheedda" means the recesses of the house.

3) "shiilaqaabta" means the furthest part of the hut, the innermost part.

Tale 12: Fate, Love, or Hunger (Hed, Hawo ama Hunguri)

Many years ago there was a brave young man who fell in love with a beautiful girl, who also loved and agreed to marry him. But their parents refused them permission to marry, because an old enmity had existed between the two families for a long time.

The young man, however, refused to stop and forget loving the girl. And so one day he left his parents and went to visit the girl's family to see his beloved there. He knew that if the girl's brothers were to see him with their sister they would kill him. So he decided to meet his sweetheart at night when it was dark and to ask her to run off with him; so that they could marry secretly.

When it became dark one evening the young lover quietly came to the girl's family hut and found her sitting in the courtyard together with her two brothers. He had to make the girl know of his presence, without raising the suspicion of her big brothers and to avoid trouble by all means. He crawled on his belly upto the girl from behind, touching her back gently. She looked back and saw who it was. She continued her conversation with her brothers, who did not notice what was going on, and she asked them jokingly:

   - Should the man you refused me permission to marry come to you tonight what would each of you do to him?

Now her lover who was lying down quietly behind the girl, thought that she was going to give him up to her brothers, and he was afraid very much of this.

   - I'd kill him at once, the impudent rogue, said one of the brothers.

   - I'd peel off his skin alive, so that he'd suffer the longer, said the second brother.

   - And I'd have asked him three questions:
   Is it fate that brought you here, mad man? Should he say "yes", then I'd tell him: come in front of my brothers.
   Has love brought you here? Should he say "yes", then I'd tell him: go and wait for me beneath the big Lebi[1] tree.
   Has hunger brought you here? Should he say "yes", then I'd tell him: take the milk-container in our hut and drink the milk in it, said the girl, talking to her lover obliquely.

   - It's hard to know what is in a woman's mind, said one of her brothers.

None of them were suspecting their sister's clever designs and they both went to sleep after the long conversation that night.

---

1) A tall tree common in the Somali savannalands; its stem and branches grow straight up, often in classical Somali poetry a woman's gracefulness is compared with the Lebi branches.

The young lover understood the hidden message of his beloved and he went away as stealthily as he came. Later in the night, when her brothers were sound asleep the girl went to the big Lebi tree.

Tale 13: Faruur and His Wife (Faruur iyo Afadiisii)

Once upon a time there lived a short man with a hole in one of his lips, which is why he got such a name; and because of the hole in his lip he was very ugly. But he had many camels and he paid fifty of them as a dowry to the father of a very beautiful girl he proposed to marry. The father then gave his daughter in marriage to Faruur.

- The man gave me so many livestock and I am a poor man in need of property; therefore, I give you my fatherly blessing and wed you to Faruur, said the father to his daughter.

The daughter accepted the decision of her father for she was afraid of his curse, should she go against her father's wishes. The bride was then transferred to the groom's family, along with a rich trousseau.

Faruur soon learned that his wife despised him and was determined to break her pride and make her submit to his authority as the head of the family. The husband used to give his wife the remains of his meals, but she always refused to eat and used to throw it away when he was not watching her. She disliked eating any food he touched with his holed lips and the knowledge of this fact annoyed the husband all the more.

- Drink this milk after me. Faruur told his wife one day.

- I'll drink it later on; don't bother about me, said she.

- No, drink it in my presence, he ordered, trying to make her obey him.

When she realized that he was forcing her to do what he wanted, she drank the remainder of the milk he left for her while he was watching. Faruur then laughed heartily and said:

- Wife, you obeyed Faruur at last! Women obey only he who commands them, they say.

Tale 14: Good and Evil (Xumo iyo Samo)

Once upon a time Health came to visit its neighbour, Sickness, and said to it:

- You've caused great trouble to people in my absence; now that I've come to make people well again you should go away and cause no more trouble to people.

- I'd not go away as long as there are old people into whose bodies I am always invited to recite, replied Sickness.

After that argument, Health and Sickness each went on its way and they became great enemies ever since.

Prosperity once came to Poverty and said:

- You made many people to suffer; now that I have to help and give good life to the people you ruined, you must go away and let me do my work.

- As long as there are lazy people in the world who don't want to work and help themselves I won't go away, replied Poverty.

Peace had one day come to War and said:

- You caused people to kill one another and because of your misdeeds there's so much enmity in the world. Now that I have come to repair the damage done by you please go away and let me do my work.

- As long as ill-feelings exist among the members of a family or friends I won't go away, said War.

As long as Sickness, Poverty and War refuse to go away, man would not find happiness, concludes this popular Somali story.

Tale 15: Huryo and Kabacalaf[1]) (Huryo iyo Kabacalaf)

A young girl named Huryo (the ugly) had eloped with a young man whom she agreed to marry secretly, because her parents did not approve of her choice of a husband[2].

Another young man called Kabacalaf (owner of old shoes), a best friend of the bridegroom-to-be, was accompanying the runaway couple, so as to assist them in their secret marriage.

The three of them walked in the forest for many hours, going to another encampment where they expected to find a priest to officiate the necessary marriage ceremony for the couple. As the travellers were tired they sat in the shade of a tree to have a rest before resuming their journey. Now Huryo was an intelligent girl herself, and she decided to test the intelligence of her bridegroom before she wed him. While they were all sitting in the shade she asked him:

- Why don't you have a rest?

- But I am resting; don't you see I am sitting? He replied with a surprise.

- She's telling you to take off the shoes to rest your feet, said Kabacalaf.

- Oh, I see! said the bridegroom.

Having rested the three friends continued their journey and after a while Huryo said:

---

1) See also Tale 23.

2) Elopement was a common practice in the traditional Somali society, particularly among the nomads.

- I see a sign of people.

- Where're they? I don't see anybody here, said the bridegroom, straining his eyes.

- She's telling you of the footprints on the path we're following, said Kabacalaf and the travellers went on.

At midday when lunch time arrived, the clever Huryo said:

- Let's have lunch; shall we?

- But we carry no food with us; what shall we eat, the air!

Said the bridegroom who was now getting annoyed with the witty remarks of his bride-to-be.

- Let's brush our teeth with "caday"[1] branches is what she's telling us, said the imaginative Kabacalaf.

At last the three friends arrived at a village where they found a religious man qualified to perform the marriage rites. But Huryo suddenly refused to be married to the man she eloped with and chose instead Kabacalaf whom she found to be more intelligent than the man of her first choice. The luckless young man had to accept his defeat and went on his way.

Huryo and Kabacalaf were both very clever persons and from their wedding day onwards each of them always tried to outwit the other in all their dealings.

One day, it is said, Huryo prepared a meal of rice for herself and her husband, and when he returned home from grazing the herds she brought the bowl of rice to him. In the middle of the bowl Huryo made a small well which she filled with clarified ghee as sauce for the rice[2]. The husband and wife sat down to eat together, placing the bowl of rice on the ground between themselves. Huryo decided to have more of the ghee to drain from the well in the centre into her side of the bowl, without the husband noticing her clever designs.

- My darling, Kabacalaf, your scolding me the other day had pierced through my stomach like this, said she.

Cutting up with her finger a line from the middle to the edge of the bowl, through which channel the ghee soon drained into her side of the bowl.

Kabacalaf understood at once the clever trick of his wife and that she

---

1) Caday - a plant that grows in the Somali savannalands; its branches and roots are used as a tooth brush, being ground with the teeth. The caday has been proven medically to have a property preventing tooth-decay.

2) The method of eating such a dish is to take a lump of rice with the fingers, dip it slightly into the well of ghee in the middle of the bowl and to pop it into the mouth.

had diverted all the ghee to her side of the bowl, leaving only the dry rice in his side.

- My darling, Huryo, your womanish talk of the other day also upset my stomach like this.

He said, stiring up together the rice and the ghee in the bowl, and thus prevented the ghee-sauce from draining towards Huryo's side of the bowl.

Tale 16: Hospitality (Martisoor)

A traveller came to spend the night with a nomadic family who owned very few goats and sheep. The guest noticed this fact and expected no lavish dinner from his host that night.

The head of the household was, however, a generous man and in spite of his meager resources he offered good food and comfortable shelter to the traveller.

In the following morning before the guest departed he asked his host:

- Shall I repay you in five-fold for your hospitality; or shall I praise you at five meetings of elders?

- I prefer you mention my name at elders' meetings, replied the host and the two men took leave of each other.

Tale 17: No Matter how Young (Naago Yaraan ma leh)

A man once married a young girl and she was brought to him in the new hut he built for her. For some time the man did not have sexual relations with his new wife, considering her to be too young.

On her part, the young wife was eager to have carnal intercourse with her husband as often as possible and be treated as a normal wife by him. She noticed instead that the husband was trying to avoid fulfilling his obligations towards her in this respect. Every night he shared the same bed with his young wife, but turned his face away from her. This annoyed the young lady very much and she thought out a way of changing the husband's strange behaviour towards her.

And so one night the young wife placed a tiny bit of human excrement on the husband's side of the bed.

- What is this awful smell here? An excrement!

Cried the husband as he climed onto the bed that night and discovered the troublesome object.

- But how did this dirt get on the bed? He asked furiously.

- But it's only a tiny bit; throw it away, why worry so much, said the wife.

- It's not the size of the thing itself that matters, but its abhorent smell, said the husband.

- So is a woman; she can handle a man in bed, no matter how young
she is! Said the young wife defiantly.

Tale 18: Peace - a Man's Bedspread (Gogal Rag waa Nabad)

Once upon a time there lived two sisters, one of them was very beauti-
ful, but she was a very foolish person. The other sister was ugly, but
she was a very clever girl. When the sisters grew up a young man who
was looking for a bride came to the two sisters and he learned all
about their personal qualities. The young man could not decide which
of the sisters to choose for a wife, and so he went to a wise man called
Kabacalaf (see Tales 15 and 23) and asked him:

- Kabacalaf, please give me your advice as to which one of these
two sisters you would advise me to marry.

Telling the wise Kabacalaf of the personal qualities of each one of
them.

- Never choose a woman for her good looks, but choose her for her
intelligence. But let's together go to the girls and ask them to
answer to three questions, so as to test their intelligence, Kaba-
calaf replied.

The next day the young man and Kabacalaf came to the sisters and the
wise man asked them to answer these three questions:

1. Gogol rag waa maxay (What is men's bedspread)?
2. Geel xeradi waa maxay (What is a camel's pen)?
3. Garow iidaanki waa maxay (What is the sauce for a millet-meal)?

The pretty girl replied as follows:

- Men's bedspread is a fibre and grass mat; a camel's pen is a tall
fence over which the animals cannot jump at night; and the sauce
for a millet-meal is ghee and milk.

The not-so-pretty girl replied as follows:

- Men's bedspread is peace; because a man in peace could comfort-
ably sleep anywhere; a camel's pen is man, because if there are no
men to look after and drive in the animals they would not by them-
selves go into the pen. The sauce for a millet-meal is hunger, be-
cause a hungry person could forego the sauce if he could get the
millet meal itself.

The young man married the ugly girl who was much wiser than her pretty
sister, the story says.

Tale 19: The Foolish Couple (Guur Labo Nacas)

A foolish man had once married an equally foolish woman and they lived
together in their foolish ways. One day the couple decided to slaughter
a he-goat for their food and the wife fried all the meat and they ate
some of it; keeping the rest of it in a fibre container to be eaten at

a later time. On the same day the husband and his wife went together
to collect firewood for cooking their evening meal and on the way they
met a man who asked them this question:

- Tell me, please, the way to the nearest hamlet in this part of the
land.

- You follow this path which will lead you to our own hut; but you
must not enter the hut. But if you do enter don't open the fibre
container there. But if you do open it you must not eat the meat in
it; but should you eat the meat you must not eat all of it. Replied
the foolish couple.

When the traveller got this advice he went on his way and soon came to
the hut of the foolish couple and ate all the meat in the container;
for he was very hungry.

Later in the day when the owners of the hut returned home they found
all the meat gone, but did not know who had stolen it. This made the
couple very unhappy for the meat was the only food they had.

After a while the husband saw a large fly with a big belly, sitting
on his wife's forehead. The man laughed happily and said:

- Aha! Now I know who stole our meat.

- Who? Asked the wife.

Without a reply the husband seized a big, sharp axe and with all his
might struck at his wife's forehead on which the fly was sitting; in-
tending to kill it. The poor wife fell on the ground and died instant-
ly, with her mouth agape. The fly flew away.

- Keep on laughing, wife; I'll somehow catch that thief of a fly!

Said the foolish husband to his dead wife; seeing her open mouth.

Next morning the neighbours came to the couple's hut and asked the
husband:

- Where's the wife?

- I only wanted to kill a thief fly that ate all our meat and then
it played about on my wife's face; she was lying and laughing in
the house since yesterday! Replied the foolish husband.

The people realized the terrible thing the man had done to his wife out
of his foolishness and they buried the dead woman, says the story.

Tale 20: The Types of Fools (Dogon)

In Somali oral literature ten types of foolishness are distinguished
in a person which are as follows:

1. Duufley - is the fool distinguished by physical uncleanliness and
   untidiness, such as a running nose.

2. Dareenley - is the fool characterized by pessimistic views on life
   as a whole, who expects nothing from it but evil.

3. Daabley - is the fool marked out by impatience, who relies on brute force whenever others disagree with him.

4. Xididkiis-xante - is the fool who has the habit of slandering his in-laws and other close relatives, with a view to tarnishing their personal dignity, a back-biter.

5. Xaajadiis-kaxogwarrame - is the fool who could not keep his personal secrets and has the habit of disclosing his plans to all and sundry by boasting of them.

6. Xiluhuu-uureeyey-xoog-moode - is the fool who never assists his pregnant wife in her domestic work; neglecting his marital responsibilities towards the wife in this difficult period of her life.

7. Surindheer-kadhaanshe - is the fool who, living with his in-laws, agrees to serve them as a hewer of woods and drawer of water on his own pack-camel. Out of respect for others such a man suffers unnecessarily, making a fool of himself.

8. Soorquureed-cune - is the fool who accepts gifts of food without considering as to why it is given him. Such a person loses his human dignity for people would consider him not worth more than a meal.

9. Sixun-uwarrame - is the fool who repeats whatever he is told or hears and spreads false rumours, cheap gossip, etc., with malicious intentions against others.

10. Garma-gasho, kamana-baxdo - is the fool characterized by obstinacy, who is neither capable of accepting his own faults, nor the rights of others.

Many other characteristics of foolishness are also mentioned in Somali oral traditions, but as an illustration we indicated these ten qualities of a foolish person.

Tale 21: The Forbidden Reservoir (Moqorxad)

Once upon a time there lived an elderly woman who had a young son. Now the family had a cow and the mother used to feed her beloved son with the cow's milk, which made him healthy and strong. As the years passed the boy grew up and became a fast runner and a high-jumper.

In the morning the mother used to let the cow graze in the field, keeping its young calf tied at home, so that it may not suckle its mother during the day. In the evening when the cow returned from grazing and was ready to be milked, the boy's mother used to release the hungry calf and it ran at once to its mother to suckle. At the same time she used to cry to her son, saying:

- Son, run quick, stop the calf from suckling the cow!

The mother did this, so as to test how fast her son could run and how high he could jump. The boy jumped over all kinds of obstacles and he flew, like an arrow, to the calf, seizing it up before it could even reach to the cow.

When the boy became a man his mother decided that he should marry, and
she went to a woman who had a beautiful daughter, proposing to her:

- How about, if our children married each other? They are grown up
already, you know.

- If you pay me a handsome dowry, I agree to give my daughter to
your son in marriage, replied the girl's mother.

The marriage deal was agreed upon by the two mothers, and the boy and
the girl were finally married. The bride then came over to live with her
husband's family.

The boy's mother built a new hut for the couple, placing a high, thorn-
fence between the new hut and the cattle-pen situated at a little dist-
ance from it.

One day the mother said to her son:

- Son, promise me that you'd never go to bed with your wife in the
daytime; for you'll soon lose your strength and be unfit for work.

- I promise not to do so, mother.

Every evening as the cow came home from grazing the mother purposely
let the calf loose and shouted:

- Oh! son, run quick, stop the calf from suckling the cow.

The son used to jump over the high, thorn-fence constructed by the
mother in between his hut and the cattle-pen; clearing the obstacle
without even touching it with his feet. In this way the mother tested
the agility of her son, whether he kept his promise to her.

Then the young wife's mother came to know about the promise made by her
son-in-law to his mother. She wanted her daughter to have children soon
and the mother-in-law decided to do everything in her power to make her
son-in-law break his strange promise and to go to bed with his wife
whenever he wished to do so. One day she told her daughter:

- Fill this vessel with milk and hang it onto the main pillar in the
middle of the hut; placing the husband's sleeping-mat beneath the
hanging milk-vessel, so that it be directly over his head as he lies
down to rest. When he lies in that position then stretch your hands
upwards over his face, so as to reach for the milk-vessel, to bring
it down and pour some milk for him. But before you do this make sure
you untie your "garraar"[1], so that the dress falls off the breasts
when trying to reach for the milk-vessel hanging overhead.

- I'll do as you say, mother, said the young wife, who always wished
her husband to pay more attention to her in their sexual relation-
ship.

1) Garraar - is the knot that ties together across the breasts the two
ends of the traditional one-piece skirt worn by the Somali pastoral
women. Untie the garraar and the dress falls off the upper part of the
body.

Next day when the sun was too hot the husband came home and lay down as usual on his sleeping-rug. His wife then carried out the instructions of her mother, and as she reached for the milk-vessel her feminine charms bewitched the husband.

- Forget about the milk and come to me, said he.

In that evening his mother released the calf to the cow as usual and then shouted:

- Oh! son, run quick, stop the calf from suckling the cow.

And he ran and jumped over the thorn-fence and caught the hungry calf before it got to its mother. The top branches of the thorn-fence had scratched the man's feet as he jumped over it in that evening. The young man had always cleared the fence and never scratched nor even touched it with his feet before today. In the next evening he dislodged some branches of the fence with his feet as he tried to jump over it. And in the following evening he crashed onto the fence and failed all together to clear it.

When this disaster happened to her son and he had lost his former strength and agility, his mother realized that he did not follow her advice and that he had fallen into the foolish practice of "moqorxad", stealing from a forbidden reservoir[1].

The mother then told her son one day:

- Son, you broke your promise to me; that is why you lost your strength. What you need now is recuperation, so that you may regain your former health and strength. Take some ghee from this container and eat it.

- It's true, mother, that I didn't take your advice; I succumbed to the wife's great charms: her massive breasts with nipples as black as charcoal!

- Now, go and pour out some ghee for yourself from the container; you foolish boy! Said the mother to her son.

The ghee had solidified and it could not be poured out of the vessel. The boy shook the container strongly, but not a drop of ghee fell from it.

- Mother, I've shaken the container with all my strength, but the ghee doesn't pour out of it.

- Keep the container in the sun and pour out the ghee when it liquid-ifies in the sun's heat, the mother advised her son.

---

1) "Moqor" means a hole in tree-trunks, which catches and stores up rain-water. Somali nomads drink from this natural reservoir by placing a reed-pipe into the hole and then suck up the water. "Xad" means to steal and the combination of the two terms "moqorxad" have a figurative meaning, that is, doing something forbidden, a taboo.

He then placed the vessel in the hot sun outside the hut and after a
while the ghee melted into liquid, and it was easily poured out of the
container into a bowl.

- Men are like ghee; avoid moqorxad and preserve your strength.
Otherwise you'll not live long, my boy, the mother advised.

Tale 22: The Friends (Saaxiibbadii)

There once lived two men who were friends and neither of them had any
property. One day one of them asked the other:

- Tell me, my friend, what's your wish in life?

- I wish I owned many goats and sheep, so that I'd have plenty of
meat and milk all the year round.

After a moment the second man asked the first:

- And what's yours?

- I wish I owned packs of wolves that would feed on your sheep and
goats!

- But why do you wish my herds be eaten by your wolves; is that what
you call friendship between us? Said the second man, getting angry
with his friend.

- because you wanted to own all those herds by yourself and gave me
nothing; though I am your best friend, answered the first man.

They both got angry and fought until they were tired of hitting each
other and fell apart unconscious.

- What were we fighting for? Asked one of the friends when they re-
gained consciousness.

- Only a wish! Answered the other.

Tale 23: The Canny Two (Labo Kala Daran)[1]

There once lived a very cunning man and an even more cunning woman. He
was called Kabacalaf and she was named Huryo. Each of them owned many
goats and sheep, a pack-camel and a large hut.

One day when the man was removing his household from one place to an-
other, he met on the way the cunning woman, herding her goats and sheep.

- Hey, woman, drive your goats away from mixing up with mine; I've
no one to help me keep mine away from yours, shouted the cunning
man.

- Neither have I helpers; you keep your animals from mixing up with
mine, replied the cunning woman.

- But, where are your relatives, he asked.

---

1) See also Tales 15 and 23.

- My father and mother died long ago; nor have I any brothers
and sisters. I am still unmarried, said Huryo.

- Why don't you get married?

- Because my hands shake a bit and can't hold things properly, she
.answered.

- Only this?

- Yes.

- I'll hold things for you in my own hands, should you marry me,
said Kabacalaf.

- But first tell me why you didn't marry until now? Huryo asked.

- I also have a minor defect, that is, I do things without thinking
about my actions first, he replied.

- I always think carefully before doing anything; so we better marry
together: you'll hold things properly for me and I'll think for you,
Huryo suggested.

And Huryo and Kabacalaf married and they put all their herds together.

Then one night the husband said to his wife:

- Wife, let's slaughter an animal for food.

- Alright, said the wife.

- Then get hold a fat ram, said he.

- Here, come and cut its throat, while I hold down its legs, said
Huryo, seizing a big ram belonging to Kabacalaf.

- Alright, said the husband; bring me a knife with which to slaughter
the animal.

When his wife went into the hut to fetch a knife he freed his ram and
seized instead a fat ram belonging to his wife. Huryo brought a sharp
knife, gave it to Kabacalaf and he at once cut off her ram's head. Thus
Kabacalaf outwitted Huryo even though he told her that he does things
without thinking about his actions.

Tale 24: The Feminine Belly (Caloosha Haween)

It is said that a long time ago there lived a man and his wife. The wife
was a glutton and each time the family slaughtered animals she used to
eat one-half of the meat.

It was difficult for the husband to feed his gluttonous wife, since he
owned few livestock. He thought of divorcing his wife, but they had small
children who would suffer should their mother leave them.

In Somali tradition gluttony is considered as a habit unworthy of a human
being, especially in women. In the following verse the husband complains
to his kinfolk about the enormous capacity of the feminine belly for
food:

Husband: Cashiiradayey
                 caloosha haween
                 haddaan la cel-celin cir weynaa... (Kinfolks mine,
                 harken! How capacious the belly feminine
                 unrestrained should it be...)

In reply the wife blames her man for his inability to provide for her:

Wife: Cashiiradayey
                 caloosha haween
                 nin ka cawday coodyari...! (Kinfolks mine, harken!
                 The belly feminine
                 but a poor complains about...).

There was little his relatives could do for the man about his gluttonous wife and he had to live with her as bad a person she was.

Then one day the husband slaughtered a fat ram and one-half of the meat was given to the wife as usual. The father and his children shared in the other half of the meat. The wife ate all her share of the meat at once, but the husband reserved some pieces of his share for the children to eat later on. He then sat behind the hut to keep watch over the reserved meat, so that his wife may not steal it. Every now and then he shouted loudly: "Hey! I can see you, woman!" So as to scare his wife away from the meat.

In the neighbourhood there lived another man with his wife, who also had many children. This man's wife had the habit of stealing several mouthfuls whenever she milked their goats, before giving the milk to her children and the husband. The man disliked his wife because of this selfishness of hers, and he had even thought of divorcing her for this reason.

One day the second man went to visit the first man and found him shouting: "Hey! I can see you, woman!"

  - To whom are you shouting? Asked the newcomer.

The first man then told him about his gluttonous wife who stole even her own children's food.

  - Mine steals only mouthfuls of milk.

Said the second man, realizing that his problems were much less serious than those his neighbour had with his wife; and he thus gave up the thought of divorcing his wife. Either be patient with women, or forego them, they say.

Tale 25: The Liars (Beenaaleyaal)

Once upon a time there were four men who were big liars and they were well-known all over the land. It happened that the first liar was deaf, the second was blind, the third was a cripple and the fourth was naked.

One day the neighbours wanted to know who was the biggest liar of the four and they were made to compete for this title. The four liars were called in and the neighbours told them:

- We want to know who's the biggest liar among you, so that we may give him a prize for this title.

The deaf liar said:

- I hear a cow bellowing in the wilderness!

The blind liar added:

- I can see that the cow has coloured strips on its body!

- Let's run and seize it! Added the cripple.

- Beware, thieves might rob us of our clothes! Warned the naked liar.

Thus spoke the four liars and the people judged them all as big liars, says the story.

Tale 26: The Deceiver (Dhagarrow)

There was a man who had the bad habit of deceiving people in every way possible and because ot this he was named "dhagarrow", the deceiver. The people could no longer tolerate him and they chased him away from among themselves.

The Deceiver came one day to a meeting held by the wild animals, together with fire and water and said to them:

- I am a human being and request your protection from other men, my enemies who turned me out of their society; I promise not to deceive you, although people called me a deceiver.

- Alright; and we elect you as our leader and you'll look after our affairs, said they.

- Agreed, said the Deceiver.

One day the Deceiver gathered around all the wild animals and with their help raided and looted all the livestock belonging to the people who banished him.

- The enemy will be despatching a large force against us to retrieve the livestock; therefore, we will arrange our defence beforehand, said the Deceiver to the wild animals, to the fire and the water.

- Tell us what to do; you're our leader, said they.

- All of you who crawl on your bellies should hide and wait in the "Xanan-weyne", forest of thorns, and ambush the pursuing enemy when they pass by. All of you who walk on your feet, together with the fire and water, should drive the livestock further away with me, ordered the Deceiver.

The crawlers carried out their orders and defeated the enemy in the forest of thorns. The Deceiver held a meeting with the walkers-on-feet, the fire and water, while the crawlers were away fighting the enemy, and said:

- It's us, walkers-on-feet, the fire and water, who now have the livestock; let us not give any part of it to the weak, good-for-nothing crawlers.

- We agree to whatever you say; you're our leader, they replied.

- Now then, you fire, go and burn out the "caws-weyne", plains of tall grasses, where the crawlers are encamped and destroy them all. Ordered the Deceiver and the fire carried out its orders.

The Deceiver held another meeting with the walkers-on-feet while the fire was away destroying the crawlers and told them:

- You see how terribly the fire has destroyed the crawlers; it will do the same to us, unless we get rid of it beforehand.

- How can we get rid of the fire? It's too powerful for us, said they.

- You, water, should extinguish the fire, for you're more powerful than it is, ordered the Deceiver.

And the water flooded the plains of tall grasses, extinguishing the mighty fire which was raging there for many days and nights.

- You see, the powerful fire was put out by our friend, the water; we must destroy this dangerous water before it drowns us all, the Deceiver advised the rest of his partners one day.

- But tell us, master, how can we possibly destroy the powerful water? They asked.

- The porcupine[1] and the mole who are good excavators should dig deep furrows in the ground between the mountain-passes of "qawdheer", the great abyss, so that the water may fall into it and be trapped there, ordered the Deceiver.

The porcupine and the mole also carried out their instructions and the water fell in the great abyss, drowning at the same time the two ingenious excavators.

- We're in peace and prosperity at last; let's celebrate and slaughter some of the livestock for food, the Deceiver told his remaining partners, who agreed to the proposal.

- Mr. Hyena, you're fond of eating meat; we'll keep a large portion of it apart for you, but now go and graze the herds in the forest while the meal is being prepared, said the Deceiver and the hyena went to look after the herds.

In his absence the partners consumed all the meat, leaving nothing for the hyena. They only wanted to get rid of him.

---

1) The Somali name in the story is "qarandi", an animal which is believed to belong to either the armadillo, or to the porcupine species. Qarandi is rarely seen nowadays and seems to be already extinct in Somalia.

- Are there any remains of the meat for the hyena?

Asked the Deceiver as the former was seen returning to base with the
herds.

- Only the lungs remained, replied someone.

The Deceiver took the raw lungs of the slaughtered animal, cut them
up into small pieces and glued them onto the buttocks of the monkey,
who was sleeping soundly. The monkey buttocks became red in colour.

- Give me my portion of the meat, friends, cried the hungry hyena
as he brought home the herds in the evening.

- The monkey's keeping it for you, they told him.

The hyena saw the monkey with the meat sticking to its buttocks and
tried to seize the meat from it. But the monkey, who was awake now,
ran for its life; judging correctly the hyena's intentions, and the
latter gave chase. They ran after each other until they came to the
"qawdheer" abyss, where the hapless porcupine and the mole had drowned
earlier. The scared monkey jumped over the abyss, but the hyena was not
as agile and strong as the monkey and it fell into the abyss and got
drowned, like the luckless excavators. The last words of the dying
hyena were:

- Hilib waa nin gaari waayey
iyo nin dabada ku wadh-wadhay! (Some couldn't even get the smell
of meat, while others stuck it onto their buttocks!)

There now remained the Deceiver, the lion, the jackal and the monkey,
who together owned all the livestock; the Deceiver having got rid of
the rest of his partners.

- Our friend, the lion, keeps watch on the livestock at night,
while the rest of us sleep; you monkey, and the jackal should graze
the herds in the daytime, ordered the Deceiver one day and all
agreed to this suggestion. And the lion went to sleep in the shade
of a leafy tree as usual. Then the Deceiver went to the monkey and
the jackal and said to them:

- Look, my friends; the lion poses a great danger to us all; we
should get rid of him beforehand.

- Alright, but tell us how? They asked.

The Deceiver thought a while and said:

- You, monkey, should run up to the lion and tell him that an er-
rant lion-couple entered into our water-pond; refusing us permission
to drink therefrom. Ask the lion to come and chase away the strang-
ers and allow our herds and ourselves to drink from the water-well.

The monkey delivered the message and the great lion, the king of the
forest, with his wife went to the water-well to turn out the intruders.

- Where are the strangers? Asked the lion defiantly.

- They're in the well, master, drinking water, said the Deceiver.

The Lion and his wife stood at the mouth of the deep shaft and looked down into its bottom. They saw their own images reflected in the water and, thinking that other lions were in the well, they both jumped into it and got drowned as they could not come out of the deep well.

Now there remained of the wild animals only the monkey and the jackal, and the Deceiver wanted to get rid of them, too, so that he could possess all the livestock. But both being clever animals they realized beforehand the man's treacherous designs against them.

- I suggest we now make peace with the people from whom we looted the livestock; for we're tired of always running away from people, said the Deceiver one day to his remaining companions.

- No, thanks; I prefer to live alone and free in the woods and mountains, gathering wild roots and fruits, than live with men, said the monkey decisively and went on his own way.

- I couldn't stand the timorous dogs enslaved by man; they once belonged to my tribe, the jackals, but we're bitter enemies now. Sorry, partner, I can't go and live with men and be enslaved by them like the poor dogs. I prefer to live alone in the wide forest, to snatch and run off with a baby-goat from here and there to sustain myself, said the canny jackal and trotted away into the wilderness.

The deceiver, the man, thus possessed all the livestock by himself, having eliminated his partners one by one. Yet, with all this property he could not find peace and happiness and felt lonely and miserable. The Deceiver at last realized that no man could possibly live by himself without the help and companionship of other men. He took the remainder of the looted livestock back to their owners and apologized to them for his misdeeds, remembering the ancient Somali saying:

- Abkii diidaa u noqdee;
bur dundumo carradi waw dhacaa
wuxuu ka dheer yahayba!
(His kin one may desert
but to the fold returns he someday;
anthill however high it stands
back to earth it falls).

Tale 27: The Proud Blind Man (Indholaawe Isfaaniyey)

Once there lived an elderly man with defective eye-sight. The man had never married and he wanted to take a wife who would take care of him in his old age and to manage his many livestock.

Then he married a seventeen-year-old girl who could have been his daughter. The husband was very proud of himself because of his considerable wealth and he did not want his wife to know that he was half-blind.

One day in order to prove to his wife that he had good eye-sight the
husband secretly stuck a small thorn into a tree-trunk and standing at
some distance from the tree he called in his wife and said to her:

- Look up there, wife; do you see that thorn sticking up in that
tree-trunk?

- I see a tree standing up there in the direction you point to, but
I see no thorns there.

- How can't you see the thorn; are you blind or what? He asked,
raising his voice.

- May be it's too small, that's why I can't see it from here.

- Alright, wife; I'll go and bring the thorn and place it right
under your nose so that you can see it.

Said the husband and went towards the tree in long, determined strides.

In the meantime a camel came to stand in between the tree and the man,
blocking his way with its huge body. He blindly ran into the camel,
hitting its hind-quarters with his forehead. The animal got scared and
kicked the old, blind man in the belly so violently that he fell onto
the ground and lost consciousness.

- Poor old man, your foolish pride caused you disaster!

Said the young wife, helping her husband to stand on his feeble feet
again.

Tale 28: The Divorcees (Haween la Furay)

Once upon a time four wives were divorced by their husbands for differ-
ent reasons. The first wife was divorced for being a glutton. The
second wife was divorced for reason of conjugal infidelity to her hus-
band. The third wife was divorced for she was neglectful of the hus-
band's livestock and the household. And the fourth wife was divorced
for being habitually rude to her husband.

The four divorcees went away together from their former homes so as to
look for other men to marry. They came to an unmarried man who owned
many livestock.

- We're looking for men to marry us; do you have eligible men
around? Asked the women.

- How about me? I am looking for a good wife, two, three or even
four wives. But tell me whether any of you were divorced before and
the reason why, said the man.

And the women told the man the reasons why their former husbands di-
vorced them. And the rich man married three of the women, giving each
one of them a specific assignment. To the gluttonous woman he told:

- Here, eat all this delicious food until you satisfied yourself;
you do nothing for me but eating.

To the unfaithful woman the man told:

- You'll do all the hard work in your household, such as packing up
the household effects and putting them on the pack-camel and unpack-
ing them whenever we remove to a new place; constructing your own
hut, looking after the livestock while grazing in the forest; taking
them to the water-ponds when they're thirsty; caring for your child-
ren and me. I'll give you still more work to do in addition to these.

And to the neglectful woman he told:

- Here, these herds of goats and sheep are all yours; take care of
them. Neglect and mismanage them and you'll get no more and you'd
starve to death.

To the rude woman he said:

- For you, lady, I've no place; you may go away.

The gluttonous woman ate all sorts of food, until she wanted no more
and had lost the appetite for eating. The unfaithful woman had no time
now to flirt with men; and the neglectful woman started to manage her
livestock properly, now that they were hers. And the rude woman went
away alone.

Tale 29: The Fat Tail (Baridhabar)

Once upon a time there lived two great gluttons who were a burden to
anyone extending to them his hospitality; for no amount of food and
drink ever satisfied them.

One night the two gluttons came to the settlement of a nomadic family
as guests. Although the head of the family owned few goats and sheep
he nevertheless welcomed the guests according to the ancient rules of
Somali hospitality. A shelter was constructed near the family hut in
which the guests could spend the night.

While the host was busy arranging a meal for them the guests thought
out as how to induce the man to give them the best possible food he had.

- I'll make him slaughter the fattest animal he has and to give us
all the choicest parts of the meat, said the first guest.

- And I'll make him give us all the milk produced by the only two
milch-camels he has, said the second guest.

The respectable host slaughtered a fat ram for the guests and late in
the evening brought to them all the best parts of the meat; except the
fat tail of the ram (bari-dhabar). Then the kind host excused himself
and left alone his guests to enjoy their meal.

Before eating, the gluttons counted the parts of meat brought to them
and found the fat tail missing.

- Leave it to me; I'll make him bring us the tail, too. Said the
first glutton.

He then took a flaming torch out of the bonfire around which they were sitting and went out into the dark night; pretending to look for something he lost around the animal pen of his host. The hosts were surprised to see their guest groping in the darkness in such a strange manner.

- Who are you, what's the matter? The host asked.

- I am your guest; looking for a piece of meat that left your side, but failed to reach our side. That is, the fat tail, said the man with the torch.

The host was still more surprised with the shamelessness of his guests and said to him:

- We just forgot to send it up; here's the bari-dhabar, too; take it.

The host realized that his guests were gluttonous fellows and were not satisfied with the meat of a whole ram. He then brought to his guests a container full of the milk of the better one of the two milch-camels he kept for feeding his little children. The host did all this, so as not to break the rules of hospitality observed by his people, thereby bringing dishonour onto himself.

The more gluttonous of the two guests said to his friend:

- The second camel always gives more milk than the first; here, you drink the first camel's milk and I'll wait for the milk of the second.

When the host came to collect the empty containers he realized that one of his hosts had not yet drunk milk. So he brought them the second camel's milk, too, which amounted to few mouthfuls only, for the second guest to drink; leaving no milk at all for his children for that night.

- The second camel produced this much milk; here, take it, too, said the host.

The guest who drank the milk of the first camel laughed mischievously and said:

- The desire to get more frequently ends in losing what you already have!

Tale 30: The Honey Thief (Beeni Raad Ma Leh)

A man once saw a beehive full of honey on a tree and decided to steal it. Taking a torch of fire, some dried grass and an axe[1) the chief climbed up the tree to collect the honey.

---

1) In Somalia bee-keeping is not a developed industry; people just gather wild honey from natural hives in tree-trunks, caves, etc. One has to smoke out the bees before collecting the honey. Sometimes people place hollow wooden boxes on trees in which bees build their hives. The honey in such hives is privately owned.

- What are you doing up there? Asked the owner, catching the thief red-handed.

- I just wanted to enjoy the good view around, replied the man on the tree.

- What's the axe for then?

- For cutting down green branches to feed my goats with.

- And what's the grass for?

- To sit upon it, so as not to dirty my loin cloth.

- And what's the torch of fire for?

- To that question I've no answer, replied the man on the tree.

Beeni raad ma leh! (A lie may serve you but once, says an old Somali proverb).

Tale 31: The Pool of Wisdom (Haradii Garaadka)

The Somalis say that God had created wisdom and then threw it into a pool of water. He then created a man, a woman, the wild and the domestic animals and told them:

- The wisdom I wanted to give to you is in that pool; go and drink from it all of you.

The wild and the domestic animals did not drink from the pool but passed by, taking the direction of the scent left by the animal ahead. That is why the animals have no wisdom today and have the habit of always taking the direction of their scent, so as to distinguish objects by smelling them.

The woman drank from the pool of wisdom and left quickly, wading through the water. That is why women have wisdom today, but they jump at conclusions and are unable to make well-reasoned decisions. On the other hand, the man sat down to meditate after drinking from the pool of wisdom. That is why men carefully consider the problems of life before making final decisions.

Tale 32: The Three Thoughtless Men (Saddexdii Maanlaawe)

A young man wanted to marry a beautiful girl whom he liked very much, and he made a marriage proposal to the girl's father[1].

- Alright; but you'll have to pay me the customary dowry, and I accept no less than ten head of camels, said the father of the girl.

- But, respected father, I own only ten camels and should I give you all of them how would I provide for your daughter and for myself, reasoned the young suitor.

[1] In traditional Somali society marriage proposals are made to the bride's father, or to her guardians by the groom himself, or by his parents.

- Ten camels, or you won't have the hand of my daughter, said the father.

The young man gave away all his camels and in return got the beautiful bride. Some years passed by and, as is the custom among the Somalis, the father in-law went to his son-in-law to ask for some more compensation for his daughter. But the young couple were very poor and had nothing to give to the father in-law, not even a meal.

- My father came to us and we've nothing to feed him with; can you spare some food, please? The young bride asked their neighbour-hunter.

- Luck smiled at me today as a "sagaaro"[1] fell into my trap; I might offer you the "sakaar", the chest-bone, in return ... in return for your feminine favours, replied the hunter.

The young wife declined to meet the hunter's conditions and went home empty-handed. The father slept without dinner that night.

Next day the father, the husband and the neighbour-hunter were talking together when the young wife came to join them.

- You're three thoughtless men and I'll tell you why. My husband's a thoughtless person, for he gave away all the ten camels he owned for my dowry. My father's thoughtless, for he took away all the ten camels my husband had; and now here he comes for more gifts while he knows that we've nothing to feed ourselves with. Our neighbour-hunter's a thoughtless man for wanting to have what cost ten camels for a mere sakaar sagaaro!

Tale 33: The Nine Defects of a Woman (Sagaal Iimood ee Afo)

A man complained of nine defects he found in his wife's personal character which made it impossible for him to live with her and compelled him to divorce her. The husband said:

- Three of her defects I myself suffer from and they are:
that she passes objects over to me with her left hand, although she isn't left-handed[2]; that she always gives me spiteful glances; and of her nightly naggings.
Three of her defects she herself suffers from, which are:
that she loves sitting in the dust more than a camel does; that she

---

1) Sagaaro - a tiny antelope of the species Madoqua rhynchotragus, (see also footnote to Tale 11, Category C2.

2) In the traditional Somali society passing things over with the left hand to a person senior to you was considered as a sign of disrespect. In many societies, chiefly oriental, the left hand has the function of cleaning the body after a Nature's call, and they do not shake with the left hand.

hates applying oils on her body more than a takar[1]; and that she
keeps her body away from water more than books are kept from water
(that is, she doesn't wash herself). Three of her defects her child-
ren suffer from, which are:
that she ill-feeds them; she lets them sleep out in the cold night
uncovered; and that she beats them too often. With all these defects
of hers I could not tolerate living with her and had to give her li-
berty, concluded the disgruntled husband.

Tale 34: Cigaal: The Trickster (Cigaal Shiidaad iyo Col)

Cigaal Shiidaad is a wellknown character in Somali popular literature,
about whom many colourful tales are told. No one knows, however, when
Cigaal lived, or whether he ever existed at all. The tales about Cigaal
are of the adventure type, and most of them portray him as a miserable
coward, a great trickster, a comic fellow, etc.

One day Cigaal was sitting in front of his hut, together with his wife,
Ceebla'.

- Some enemy men are around these days, they say; may Allah protect
us! Said the wife, with a heavy sigh.

- You always predict evil omens; what a strange woman you are! Said
Cigaal, admonishingly.

- I just told you of what I heard from the women of the village;
they get such news from their men, you know, and the men know what's
happening around, said Ceebla'.

- You'll bring disaster to this house one day; take it from me!
Said the husband uneasily.

- Beware! Beware! Cried out a man suddenly, running towards Cigaal's
house.

- Get up! Get! .. up! Cigaal, quick! Cried Ceebla', exitedly.

- Shut up, woman! You have invited evil omens into this household,
I knew, said Cigaal, already scared to death.

- Run quick, get out of here before you're caught and killed, urged
the wife.

- Oh! It's no use; it's too late now; I won't reach far. Come, come,
wife; better hide me under this mat and start mourning over me, as
though I am dead. Cigaal ordered his wife and she did so.

- Oh! Woe befell onto me; oh! disaster great visited us; oh! beloved
husband, why have you left me! Cried the woman.

---

1) Takar - a blood-sucking, winged tick that lives on camels, cattle
and other animals; the takar habitually avoids attaching itself onto
oily animal bodies. Hence, a woman who doesn't apply sweet oils on her
body is compared to a takar.

- Louder! Louder, woman! Cried Cigaal from under the mat.

The raiding party came to Cigaal's compound where they found Ceebla' raving hysterically over the rolled-up mat.

- When did your man die? Asked the raiders, threateningly.

- Yesterday, tell them, yesterday, cried Cigaal from under the mat before Ceebla' answered the men. The raiders understood that the woman was only bluffing them and that she hid her cowardly man under the mat.

- Let's go; Allah has already killed alive this fellow! Said the leader of the raiders and they departed.

CATEGORY C 2: FABLES

Primitive man keenly felt his relationship with the lower animals that
lived with him on Earth and never doubted that they talked, felt and
reasoned in the same way as he did. Often man made images to worship and
gave them the shapes of animals he new, because he felt that these ani-
mals were more powerful physically than he was and that they could,
therefore, protect him from all that he feared.

The ancient Egyptian gods and goddesses, for instance, had the bodies
of men, but the heads of lions, cats, birds, etc.

The Animals Featuring in Somali Folktales

The majority of the population of Somalia, about 70 %, are the pastoral-
ists whose economic life is based upon livestock consisting of camels,
goats, sheep, cattle, etc. The animals provide products such as meat,
milk, fats, etc. which form the basic diet of the people. For many cent-
uries the Somalis practised in animal husbandry which determined their
socio-historical past.

Managing livestock in the difficult ecologial conditions in the Somali-
lands demands above all great stamina and personal courage on the part
of the herdsmen. The everyday task of an ordinary Somali pastoralist
consists of grazing, watering and protecting his herds from the wild
animals, as well as from human enemies.

The beasts of prey live side by side with the herdsmen in the Somali
savannäland. Thus, the nomads' livestock is also the basic source of
meat supply for the larger beasts of prey, such as lions, leopards,
hyenas, jackals, etc. Through long experience inherited from past gen-
erations, the Somali herdsmen have learned the individual habits of
these beasts, as well as those of the herbivorous species, like the
giraffe, antelope, ostrich, etc., that are also part of the same ecol-
ogy. The wild beasts may attack livestock either individually, or in
large packs, in daylight, or at night when the people are sound asleep.
The herdsman has to be always on the alert in protecting his flocks
from these predatory beasts.

Among the beasts of prey the most harmful ones are the lion, the leo-
pard, the cheetah, the hyena and the jackal. Every year these wild ani-
mals kill hundreds of livestock of all kinds, and there is a perpetual
struggle between man and beast in the Somali countryside. These beasts,
with the exception of the tiny jackal, are also man-eaters and often
attack people, particularly women and children.

Over the ages, colourful tales have been created by the popular mind
about the lower animals that live side by side with men. These animal

tales form a major part of the existing Somali oral literature and they vary greatly in detail and in the manner of narration due to the cultural variation in the specific areas of the country from which the stories are told. The individual characteristics of the various animals, such as their hunting tactics, how they build their dens, rear and train their young ones, etc., are vividly described in the stories.

Some of these wild animals are personified in that they are endowed with human intelligence. Such animals as the elephant, the lion, the rhinoceros, etc. are featured in the tales as possessors of superior physical strength and they are feared and obeyed by the smaller species. Other animals, like the jackal, the rabbit, the squirrel, etc., are described as helpless weaklings, but as being extremely canny creatures. The hyena is noted in many Somali fables for its foolishness, as well as a possessor of certain supernatural powers, such as the ability to transform itself into a man. And the jackal is featured as the craftiest of all the beasts of prey that appear in Somali animal tales; as well as being the most intelligent.

The lower animals that are featured in Somali fables consist of almost all the species found in the ecology of the Somalilands. Broadly speaking, these animals fall into the following categories:

    a. - beasts of prey
    b. - herbivorous wild animals
    c. - domestic animals
    d. - rodents and reptiles

Secret Code-Names

Somali herdsmen often give secret code-names to certain beasts of prey, so as not to mention their proper names. The people believe that these beasts have intelligence like humans and they even know the language of man; hence no-one should talk ill of them, lest they take revenge on man. Some of the secret code-names have an intimate connotation for the herdsmen; whereas other terms express hatred of the animal that bears the code-name. For example, the lion is called:

    1. Libaar
    2. Cagabaruur (fat-feet, especially the cubs)
    3. Jeenicalaf (limping old-shoe)
    4. Garweyne (long-bearded elder)

The second and third names in this list have derogatory connotation, whereas the fourth has a sense of intimacy and respectful feeling towards the lord of the forest. The following verse, where herdsmen entreat the lion to show mercy and not to attack their herds, expresses such intimate feelings:

Gumburiyow oday garwynow
carrada Gumasoor[1] ma joogoy
galbeed[2] baa guri qabow ...
(O elder, long-beard!
Gumasoor[1] in this land leaves not
habitat cool and cosy is
in the west[2] available ..)

When a pastoralist see a lion or its fresh spoor on the ground around
their encampment the men go out in groups to look for the beast, so as
to kill or to chase it away from their territory. The men take with
them their spears and arrows, as well as empty tins and other metallic
objects which they strike together to make loud noises in order to
flush out the lion. While so engaged the men sing songs of bravery in-
tended to frighten off the beasts, or to entreat them not to attack
the people and their herds. The above-mentioned verse is typical of the
many lion-songs sung by the Somali herdsmen when frightening off the
king of the forest.

The Hyena (dhurwaa) also has several nick-names, some of which are:

1. Dhurwaa - he who begets no off-spring; the accursed one.

2. Waraabe - the glutton, ever-hungry one.

3. Qaaryare - he with the diminutive hind-quarters.

4. Durruqsey - the lame one.

The Jackal (dawaco) has the nick-names of:

1. Dawaco - the lowly, illusive.

2. Dayo - a contraction of the first term, dawaco, the crafty, canny.

The Leopard (shabeel) is called "sharaxle", the spotted, as mentioned
in the following herdsman's song:

Sharaxlow shabeelkuba
shansho kuma dhego ridee
shalow buu ku tuuraa ...
(Leopard, the spotted

---

1) Gumasoor - a Somali nomad clan whose pastureland is normally in
north-eastern Somalia. The connection between this clan and the lion
(elder long-beard) is not clear in the song. The people believe, how-
ever, that the beasts of prey are more friendly disposed to particular
clans than others. In the song, e.g., the singer tells the lion that
his people are not the gumasoor clan, against whom the beast seems to
have a grudge.

2) Galbeed - west, the reference here of a westward direction may in-
dicate the fact that the composer-singer of this verse might have been
an inhabitant of eastern Somalilands, but a non-gumasoor.

by the legs seizes not the goat
into a trough it throws instead[1]).

In fairy tales, objects such as chairs, tables, pots, trees, etc., are often personified, in the same way as the lower animals, and they talk and act as human beings. In Somali oral literature there are a great number of fables about the lower animals found in the Somali ecology, which could conveniently be divided into two main groups: a) fables with animal actors, and b) fables with animal and human actors. We shall record here some examples of these animal stories as an illustration.

---

1) Each of the beasts of prey has its hunting tactics; the leopard e.g. may overtake its quarry on level ground, but on high mountains it often takes its prey (sheep, goats, antelopes, etc.) by surprise, seizing and throwing it down into the deep-sided valley. The quarry breaks its limbs under its own weight while rolling down-hill and is thus paralyzed. The killer-leopard then descends leisurely down into the valley to feast on its kill. This is the hunting method of the leopard referred to in the verse quoted above.

Category C 2a: Fables with Animal Actors

Tale 1: The Bee and the Grasshopper (Shinni iyo Kobojaa)

The story is told that once upon a time a bee and a grasshopper were
neighbours and lived in a place where there were many tall grasses,
trees with green leaves and flowers. It was the rain-season and there
was plenty of food and water for all the insects who lived happily then.

 - How do you do, Mr. Grasshopper?

Asked the bee who one day came to visit the grasshopper.

 - I am fine; I am living the happiest moment of my life. You see, I
jump from one grass stem to another to nibble at this and that leaf,
to drink the nectar of this and that flower, and when I am satisfied
I just bask in the warm sun and loll about to stimulate my appetite
once more. At night, on a perch on the highest branch of a tree, I
sleep and the gentle winds rock me to fall asleep. The new dawn
wakes me up and I breakfast on the nectar of flowers cooled by the
morning dews. No happier life than mine could be desired, said the
grasshopper, boastfully.

 - And how do you live, lady bee? Asked the grasshopper after a while.

 - Well, it's quite different with us bees; all day long we're busy
gathering nectar into which we make honey and beeswax which we store
up in our hives for future use. Unlike you, we bees live together in
colonies with thousands of members, all working and equally sharing
the fruits of our common labour. Only our queen is exempted from
work; her duty is producing the drones. Each one of us takes care of
the queen's welfare, feeding her and attending to other needs; for
she's a mother to all of us. We, the bee community, organize our de-
fences collectively against the enemies who might want to take away
our honey. In such a collective society I myself was born and raised
and it is my duty to work for the common good of my society as long
as I am able-bodied; contributing as much as I can to the material
wealth of the bee community. The sick and the elderly are not neg-
lected but they are taken care of in accordance with our welfare
rules. That's how I live, Mr. Grasshopper, said the bee.

 - But when do you take a rest, or play; what sort of life is yours?
Asked the grasshopper.

 - And I was wondering with your carefree style of living; when would
you collect your reserve food supply, don't you realize that the
season of plenty will end, followed by the dry period of scarcity?
Asked the bee.

 - If I'm living blissfully today what do I care about what happens
tomorrow.

Replied the grasshopper disdainfully, and the two neighbours parted com-
pany.

Then a severe drought occurred and the grasses, leaves and flowers all
dried up, and consequently many insects perished; for there was no food
to sustain them until the next wet season.

- In the name of Allah, give me something to eat!

Said someone, coming to the entrance of the beehive one day. The bee came out to see who it was and saw her neighbour, the grasshopper. He looked miserable and was nearly dying of hunger. The bee took pity on him and fed the poor fellow with honey until he was satisfied and could eat no more.

- You were right, lady bee, and I was quite wrong that day when we discussed about our life-styles; I now realize that I am an idiot who could not see beyond the food in his belly, said the foolish grasshopper, regretfully.

Tale 2: The Crocodile's Tongue (Carrabkii Yaxaaska)

In Somali folktales the jackal is noted for its craftiness, which compensates its small size and physical weakness.

It is said that the jackal had no tongue of its own when it was created and swallowed food without tasting it. It then thought about how to get a tongue, to get the pleasure of tasting food.

One day the jackal came to her great friend, the crocodile, who was basking on a riverbank and said:

- Dear Mr. Croc, I came to ask you a favour.

- What is it that you want me to do for you, dear?

- You know, Mr, Croc, that my younger sister is to be wed today and I ask you, as you're a great friend of mine, to lend me your beautiful, long tongue, so that I may perform the "mashxarad"[1]; I'll return it to you as soon as I finish the mashxarad.

- I couldn't do else but oblige you; for you're a great friend of mine. Here, take my tongue, but see to it that you return it soon, said the crocodile.

The jackal realized how useful a tongue is, how it helps one in chewing and tasting food, and decided never to return it to its owner.

The crocodile waited for days for the jackal to return and bring back his tongue, but there was no sign of it.

- Deceitful jackal, you shall take not a drop of water from all the rivers in the world, said the crocodile angrily.

Since then crocodiles have lived without tongues and jackals do not drink from rivers for fear of being seized by crocodiles. And the two remained great enemies ever after, says this popular Somali story.

---

1) A shrill cry of joy made by oriental and African women by means of swinging the tongue in the mouth, between rounded lips, like a bell-tongue, thus: "loo-loo-loo".

Tale 3: The Cat (Bisadda)

In the old days the cat belonged to the wild animals and lived in the
forest. One day it came to the elephant, the biggest and strongest of
them all and said;

- Mr. Elephant, I am so small and weak, please protect me from the
other larger animals.

- Don't worry, you little, dear one; I'll crush anyone who dares to
threaten you, replied the huge elephant.

- Thank you, dear giant, said the cat and it lived under the protec-
tion of the elephant for many years.

One day a hunter killed the elephant with a spear through the heart and
removed its huge tusks and took them away; leaving the great carcass for
the wild animals to feast on.

Then the cat came to realize that although the elephant was many times
bigger than the man who killed it, man was wiser than all the animals.
The cat then came to man and said to him:

- I am so small and weak, please protect me from the other larger
animals.

- Alright, you stay with me; your job is to chase away and destroy
rats, cockroaches, etc., from my house, said the man.

The cat agreed to do this for man in return for his protection.

One day to its great surprise the cat saw the man submit meekly to the
scoldings and abuse from his wife. The cat then realized that the
woman was after all stronger than the man, in spite of his wisdom and
superior physical strength. So the self-seeking cat left the man and
went to live with his wife. Ever since, cats keep company with women,
says the story.

Tale 4: The Golden Mouse (Jiirkii Dahabka)

Once upon a time cats and mice lived in the same neighbourhood and great
enmity existed between them. The cats had an elderly tom-cat as their
king and the mice also had their own chief.

The cats lived in a beautiful den in which they kept a large bowl full
of gold-water as an object of admiration, as well as a sign of the
cats' richness.

One day when the cats were hunting, a group of mice entered the cats'
den to steal bits of food. A curious mouse suddenly saw the gold-water
and out of inquisitiveness it jumped into the bowl and took a bath in
it. After that it stood in front of a mirror and to its great surprise
saw itself golden. The mouse could not believe its eyes and admired it-
self so much so that it could not get away from the mirror.

- Hey, the cats are coming, let's get out of here! Warned one of its
friends.

But the golden mouse would not listen to the warning.

    - I am golden and beautiful; I am not afraid of anyone.

Said the mouse proudly, and its friends left it still admiring itself in front of the mirror.

The cats came back to their den, caught the foolish mouse and dined on it that night, says this popular story.

Tale 5: Hunger with Liberty (Gaajo Gobannimo)

Once upon a time there were two donkeys which belonged to a man who used the animals for transporting heavy loads and gave them no rest. The donkeys were tired and unhappy about being so mercilessly treated by their master and they decided to run away from him and to live freely in the wilderness. So one night as their owner slept soundly, the donkeys secretly left to live as they pleased in the forest. In the following morning the man looked for his donkeys, but he could not find them and at last gave up searching for them.

A long period elapsed during which the animals lived happily, feeding on the fresh pastures and drinking from the pools of rain-water with which the forest abounded. They soon forgot the ill treatment of their cruel master.

Then came a severe drought and the pastures and water dried up in no time and the donkeys were faced with starvation.

    - Look, my friend, I suggest we go back to our master; at least he feeds us, however cruel he was. Otherwise we might starve to death. Said one of the donkeys.

    - I chose hunger with liberty, rather than a full belly with servitude.

Replied the other donkey and so they parted company; the former going back to its owner and the latter staying in the forest.

When the returning donkey came back to its former master it was put in chains, beaten mercilessly and made to work still harder than before. At the end of the day it was given few stems of dry grass and a bucket of water.

    - I'll teach you a lesson; how dare you escape from me! The cruel master told the donkey.

The next day the owner asked the returning donkey to show him where the other donkey was, so that he may catch it and bring it back, too. The donkey agreed to do so and the master found the other donkey living happily in a place where there was plenty of fresh pastures and water, after the rains came. To his great surprise the master found also that the furtive donkey had grown two long horns, like spears, and with this fearful weapon the free donkey challenged its old owner, who escaped hastily with his life; thereby giving up any hope of repossessing the animal and putting it to his service again. This is how the furtive donkey transformed itself into the long-horned oryx which today roams freely in the forest, concluded this Somali folktale.

Tale 6: The Jackal and The Antelope (Dawaco iyo Deero)

Once upon a time, a long long time ago, there lived an antelope alone in
the forest, happy and free. The antelope was very thirsty one day be-
cause of the hot sun and it wanted water to drink. So it went to a
water-well and found it was very deep. The animal saw the water shim-
mering far in the bottom, and jumped into the deep well at once and
drank the cool water until it wanted no more. But when the antelope
tried to get out of the deep well it could not do so because it had
drunk too much water and become too heavy to move its body. Every time
the animal tried to climb up it fell back into the bottom of the deep
well. Finally the antelope gave up any hope of getting out and sat down
in the bottom of the well, waiting only to die there.

A jackal came to the well and saw the antelope was in great difficulty.

   - My dear, you made a big mistake; you should have thought of how
   to get out of the well before you jumped into it! Said the jackal
   and went away.

Tale 7: The Mosquito and the Frog (Kaneeco iyo Rah)

Once upon a time there took place a severe drought in the land and the
small insects that breed and play about during the rain-season perished
in the hot sun, as the vegetation on which the insects lived all dried
up.

In this difficult period a frog went to visit its neighbour, the mos-
quito, and said:

   - Sister mine, help and lend me some food, so that I may survive
   through the severe drought.

   - Alright, neighbour; but see to it that you return the food after
   the drought has passed and the rains come and you're in prosperity
   again, replied the kind mosquito.

Then the heavy rains came after the drought and the land became green
all over as the grasses and the foliage grew once again. Many young in-
sects were born then and they had plenty to eat and played around all
day long. Life was pleasant again for all living things and the hard-
ship of the drought was soon forgotten.

One day in this happy period the mosquito came to the frog, who was in
a great prosperity and spent its time croaking all day and night in the
water-ponds.

   - Good day, Mr. Frog; remember me? Said the mosquito.

   - Not exactly, who are you? Said the Frog.

   - How so! Haven't I lent you some food to keep you alive through the
   drought? You should now repay me the credit, now that you're in such
   great prosperity, said the mosquito.

   - You see, I am too busy right now, singing out my song of happiness;
   all the frog-tribe are out of their senses and none of us is listen-
   ing to his neighbour. Won't you, please, come back to me when I have

regained my senses, said the frog and rejoined the mad chorus of the frog-tribes: WAAK-WAAK-WAAK!

- Many are those who do favours, but few repay it in kind!

Said the mosquito, recalling to mind an old Somàli proverb, and went away.

Tale 8: The Shrewd Jackal (Dhagar Dawaco)

The king of all the beasts, the lion, once got so seriously ill, that he was unable to hunt and get his food. He stayed in his den deep in the ground for many days and nights. The lion was very hungry and had nothing to eat and thought about how to get his food while he was sick, so that he would not starve to death.

The king of the forest waited for the jackal to come and visit him, but still there was no sign of it. This made the lion very angry; but he was still sick and could not go himself to the disobedient jackal and punish it.

- How do you do, great king?

Asked the jackal, coming at last to the sick ruler of the forest, and greeting him from outside his house.

- Aha! Is that you, jackal? I've waited for you for a long time; come right in, we'll talk about important matters, said the lion hopefully.

- Sorry, Sir; no-one ever came out of your house alive! Said the canny jackal and trotted away defiantly.

Tale 9: The War of the Rabbits and the Guinea-Fowls (Bakayle iyo Digiiran)

Once upon a time a bitter enmity broke out between the rabbits and guinea-fowls because of territorial rights, and each party was deter-mined to destroy the other to possess all the land. The guinea-fowls were fewer in number than the rabbits and they decided to out-manoeuvre and defeat their superior enemy.

Both parties agreed to come to the battle-field on the appointed day when the dispute would be resolved once and for all through force of arms. The rabbit forces stood in a corner of the field in many rows, fully armed and ready to do battle. On their part the guinea-fowls di-vided their forces into several, small groups which flew swiftly over the heads of the enemy forces, asking them the question: "Have you seen guinea-fowl forces on the war path?" Each group flew several times over the rabbit forces, making it seem as though there were a whole army of guinea-fowl forces.

The clever tactics of the guinea-fowls caused great fear and doubt among the rabbit armies. The king of the rabbits, having realized that his forces had already lost the will to fight, said:

- Rabbits, go and hide yourselves in the thicket!

For fear of the guinea-fowls the rabbits are still hiding themselves in the thicket, concluded the story.

Tale 10: The Leopard and the Wild-dog (Shabeel iyo Weer)

Once upon a time a leopard and a wild-dog, weer[1], met in the forest while they were both hunting.

- Look, Mr. Wild-dog, why do you have to kill off a whole herd[2] when only one prey is sufficient for your needs? The leopard asked the wild-dog.

- Unlike the lions and the hyenas, I don't jump into the animal pens in the dead of night, so as to seize and to run off cowardly with a goat or a sheep. Neither do I, like you, sit upon and feed on an already dead prey. Instead, I attack and seize my victim openly in the daylight. My motto is;

Eebbe waa la sugaa
wuxuu ku siiyana
waa la sugaa ...!
(God's bounty patiently I wait for
getting it in the end
nothing from me escapes ...)

Replied the wild-dog.

Tale 11: The Elephant, the Lion and the Antelope (Maroodi, Libaax iyo Atoor)

Once upon a time an elephant, a lion and an antelope, atoor-sagaaro (see footnote 1 on page 176), came to drink from a water-well which contained very little water.

- I am an elephant, you all know how strong I am; yet I agree to share the little water with you equitably, said the elephant.

- I am a lion, you all know how strong I am; yet I too agree to share the little water we have here, said the lion.

- I am a weakling atoor; yet, I don't agree to share the water with anybody but to have it all to myself, said the little atoor defiantly.

- Listen, you tiny fellow!

Said the Elephant, glancing at the atoor menacingly.

---

1) Weer - a close relative of the hyena common in Somalia; the visual difference between the two is that the weer has large black stripes across its back and is physically larger than the hyena.

2) The weer usually attacks and kills off a dozen or so goats or sheep at a time; it seldom kills a single animal. The verse refers to this hunting habit of the weer, a mass-killer.

The atoor saw the elephant was annoyed with him, and he furiously be-
gan to slash at shrubs and small plants with his little horns, so as
to frighten off the big elephant. In these wild antics the atoor got
its head entangled in the branches of trees and could no longer free
itself. In the struggle to disentangle itself the atoor broke off one
of its small horns; but it succeeded in freeing itself at last, with
only one horn standing on its head.

- If you have no strength why refuse to share the water with us
amicably? The lion asked the atoor.

- Waano abuur baa ka horreysey (Human nature's stronger than wise
counsel[1]! Replied the atoor, unhappily.

Tale 12: The Lion and the Nine Hyenas (Libaax iyo Sagaal Dhurwaa)

A lion and nine hyenas went hunting together, and they found ten cows
grazing in the forest.

- Let's divide the cows between us, said the lion.

- You divide for us, master, said one of the hyenas.

- You're nine in number, take one cow to make ten of you; I'll take
the remaining nine cows to make ten of us, said the king of the
forest.

- We agree, said the hyenas and they went away.

- The lion got more than his share of the cows, said one of the
hyenas.

- You're right; but what could we do about it now? Asked another.

- Let's go back to the lion and tell him this: "your division of
the cows didn't satisfy us", suggested the first hyena.

- We agree, but each one of us should say to the lion only one word,
said one of them.

- I'll tell him this: "look, Mr. Lion!" said the first hyena.

The others also chose what words to say to the king of the beasts.
After that the hyenas went back to the lion who was resting after eat-
ing his dinner.

- Look, Mr. Lion! Said the first hyena.

- What's the matter? Asked the lion angrily.

- The division! Said the second hyena timidly.

- Didn't satisfy us, added the third hyena.

---

1) This is an ancient Somali aphorism which says that a wise counsel
cannot alter human nature, or a person's bad character.

- Return a portion to us, said the fourth hyena.

- Let the jackal do the redivision, said the fifth hyena.

- Go, call in the jackal to divide the cows between us, ordered the lion.

Saying this, the lion called aside the first hyena and secretly told it:

- Tell the jackal this: "give the lion and me the larger share of the cows".

When the hyenas left the lion ate all the nine cows he took as his share. The hyenas returned with the jackal and saw what the lion had done in their absence.

- Go to the lion and ask him this: "where are the nine cows you took from us?"

The hyenas asked the jackal, as they were afraid of the lion and could not do so by themselves.

- You sent for me, master? The jackal asked the lion.

- I kept apart for you the entrails and hooves of nine cows; tell the hyenas this: "let's share the meat of the remaining one cow".

The jackal went to the hyenas and told them:

- Look, hyenas, here's the lion; he ate nine of the cows and wants his share of the remaining one cow.

- Tell us what to do, they asked.

- Half a cow won't satisfy a lion; better give him the whole cow, advised the jackal.

The hyenas went to the lion and told him:

- Master, lion! The eastern-man[1] is fated to trot alone! And they went on their way.

- Where are the entrails and the hooves of the nine cows you kept for me? The jackal asked the lion.

- What I refused to give to nine hyenas would I give to a jackal? Go away before I lose my patience. Answered the lion, and the little jackal trotted away into the forest.

---

1) Eastern-man: a proverbial expression which implies hidden discontent or patience in adversity. Here the hyenas (eastern-man, the modest one in this context) cover up under this phrase their discontent with the lion who, using his superior physical strength, took away their share of the cows. In a geographical sense "eastern-man" refers to the Somalis inhabiting in the lowlands of north-eastern Somalia, (mainly in the Nogaal valley, Sanaag regions, etc.) as opposed to the inhabitants of the north-western highlands. The easterners are traditionally considered to be more patient and tractable than the volatile highlanders.

Tale 13: The Lion's Share (Habar-dugaag Hal Qalatay)

Once upon a time all the beasts of prey came together under the leadership of the great king of the forest, the lion, to feast upon the carcass of a camel the lion had killed.

- The hyena will divide the meat for us, said the lion.

- One-half of the meat belongs to the lion; the other half belongs to the rest of us, adjudged the hyena.

The lion was very disatisfied with the hyena's division; for he wanted more than half of the meat. The lion in great anger slapped the hyena on the face so violently that one of his eyes dropped out. The poor hyena ran away for his life, with an eye dangling out.

- The jackal will divide the meat for us, said the lion.

- One-half of the meat belongs to the lion; one-half of what still remains also belongs to the lion ... all the meat, in fact, belongs to him, said the jackal.

- Who taught you such a fair division of the meat?

The lion asked the jackal, being very pleased with her division of the meat.

- The eye dangling on the hyena's face taught me, master! Replied the wise jackal[1].

Tale 14: The Hyena and the Jackal (Qaaryare iyo Dayo)

Once upon a time a young hyena proposed to marry a pretty she-jackal who lived in the same neighbourhood.

---

1) This is one of the most well-known tales among the Somalis and is known also under the title of "qayb libaax", the Lion's Share. Xuseen-dhiqle (Xuseen, the bug), one of the right-hand men of the famed Somali nationalist, Sayid Maxamed Cabdille Xasan, leader of the Dervish movement which rose in northern Somaliland at the turn of the century, had composed a well-known poem based on the motif of this popular tale. The story is told than when in the 1920s the Sayid's forces were defeated by the British colonial forces in north-eastern Somaliland, the Sayid, with a small party of his supporters, sought refuge among Oromo tribes of southern Ethiopia. Poet Xuseen-dhiqle, together with his extraordinarily beautiful wife, were among the Sayid's companions then. One of the Oromo chiefs was attracted by the charming beauty of Xuseen-dhiqle's wife and wanted her to be divorced from her husband, so that he could marry her. The matter got to the Sayid's notice, who, it is said, advised Xuseen-dhiqle to carry out the wish of the chief, their protégé. Xuseen-dhiqle was greatly grieved about the Sayid's decision which reflected how circumscribed the Dervish leader was at that time. Poet Xuseen-dhiqle gave away his wife and composed his lamenting poem which became one of the most admired works in classical Somali poetry.

- You're so pretty that I was watching you all these last few days
with great admiration; how about you marrying me, miss Dayo[1])?
Said the hyena one day in a sweet voice.

The jackal was greatly honoured with the hyena's proposal and she at
once accepted him; expressing her great joy in this song:

Dayo oo baraar laysiyo
Qaaryaroo[2]) duud-carra ley
waysla-doonasho Eebbe..!
(Dayo's skills in baby-sheep hunting
and Qaaryare's carrying capacity[3])
in happy nuptual uniting
a blessing from God consider I)

After their marriage the couple began a new life and the hyena-groom
was very happy with his pretty, young jackal-bride. But, alas! This was
an imagination only, for his espouse was, in fact, always thinking of
how to get rid of him, so as to inherit all his property.

The king of the beasts, the lion, who lived not far from where the hyena
and the jackal lived, called on the latter one day and commanded:

- Lady-jackal, it's your turn today to graze my livestock for me;
see you take good care of them and don't let them go astray.

- My service is always at your majesty's disposal.

Replied the jackal and the king of the forest was very pleased with the
jackal's loyalty to him.

The canny jackal seized and devoured the fattest ram in the lion's herd
when she took the animals to graze in the forest. The jackal then took
some pieces of fat from the tail of the ram and smeared it on her hyena-
husband's mouth as he slept soundly in their hut. In the evening the
jackal brought the rest of the herd to the owner, the lion, who after
counting the animals asked:

---

1) The large beasts of prey, such as the lion, hyena etc,. are personi-
fied and take masculine names; while the jackal and other smaller beasts
take feminine names. Dayo, or dawoco is a generic nick-name the nomad
Somalis gave to the jackal; the term denotes craftiness in a person's
character.

2) Qaaryare - a nick-name for hyenas in general, meaning an animal with
diminutive hindquarters. The hyena speices found in Somalia have, in
fact, this physical peculiarity; hence its being called qaaryare by the
Somali nomads; see also the section on Secret-Code-Names, page 180.

3) Carrying capacity - the larger beasts of prey such as the lion,
leopard, hyena and others carry and run off with their quarry like
goats, sheep, etc. The smaller animals like the jackal, lynx, etc. do
not have the physical strength to carry off carcasses of this size; they
go after smaller quarries such as lambs, kids, etc.

- Where's the fattest ram?

- It was eaten by a hyena, master; he's much stronger than I and so I couldn't defend the herd from him, replied the jackal.

- Where's he now?

- Sleeping soundly in his hut after eating your majesty's fat ram.

The lion believed what the jackal said and in a great anger went up to the innocent, sleeping hyena and tore him into pieces.

Thus, the crafty jackal got rid of her husband, the hyena, who foolishly loved her; inheriting thereby all his property, says the story.

Tale 15: The Camel, the Elephant and the Squirrel (Hal, Maroodi iyo Dabagaalle)

Once upon a time a she-camel and a she-elephant lived together in the forest and one day they both gave birth to a baby-camel and a baby-elephant, respectively. The babies grew up together and one day, while they were playing about, the baby-camel had badly hurt the baby-elephant. The mother-camel returned from grazing in the forest and, seeing what her baby had done, took her baby and ran away before the mother-elephant returned home. This was because the camel was very much afraid of the mother-elephant who was much bigger and stronger than she.

On the way the fearful camel met an old man, herding his camels and, sung to him this song:

Odayow ma i maashaa
ma i maraqdaa[1])
maroodi-cadhoole
ma iga rabataa...?
(O old man kind!
Milk sweet would you like
teats mine to muffle up[1])
elephant unclean protecting me from)

- Alright; join my camel herds, said the old camel-herder.

When the mother-elephant returned from grazing she saw her baby badly beaten and she ran angrily after the camel and its baby to avenge for her little one.

- Have you seen a camel with its baby pass by, Mr. Squirrel?

Asked the elephant as the two of them met on the way.

- O, yes; they decended into the valley over there.

Replied the little squirrel, and the great elephant ran fast to the

----

1) Somali camel-herders wrap up the teats of milch-camels with soft fibre bandages so as to prevent the young baby-camels suckling their mothers during the day. After milking the animal some milk is always left in the udder for the baby-camels to suckle.

- Hey, big fellow! I just joked with you, the camel's over there, cried the little squirrel after the elephant.

- Where is it?

Asked the elephant, coming back to where the squirrel was standing on its hindquarters.

- I haven't seen any camels at all, Mrs. Elephant, replied the squirrel.

The elephant got angry and tried to catch and crush underfoot the tiny squirrel who annoyed it. And the little squirrel ran about and circled around the huge elephant, singing this song:

Maroodi cadhoole
haddii col la sheego
carruurta cayaarhse
cadaadda ku-meere
hashii Cosob waa tan...!
(Elephant, unclean bully
sooner a danger you sensed
the kids you amuse[1]
for behind the cadaad bushes[2]
you cowardly hide
Cosob[3] the camel's here ... is here!)

The elephant was so tired that it gave up the chase and stood still to rest.

- Why don't you remove the parasites off your tail, instead of chasing me around? Said the squirrel playfully.

- I can't do so; because I am so big and unable to turn to reach my tail. Do me a favour, please Mr. Squirrel, and remove the parasites off my tail. In return I'll forget that you made a silly joke about me and shall do no harm to you, said the elephant, trying to be friendly with the squirrel.

- Alright!

Said the canny little squirrel and he jumped onto the big back of the elephant, and crawling into the anus of the elephant and entering into the stomach he began cutting off the intestines of the great elephant one by one; singing at the same time thus:

Xiidan go' ... xiidan go' ...!
(Intestines off I cut ... intestines off I cut...)

---

1) That is, children make a fool of the cowardly elephant.

2) Cadaad - a kind of diminutive acacia tree which grows wild in the Somali savannalands.

3) Cosob - a camel's call-name; green pastures, literally.

The huge elephant groaned with great pain and fell onto the ground and died, killed by the tiny squirrel. And the camel and its baby were thus saved, to give meat and milk to man, says the story.

Category C 2b: Fables with Animal and Human Actors

Tale 1: Breaking the Covenant (Wacadfur)

A man was travelling from his own hamlet to another situated in a distant place and on the way he had exhausted the water supply he was carrying. He travelled many days through a deserted and waterless land and the man was so tired and thirsty that he was unable to continue his journey.

Resting once in the shade of a tree the man saw a big hyena coming to rest in the shade of the same tree. The man was afraid of the hyena but had no strength left to defend himself and was resigned to his fate. The hyena came to the man and saw that he was nearly dying of hunger and thirst, and it took pity on him and did not want to eat the man's lifeless flesh. The man was surprised when he saw the hyena come to sit hear him in the shade quietly.

It was not an ordinary hyena, but it was a "qori-ismaris", half-hyena, half-man.

   - Need some help? Asked the hyena-man.

The man was still more surprised when he heard the hyena speaking like a human being.

   - Yes. I am a dying man in need of help, replied the man.

   - Here, take this stick and strike it on the ground three times, ordered the hyena-man.

The man did so and lo! He, too, was transformed into a qori-ismaris!

   - Now, I'll introduce you to the great secrets of the hyena tribe and teach you our language; but promise that you will never disclose our secrets to mankind, our greatest enemy, said the hyena-man to the traveller.

   - I promise, said the man, and they went together as hyenas.

   - Now, turn yourself into a man and go to the nearby hamlet and ask the people, your tribe, for food and water; but remember always keep your promise, said the hyena-man.

The man struck the magic stick on the ground and to his great surprise was turned into a man again, and he went to the nearby settlement, where he was kindly welcomed and given food and shelter.

The next night, as the people of the hamlet slept peacefully, a number of hungry hyenas came and looked around for a vulnerable place in the animals' pen through which they could jump and carry off a sheep or a goat. The traveller, who knew the hyena language, overheard the conversation of the hyenas and learning what they were up to he warned the men of the encampment who took up weapons and chased away the wild beasts; killing their leader, the qori-ismaris. The men asked the traveller how was it that he knew the language of the hyenas, and he told them about his meeting with the qori-ismaris who revealed to him the secrets of the hyena tribe.

Now, having said this, the traveller realized that he broke the con-
vent he made with the qori-ismaris, who helped him when he was dying of
hunger and thirst. Yet, the traveller did not regret at all of what he
had done. After a time the traveller recommenced his journey to go to
another hamlet and one day while walking in the forest he accidently
trod over an old hyena bone which pierced through his foot, rendering
him unable to walk any further. The foot swelled up and the man could
not stand up even, and he lay there alone for many days. There was no-
body to help him and the little food and water he carried with him were
already exhausted. He tried to use the magic stick to transform himself
into a qori-ismaris, but it did not work any more. Finally, the travel-
ler died. Make no vow; but if you do, keep it faithfully, says the story.

Tale 2: Faay and the Hyena-Man (Faay iyo Qori-ismaris)

Once upon a time there was a young man who lived happily with his wife,
Faay Geedi, and his in-laws. One day he led a string of camel-caravans
to a distant water-well, so as to draw water for the family. When he
arrived at the well he met a lonely man there, who, strange enough, re-
fused the young man permission to draw water from the well, saying:

  - Let's wrestle against each other and whoever's thrown onto the
  ground shall lose a limb each time he's thrown down. Otherwise
  you'll have no water.

The caravan-man accepted the challenge, for he was a brave man.

The stranger was in fact a qori-ismaris and he, having overpowered the
caravan leader, killed him and ate his flesh. He then transformed him-
self into the personal features of the dead man, wore his clothes and
led the camels back to the hamlet, with the water-vessels filled with
water.

  - Hey! Come and help me unload the camels!

Shouted the hyena-man as he arrived at the encampment, and the people,
including Faay, came out and unloaded the camels; after which Faay
took the hyena-man to her hut, believing him to be her true husband.
She spread a beautiful grass-mat for him to sit on and brought him
dainty food.

  - Go and bring fire from the neighbours and warm the house; I feel
  cold.

He said and in her absence threw away all the good food Faay brought
to him; for he was, in fact, a real hyena and disliked human food.
Faay still noticed nothing unusual about the stranger.

In the next morning the hyena-man went to Faay's father and said to
him:

  - Father-in-law, allow me to take my wife to my own parents and
  relatives, so that they may see her.

Faay's father agreed to his son-in-law's request. All the household
effects were put on a pack-camel called "bacadle", brown-coloured,

and the couple started their journey. After a while the hyena-man said to Faay:

- Look, I am tired and want to ride on the camel; you lead it on.

- What! Aren't you ashamed to ask such a thing, like a child? Said Faay.

- Never you mind, do as I say, woman, he commanded and climbed onto the camel.

Faay obeyed the order and led on the camel by the rope that was noosed round its head. The man transformed himself into a hyena and started to bite the fat hump of the camel, taking off large morsels and causing the poor beast to groan loudly in protest each time it was bitten. Faay did not understand what troubled the camel and asked it:

- Bacadlow biyoqaboobe
maxaa ku helay?
(Oh! Bacadle
carrier of water cool[1)]
what ails thee?)

- The jingling noise of your bracelets scares the camel; remove them, said the hyena-man so as to conceal his misdeeds.

Faay removed her bracelets and led on the camel, but after a while the hyena-man again bit into the camel's hump and she said again:

- Bacadlow biyoqaboobe
maxaa ku helay?

- The shufling noise of your feet annoys the camel; you should re-move your sandals, said the hyena-man.

Faay removed also her sandals and led the camel further, but the hyena-man again pierced the camel's hump with his fearfully sharp fangs and once again Faay asked the camel the same question:

- Bacadlow biyoqaboobe
maxaa ku helay?

- The ruffling noise of your skirt frightens the camel; you should remove it, said the hyena-man.

This time Faay did not obey him as she thought it was strange of him to ask her to remove her skirt and go naked.

- Come down and lead the camel in your turn and I'll ride on it in my turn, she said.

He retransformed himself quickly into a man, saying:

---

1) The inference here is that pack-camels are used by the Somali nomads for transporting drinking water from far off water-ponds during the dry season; thus playing a vital role in the economic life of the people.

- Alright, but don't you ever look underneath this old rag; while covering up the deep hole he had pierced into the body of biyoqaboobe.

- I won't.

Said she and climbed up on the camel-back, after which he led it on by the tether. But Faay was curious and she looked underneath the old rag on the camel's back and to her great surprise she saw the terrible thing done to poor biyoqaboobe; realizing that her companion was in fact a hyena, not a human being. Now, she thought of saving herself from this wild animal who was posing all this time as her beloved husband. Faay was a clever woman and at once she got an idea how to escape from the hyena-man.

- Once, when I minded the herds here I forgot things under that tall barde[1] tree; lead us to it, please, so that I can see if my things are still there or not, she asked.

The hyena-man did so. As the camel stood under the tall barde tree Faay got hold of a vessel full of clarified ghee and with it jumped onto the highest branch.

- Come down, what's the matter with you, woman? Said the hyena-man.

- I won't; you are a wild dog, not my husband! Said Faay from the top of the tree.

Now, he was very angry with her and, transforming himself into a hyena, called in all the hyena-tribe in the bush to help him get Faay down. And she called in all the birds and winged animals to protect her from the hyenas. After that she said to the crow:

- Kind crow, please fly to my father and mother and tell them of my unhappy news and in reward I'll give you some ghee to beautify your feathers.

- Alright, but first give me the ghee to beautify my feathers, replied the crow.

When Faay gave it the ghee it flew away; thus deceiving her. Then Faay asked the eagle to fly to her father and mother to tell them of their daughter's sad news; giving it some ghee in reward. But the eagle, too, deceived her in the same way as the crow. Faay than asked a small bird to fly to her father and mother to tell them that their daughter was in great danger and the bird agreed to do so, without asking any rewards from her.

The bird came first to Faay's brother who was herding his camels in the bush and sang for him this song:

Geel baas jirow
gabadhii Faayo
Faayo Geedi

---

1) Barde - a leafy tree common in the coastal and riverine areas of Somalia, belonging to the Fig species.

```
kabofaygooda
dhiisha faraqeeda
geedkii Barde[1] ballaarane
bay fuushay
waraabaa kala boobay...
(Harken! Herder of camels accursed
Faay the girl
Faay Geedi
pretty as shoes' tips
pretty as tassel on milk-vessels
a Barde tree tall
dangers great surrounded
climbed up she
hyenas hungry to escape from...)
```

The brother was annoyed with the little bird and he threw a stone at it to drive it away; breaking one of its wings.

The bird flew on its remaining wing and came next to Faay's mother who was smoking a milk-vessel[2] and sang for her thus:

```
Dhiil baas culatoy
gabadhii Faay
(Harken! Smoker of milk-vessel accursed, etc., etc.)
```

The mother, too, was annoyed by the bird and she threw at it a flaming firewood so as to chase it away.

The little bird lastly came to Faay's maternal uncle and sang for him the same song and he called together the father, mother and brother and they all followed the bird to the barde tree on top of which the girl was sitting. As the bird led the way it sang this song:

```
Shimbir garabli'i
wax ma garatee
bal xagga u bayr...
(With shoulder broken
memory poor a bird has
this way
follow me...)
```

When the people came to the barde tree all the wild animals ran away and the father said:

- Come down, daughter mine.

- I won't, you sacrificed me to a wild animal, replied Faay.

- Come down, daughter mine, asked her mother, and Faay answered the same as she did to her father.

---

1) Barde - see footnote on the previous page.

2) Somali nomadic housewives often smoke or darken milk-containers with fire and dry grass, or wood charcoal, so as to keep the milk fresh and germ-free

- Come down, sister mine, said the brother, and Faay gave him the same answer.

Then the uncle wished thus:

- May the barde its branch break, and Faay her little finger break!

And so it happened. As the branch on which she was sitting broke off Faay fell down to the ground and broke only her little finger. She was taken home and a ram was slaughtered, its fat tail being given to Faay to eat and she soon got cured. Thus the brave and clever Faay was saved from the terrible qori-ismaris, concludes the story.

Tale 3: The Five-Bellied and the Thumb-Sized (Shancaloolle iyo Suulle'eg)

Once upon a time there lived two girls who used to herd the flocks of sheep and goats belonging to two neighbouring families. The girls promised to each other that they should always take the animals to the same grazing place and to bring them home together in the evening.

One day one of the two girls took her flocks to a different grazing place and so broke the promise she made to the other girl. At midday when the sun was very hot the girl sat to rest in the cool shade of a tree and soon fell asleep. The flocks went far away and got lost in the forest while the girl slept. After a long while the girl woke up and could not find the herds; she looked around and finding their tracks she followed them.

While searching for the herds the girl found, sitting on the way, a half-human, half-animal being called "shancaloolle", the five-bellied.

- Oh! Mr. Five-bellied, have you seen lost sheep and goats? Asked the girl.

- Yes, I ate all your flocks!

- Oh! Mr. Five-bellied, my mother will beat me up if I don't bring the flocks home. Please, give back our flocks; I'll do anything you ask.

- Look for them in here, said Five-bellied.

Opening up one of his five huge stomachs, and some of the flocks jumped out of it!

- Oh! Five-bellied, the goat that yielded most of the milk is missing.

Said the girl, and Five-bellied gave her also that goat out of one of his many stomachs.

- Are all your flocks complete now?

- Yes.

- Now, drive them home; but promise that you tell no-one about me.

- I promise.

The girl did not, however, keep her promise and she told her mother all about Five-bellied when in the evening she brought the flocks home. In the next morning the girl got sick and stayed at home; her mother taking the herds to graze in the forest.

Five-bellied came to the girl who was alone in the hut, seized her and ate all her flesh. Only the thumb of her right-hand remained and it fell into a water container which stood in the hut.

In the evening the mother brought the flocks home and as she was very thirsty she drank some water from the container, accidently swallowing her daughter's thumb which was already in the container. The mother conceived then and gave birth to a baby-boy, the size of a person's thumb.

As soon as he was born the baby was able to talk and said:

- I am born of the girl who broke her promise to her friend by grazing her flocks in a different place; who also broke her promise to the Five-bellied who gave her back all her herds. I am born similarly of that girl's thumb, which fell into the water vessel and was then swallowed by her mother, who then conceived and gave birth to me.

The mother named her son "suule'eg", the thumb-sized; and said to him:

- Son, you will replace my daughter who has been eaten by the Five-bellied monster; now, you should look after our family affairs like a man.

- Alright, mother, replied the Thumb-sized.

Then one day Thumb-sized took out their cattle to graze in the field and robbers came to him and said:

- Hey! Anybody looking after these herds?

- Yes, I am but what do you want? Replied Thumb-sized.

- But we don't see you; where are you?

- I am in the ear of the brown cow!

The robbers cut off the brown cow's ears but found nobody in there.

- Hey! Where are you? The robbers shouted again.

- I am in the womb of the cow that first gave birth.

The robbers opened up the cow's womb but found nobody in there either.

- Where are you? They shouted once more angrily.

- I am in the horn of the big bull.

The thieves broke off the horns of the big bull, but again they could not find Thumb-sized.

- Where are you hiding yourself, you coward? The thieves shouted for the third time.

- I am in the trunk of the tree here.

Now the robbers cut down all the many, big trees there were, but still they did not find anybody.

Thus, the robbers injured many of the cattle and cut down many big trees, but still they could not succeed in catching the Thumb-sized; for he was too clever and too small to be seen. The robbers finally gave up searching for the Thumb-sized who gave them so much trouble and they left his cattle and himself in peace, says the story.

Tale 4: The Man and the Snake (Nin iyo Mas)

A man was travelling with his son from one hamlet to another when a poisonous snake bit the son in the foot and the boy died instantly. The father wanted to kill the deadly snake but it quickly entered into its deep hole in the ground. Having buried his dead son the father sat near the hole and waited for the snake to come out and then kill it.

After a while the snake put out its head to see if the man had gone away or not. The man suddenly struck at the snake's head with his sharp sword but he missed, for the snake quickly withdrew its head back into the hole. The sword struck instead the stem of a tree that grew near the hole and the man left it sticking in the stem. The snake, realizing how fatal the blow would have been had it not missed its head, said to the man:

- As long as you remember your dead son you won't leave me in peace; and as long as I see that sword sticking in that tree I won't venture out any more!

Tale 5: Oratorial Power (Saddex Nin iyo Saddex Libaax)

Three men once travelled together in the forest, going from one settlement to another. One of the men happened to be a coward, the second was very brave and the third was an orator of great fame.

In the forest the men suddenly came face-to-face with three man-eating lions standing across the path the travellers were following. One of the lions was of huge size and the other two were smaller than the first.

- We better run away, suggested the coward.

- No use running away because a lion can run faster than a man; we better face the big cats and fight, advised the brave man.

- Look here, lions, said the orator, addressing the lions, as you can see, one of my friends here's very thin, almost skin and bones; the other's not much better than him. I am the fattest of the three of us. Now you better decide among yourselves as to which of you will eat my thin friends and which of you will eat me.

The lions could not agree among themselves as to which of the men they would eat, and they fought over the matter; and in the end the big lion killed the two smaller ones. After that the three men speared the remaining lion to death.

Tale 6: The Silken Filly (Geenyo Xariiro)

Once upon a time there lived in one of the remotest and barren regions
of Somaliland an old man who had a family of two sons, two daughters
and their mother. It so happened that the elder of the two sisters grew
up and became mature enough to be married. As the family lived solitar-
ily in that part of the country, with no neighbours at all in the vicin-
ity the problem of finding a husband for the daughter caused the father
great worry. The mother urged her husband to move the reer, the family,
to where there were other human habitations, but as all his ancestors
had lived in that particular location the old man considered the spot
as sacred and was reluctant to move to anywhere else. This put an end
to any prospect of providing the much desired husband for their daugh-
ter. Day after day the young maiden grew prettier and more eager for
a husband; she made it a point of duty to ask her father ten times a
day the question: "Father, when will you find me a husband?", and the
old man was nearly driven mad by these monotonous, appealing words of
his young girl.

Time rolled on and the girl continued repeating the same question to
her father, until one day there was an unusual event in the life of
the family. An impressive deputation of half-human hyenas called upon
the reer and asked for the owner. The old man came and, behold, there
at the head of these strangers he found a fabulously dressed, handsome
and dignified young hyena-man, a qori-ismaris[1], who, still more
strangely, could speak the Somali language as perfectly as any Somali!
The old man, though surprised beyond conception, found they were human-
like hyenas and after exchanging with them the usual greetings he re-
ceived the party in the hospitable way a host owes to his guests. Hav-
ing made them feel quite at home he asked the purposes of their mis-
sion. Their leader responded that he had come to know that his host
and hostess had a young girl who was on the look-out for a husband and
now asked for her hand! The old father was perplexed at the thought of
letting his beloved Geenyo Xariiro marry a hyena-man; but on the other
hand he knew he could no longer endure the words: "Father when will
you find me a husband?" He at once told the would-be son-in-law to be
back next morning for a specific answer. The visitors departed, the
would-be son-in-law hyena-man feeling much honoured and happy at the
thought of being married to a human-bride! The old man informed his
wife and daughter of the intentions of the hyena-men, that their leader.
a lovely hyena-man, wanted to marry Geenyo, and that he would be back
with his colleagues for the final decision. Geenyo on hearing this
burst into tears, but the parents comforted her and managed to stop
her weeping. They told her that the hyena-man was able to talk and
could understand their tongue fluently and that he was human-like in
his appearance, hence she should marry him tomorrow! The poor girl
cried sorrowfully, but at last her mother made her nod her head in
assent. The father promised that if the hyena-man proved to be a worth-

---

1) See also Tale 2.

less husband he would see to it that she got a divorce from him at once.

The next day the young hyena-man came with his colleagues and the old man welcomed them as hospitably as he could, informing them that he and his wife consented to the marriage of his Geenyo to Mr. Duruqsey[1], the hyena-man, and that the traditional ceremonies would take place at the bride's home the same day. Mr. Duruqsey and his friends were pleased enormously by this splendid offer of the old man, and the bridegroom, in the hope of showing himself in an erect and dignified manner, had even forgotten that his hindquarters were naturally shorter than the front ones! The wedding and the customary dowry gifts were soon exchanged and the following days saw the village of the bride's reer become the centre of many festivities. As a sign of respect for the nature of the occasion the hyena-men could not dare to refuse the human diet they were served with, and so missed their favourite dishes – raw meat, bones, etc. The groom was to live with the bride's reer and so his friends went back into the jungle after the conclusion of the marriage ceremonies. The bridal bower was decorated with all the ornaments and fineries of the family and everything was made beautiful.

But, alas! When the newly married couple retired into their new home, the bride asked her new husband to sit on the well-made bed, he surprisingly retorted:

   – Gogoshu gogoshey ma aha. (The bed is not to my liking.)

She then asked him to sit on a chair, but he said:

   – Kursigu kursigey ma aha. (The chair is not to my liking.)

The wife then asked him to sit on a mat on the floor, but he said:

   – Derintu derintey ma aha. (The mat is not to my liking.)

The bride was entirely annoyed by her husband's attitude, and at last she purposely asked him to sit on a dirty mud-rag that was on the door-step of the hut.

   – Haddaan hooyaa! (You now understand me!)

Said the hyena-man gladly, sitting on the old rag. Geenyo was a clever woman and at this she made no fuss, but to understand more of her new man's idiosyncracies she served him with all the fine delicacies they had. But Mr. Duruqsey to all this said:

   – Oontu oontay ma aha. (The diet is not to my liking.)

This was an awful attitude on the part of her husband, thought Geenyo, the more so at a time when she was expecting a joyful honeymoon. She thought out what could be a favourite dish for a hyena and got hold of a large piece of raw meat, sprinkled and caked it with a mixture of wet mud, dust, sand and put all this stuff into a large bowl full of white ash and placed it before Mr. Duruqsey, who at the sight of this concoction gleefully roared with laughter as he hastily munched

---

1) Another call-name for hyenas; see also the section on Secret Code-Names, page 180.

his favourite dish. Geenyo, having now realized that, inspite of his being able to speak her tongue, her husband was but a real wild dog without the slightest human manners, and she was determined to get rid of him. She at once dashed out of the hut and informed her father and mother all the strange ways of Mr. Duruqsey.

After that a family meeting was held, Mr. Duruqsey being called in and the father-in-law presided at the gathering, hearing the points of difference between the newly-wed couple. He spoke to his son-in-law very politely and told him:

- My dear son-in-law, we all know there's nothing upon this world as sweet as love in its early stages, but we also know that it often ends in bitterness and broken homes, and now that I married my daughter to you only the other day, the Almighty knows what is the dispute between you. I'd be pleased to hear your points of difference.

- My dear father-in-law, according to the laws laid down by my ancestors and forefathers, I would not by any means abandon the traditions and customs of the hyenafolk by accepting and adopting the human way of life, their doctrines and diet; nor would I change my entire life and outlook into those of menfolk, replied Mr. Duruqsey.

At this point the old man who was very wise, said:

- In the eyes of the laws of all lands you're quite right in saying so; but if this is the case then it now becomes a question of whether you'll either abandon Geenyo or your traditions and customs.

On hearing this Mr. Duruqsey suddenly rose up, this time a full hyena, full of pride and dignity and said:

- My dear father-in-law, the most disgraceful thing that one can do is to abandon his own traditions, customs and doctrines, and in my case, rather than ape the human habits and their way of life, and thus bring forth disgrace to all the hyenafolk, I give up my bride and all that she means to me.

With these words Mr. Duruqsey ran out of the house and sped towards the bush, thinking that his in-laws or someone else might come after him and force him back to the family of men, robbing him of all that he cherished and making him a perpetual prisoner to the will of men.

The moral of this colourful tale, which has so much popularity amongst the simple people, is that the wild hyena runs away from man ever after. For it is afraid that people might force upon it their strange manners and finally bring about the loss of its liberty. The hyena tribes roam about at will in the vast jungles and prairies. Not for them the hedged off, crowded and stifled existence men lead, ending their days within narrow stone walls, never knowing the joy of life unfettered, unbounded by space or by man. In these images of an idyllic, care-free life the simple people, who in this tale assume the character of a personified wild animal, obviously desire to express their idea of liberty and human happiness in this world.

Bibliography / Tusmada qoraallada

Aki'o Nakano - Somali Folktales (1), Texts in Somali, Institute For
    The Study of Languages and Cultures of Asia and Africa, Tokio
    University of Foreign Studies, Printed by Hakuei Printing Co,.
    Ltd. Tokio, 1982.

Informazione Sulla Attivita Economiche In Somali, Repubblica Somala,
    Ministero Dell'Industria e Commercio, Mogadiscio, Somalia, 1968.

Bell, C.R.V., The Somali Language, Longmans, Green and Col,. London,
    1968.

Xasan Yaaquub (Baabraqiis), Adduunyo waa Sheeko iyo Shaahi, State
    Prinintg Agency, Mogadiscio, 1984.

Xasan Yaaquub, Soomali Been ma Maah-maahdo, State Printing Agency,
    Mogadiscio, 1974.

Xasan Yaaquub, Waari Mayside War hakaa Haro, State Printing Agency,
    Mogadiscio, 1974.

Ruuskoe Narodnoe, Poeticheskoe Tvorchestvo, Xrestomatiya, Uchpedgiz,
    Moskva, 1963.

Somaliya, Antologia Storico-Culturale, Ministero Pubblica Instruzione,
    Repubblica Somala, Mogadiscio, No. 4, Agosto, 1967, No. 5, Maggio,
    1968.

Shire Jaamac Axmed, Gabayo, Maah-maah iyo Sheekooyin Yaryar, The Na-
    tional Printers Ltd., Mogadiscio, 1968.

Shire Jaamac Axmed, Iftiinka-Aqoonta (Light of Education), Nos. 4, 5,
    6, The National Printers Ltd., Mogadiscio, 1967.

Shire Jaamac Axmed, Muddaynta Aqoonta, Hiddaha iyo Dhaqanka Soomaali-
    yeed (stencil), Mogadiscio, 1973.

Cabdulqaadir F. Bootaan, Murti iyo Sheekooyin, Muqdiscio, State Print-
    ing Agency, 1973.

Ciise Maxamed Siyaad, Sheeko-Xariirooyin Soomaaliyeed (unpublished),
    Mogadiscio, 1980.

Cabdifataax J. Caamir, Cigaal Shiidaad, State Printing Agency, Muq-
    disho, 1978.

Compton's Pictorial Encyclopaedia, vol. 8, 9, 15, 1968 edition.

Muuse Cumar Islaan, Sheekooyin Soomaaliyeed, State Printing Agency,
    Mogadiscio, 1973.

Mkelle L., Paukwa... Pakawa, University of Dar-es-Salaam, EACROTANAL
    Edition, Zanzibar, 1980.

Wasaaradda Waxbarashada, Buugga reer-Miyiga, State Printing Agency, Mogadiscio, 1974.

Heega (Vigilance), Weekly Newspaper of 10 October 1980.

Informants / Tebiyaal

Jaamac Xuseen Maxamed of Mogadiscio (late)

Dr. Yaasiin Cismaan Keenadiid, The Somali Academy of Sciences & Arts

Aw Jaamac Cumar Ciise, The Somali Academy of Sciences & Arts

Sheekh Caaqib Cabdullaahi (qumbi-xaali), The Somali Academy of Sciences & Arts

Cabdullaahi Yuusuf Kilin (late)

Xaaji Siciid Cagacadde of Boosaaso

Xuseen Sheekh Axmed, The Somali Academy of Sciences & Arts

Xaaji Maxamed Axmed Liibaan, The Somali Academy of Sciences & Arts

www.ingramcontent.com/pod-product-compliance
Lightning Source LLC
Chambersburg PA
CBHW080958020726
47505CB00009B/2248